La Louve cathare

Mireille Calmel

LA LOUVE CATHARE

Tome 1

roman

XO ÉDITIONS

ISBN : 978-2-37448-184-5

À la mémoire de Camille Pierre,
courageuse guerrière de 23 ans...

En l'an de grâce 1198, un nouveau pape est nommé à Rome.

Il se nomme Innocent III.

Il n'aura de cesse d'éliminer la religion cathare, religion qui grandissait en Occitanie et commençait à faire ombrage, par son dépouillement, sa rigueur et son pacifisme, à tous les représentants de l'Église. Ce, alors même que ces terres regorgeaient de richesses délaissées.

En 1208, il proclame l'appel à la croisade contre les albigeois.

Ce roman n'est pas l'histoire des cathares. Il fait partie de leur histoire.

Pour tous ceux qui, avant de s'y plonger, éprouveraient le besoin d'en savoir davantage, un tableau chronologique des principaux événements se trouve en fin d'ouvrage.

Les autres, je les invite simplement à tourner la page…

PROLOGUE

Quelque part, en Montagne Noire…

La vibration serpenta le long de son bras. Une reptation lente, houleuse, désagréable. Pourtant il leva de nouveau la main et cogna.

La pointe du pic s'incrusta dans le quartz, juste audessus de la formation en étoile qui affleurait la surface. Cette fois un fragment céda. Mais pas suffisamment pour détacher la pépite.

— Elle est plus grosse que les précédentes, affirma-t-il en redoublant d'efforts, le front perlé de sueur malgré la fraîcheur de la mine.

Na Loba éclaira un peu mieux la veine qui traversait la roche. Depuis quelques minutes son excitation gagnait en puissance. Et ce n'était pas seulement du fait de cette richesse déjà déposée dans la caisse à ses pieds.

Ce dos nu, ces muscles noueux, ces mains calleuses, fussent-ils haïs… une part d'elle les désirait. Cette part sauvage, indomptée. Cette part dédiée à sa vengeance et aux moyens les plus sombres, les plus vils, d'y parvenir.

Elle la contint, recula.

Le laisser achever…

Elle se colla à la paroi opposée, distante d'à peine une toise[1], maintint sa torche en hauteur. La flamme plia sous l'air frais. L'embouchure du tunnel était proche, une centaine de pas à peine. Dehors, le printemps explosait dans ces nuances de vert qu'elle affectionnait. Ici, dans les profondeurs de la montagne, c'était le gris sombre qui dominait. Un gris traversé de blanc et d'or.

Elle dénoua les lacets de sa cape, laissant apparaître des vêtements d'homme. Bottes, chausses, braies, chainse, cotte et surcot. Aucun signe ostentatoire de richesse. Elle n'en avait pas besoin pour battre les sentiers à pied ou à cheval. Encore moins pour approcher ses ennemis. Cathare, elle l'était profondément. Malgré cela, elle avait renoncé à purifier son âme et son cœur. Même si cela impliquait qu'elle dût passer d'autres vies sur Terre pour atteindre la perfection et son paradis. Beaucoup s'en seraient effrayés. Cela lui était égal. La haine qui la rongeait avait été allumée par l'Église et son serviteur, Simon de Montfort. Et depuis nourrie par la vindicte des Frères prêcheurs. Elle ne parvenait à l'étouffer que dans le sang.

Elle l'avait admis : elle se vendrait encore. Tuerait encore. Autant qu'il le faudrait.

Y compris ce faydit[2] qui s'escrimait devant elle.

Ensuite seulement elle partirait.

Un ultime coup détacha un gros bloc. Il se fracassa à terre, délivrant un amas scintillant sous le rougeoiement de la flamme. L'homme se tourna vers elle, un rictus cynique traversant la beauté hautaine de ses traits.

— Le prix de ta vertu.

---

1. Unité de longueur correspondant à six pieds français, soit 1,949 mètre.
2. Les faydits sont les seigneurs occitans dépossédés de leurs fiefs pendant la croisade contre les albigeois. Ils luttèrent contre l'occupation et l'établissement des chevaliers venus du Nord en réponse à l'appel du pape.

Elle lui retourna une œillade ardente.

— Mais pas de la tienne.

Il tiqua, fronça les sourcils sous un assaut de colère :

— Ce n'est pas moi qui ai sali le nom des Cabaret.

— Pas encore, non...

Il cracha par terre avant de s'essuyer les lèvres d'un revers de manche.

— Jamais !

Elle posa la torche près de la caisse puis s'avança, féline, jusqu'à se coller à lui. Il ne bougea pas, d'autant plus amer qu'elle n'avait jamais été aussi belle et sensuelle. Aussi inaccessible.

— Que veux-tu de plus ? crissa-t-il sur son souffle brûlant.

— T'offrir ce que tu t'es toujours interdit de prendre.

Il tressaillit.

— N'as-tu pas fait assez de mal autour de toi ?

— Justement... Un peu de bien ne nuira pas.

Elle promena une main écorchée par les ronciers sur son torse humide, sentit s'emballer le cœur qu'il protégeait. Elle s'enhardit, descendit.

Il lui bloqua le poignet à la lisière de ses braies.

Elle le défia d'un regard sans équivoque. Ajouta :

— Fourbis-moi et c'en sera terminé.

— Qu'y gagnes-tu ? ricana-t-il dans un ultime élan pour repousser l'inévitable.

Tout en lui la voulait. Aussi violemment que les autres, ces seigneurs occitans ou français qu'elle troublait puis laissait pantelants, désemparés.

Elle susurra :

— Ta défaite sur toi-même. Je veux être celle qui aura plié ta volonté.

De la pointe de sa langue, elle dessina cette bouche qui se refusait encore, en mordit le charnu.

C'en fut trop.

Il l'attira à lui, pivota et la plaqua contre la paroi.

Elle noua les bras autour de sa nuque. Regretta soudain ses vêtements féminins, si faciles à relever, craignit un instant que tant de tissu entre eux ne le ramène à la raison.

Mais son souffle était court, ses gestes pressés, impulsifs.

Le guerrier se réveillait.

Il s'enfonça en elle comme on plante une épée au ventre d'un ennemi. Avec ce sentiment étrange de devoir abandonner une part de son âme pour survivre.

Il la besogna contre le mur, à la limite de la violence. Lorsqu'elle se laissa couler, étendre à terre dans un feulement animal, il crut avoir repris l'ascendant sur elle.

Il ne la vit pas tâtonner par côté. Pas relever la main. Le plaisir qu'il s'apprêtait à prendre à son tour se perdit dans la douleur et un voile de sang.

Il s'effondra sur elle, sonné.

Elle resta quelques secondes ainsi, écrasée sous son poids, les yeux fermés, le poing serré sur la pierre avec laquelle elle l'avait frappé. Attendant que s'apaisent en elle les battements désordonnés de son cœur et les vagues d'une jouissance animale.

Face à la force brute de ses ennemis, elle n'avait jamais eu d'autres armes que son charme, sa ruse et son absence totale de moralité pour arriver à ses fins. Pour tuer avant d'être tuée.

Tu aurais dû t'en souvenir…, se moqua-t-elle en l'entendant gémir.

Il reprenait lentement connaissance.

Elle le repoussa, se redressa puis remit de l'ordre dans sa tenue.

Négligeant ce pavé d'or qui gisait à quelques pouces seulement de lui, elle referma le coffre qui contenait les petites pépites. Elle peinerait bien assez à le tirer jusqu'à la sortie puis à le charger sur sa mule.

Mais avant…

Elle ramassa le flambeau.

— Garce ! grinça-t-il en la voyant s'avancer au-dessus de lui.

Il venait de se retourner sur le dos, de porter sa main à sa tempe.

Elle lui sourit, mauvaise.

— Ne jamais faire confiance à Na Loba ! N'est-ce pas ce que tu as crié moult fois ? Mais je n'ai pas menti. Nous ne nous reverrons pas. Désormais, la mine est à moi.

Signant acte, elle lui embrasa le visage.

Paris, île de la Cité, 1226

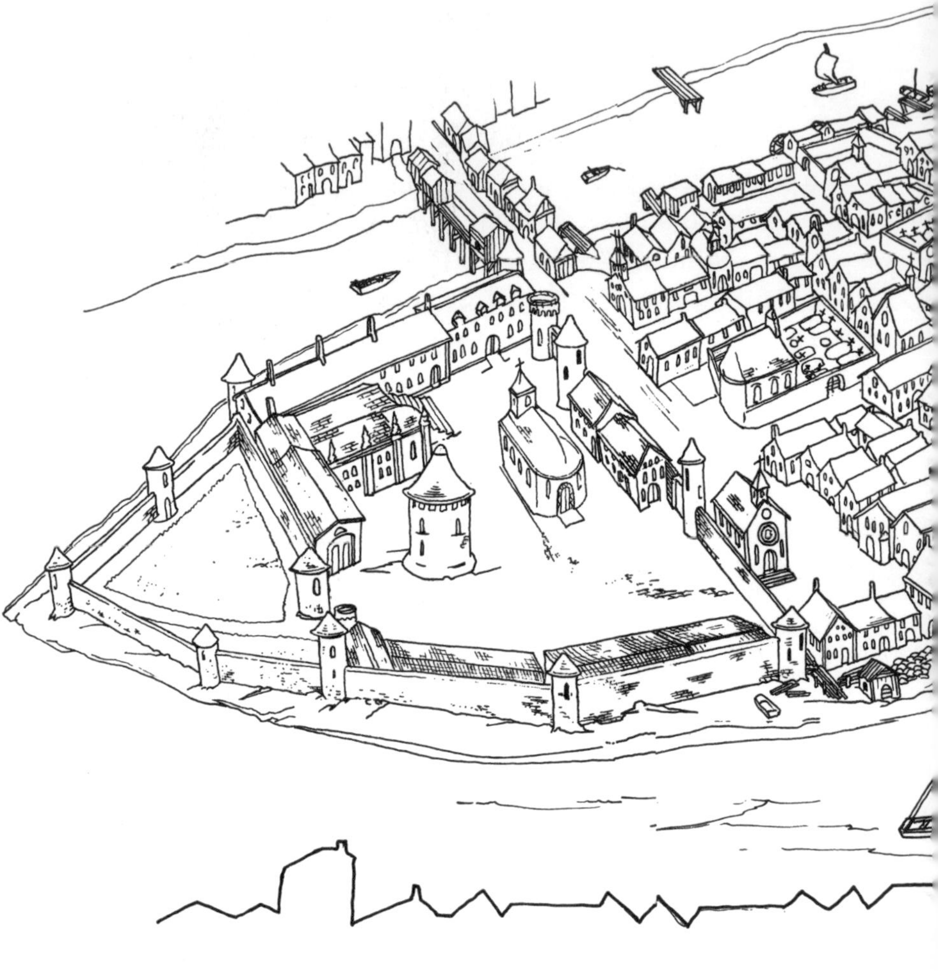

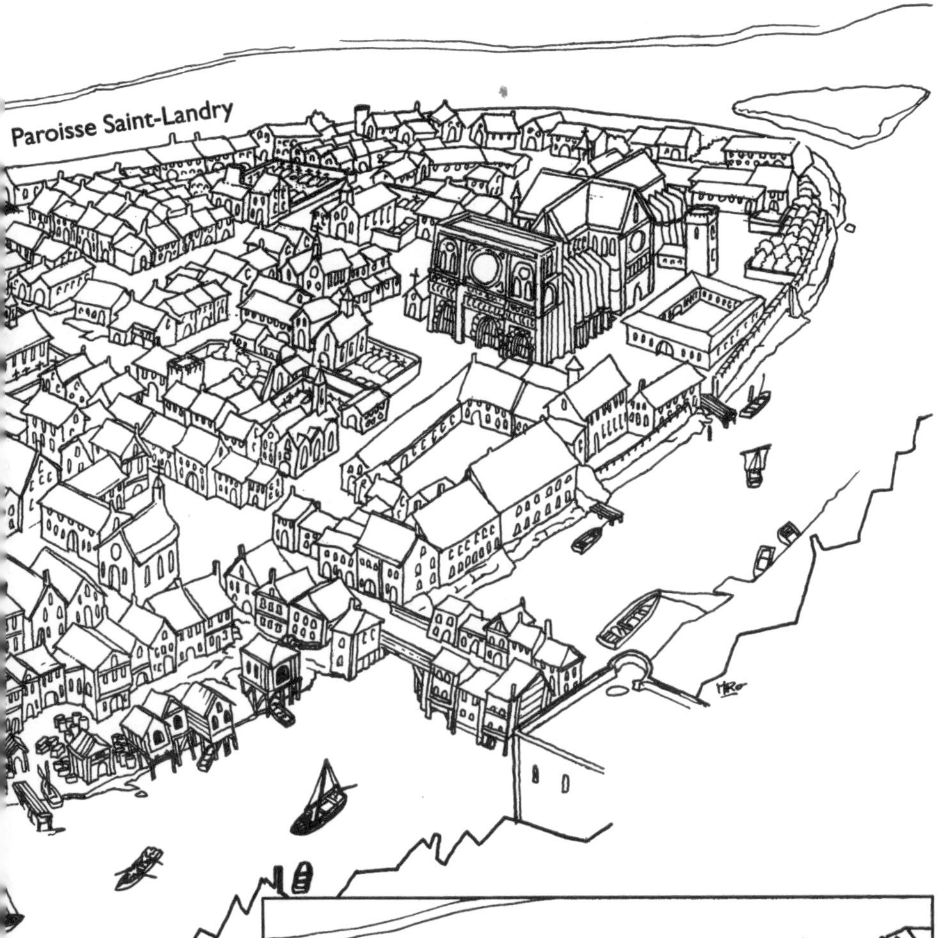

A. Couvent des frères de la Chartre
B. Port Saint-Landry
C. Rue de Glatigny
D. Bords-d'eau
E. Fumoir à poissons
F. Rue Saint-Denis-de-la-Chartre
G. Église Saint-Landry
H. Rue des Marmousets

13 novembre 1226

1.

— Assez ! Tu vas nous faire repérer, grommela Griffonelle en poussant du coude les côtes de son ami.

Triboulet ne décolla pas pour autant sa face simiesque de la vitre.

À cette heure, la taverne qu'ils surveillaient depuis la rue était bondée.

Sergents, marchands, clercs se partageaient l'espace restreint, buvant debout près des fûts, à table, accroupis sous les étagères garnies de cruchons et de pots, adossés aux piliers de bois qui soutenaient le plafond bas. Leurs doigts crasseux flattaient le chien du tenancier ou les seins d'une ribaude, quand ils ne jetaient pas les dés ou levaient hanap pour quémander une autre rasade de vin.

Leurs rires et leurs conversations formaient vacarme si joyeux qu'il traversait les joints sommaires de la petite fenêtre.

— Pousse-toi ! insista la jouvencelle, voyant que le nain ne bougeait pas.

Cette fois il retomba sur ses talons et recula d'un pas au milieu des passants.

À son tour, elle plongea son regard de jais au travers des carreaux sales.

Un feu vif brûlait dans la petite salle, noircissant le cul d'une marmite dont les effluves s'ajoutaient au fumet des jambons et des saucisses sèches suspendus aux solives. Odeur qui, elle aussi, lui parvenait. Au point qu'elle ne tarda pas à saliver.

— Cette fois, je te rejoindrai à la rôtisserie Ploumelle ! jeta-t-elle avec gourmandise par-dessus son épaule.

Le nain tira la langue à un marmot qui désignait du doigt son orbite creuse, puis se rapprocha d'elle.

— Un cuissot ou deux ?

— Deux… je suis sûre qu'on aura assez, ajouta-t-elle en repérant celui qu'elle cherchait : un jouvenceau, seul à une table.

Retenant par côté une chevelure de blé, il plongeait un nez long et droit dans un bol de bouillon.

Le sourire de Griffonelle creusa une fossette dans sa joue gauche, juste sous un discret grain de beauté.

— Il est là…

— J'avais remarqué, la taquina Triboulet.

Elle ne releva pas, plaqua la tranche de ses mains de chaque côté de son visage pour l'isoler du mouvement de la rue.

Sitôt, elle s'écarta.

— Bougre de bougre ! Il sort…

— Pile à l'heure, comme toujours, se mit à rire le nain, tandis que s'ébranlait le bourdon de Saint-Michel qui scandait le rythme du vieux palais royal de la Cité.

Pas moins d'une quinzaine d'autres églises, délimitant les paroisses dans l'île, n'allaient pas tarder à lui répondre. Un concert destiné à rappeler aux fidèles comme aux prélats que le service de Dieu allait bientôt commencer.

Si catholique soit-elle, Griffonelle n'en avait cure. À cette heure, elle était plus disposée à louer sa bonne fortune et le visage de ce mignon que le Tout-Puissant.

— En place, ordonna-t-elle en tirant son ami par le bras.

Elle compta mentalement les pas qui conduisaient le jouvenceau de l'autre côté de la porte.

De son côté, Triboulet se mit à jongler et à cabrioler pour détourner l'attention des passants, confiant en cette attraction qu'exerçaient toujours sur eux son exceptionnelle force physique et ses prouesses d'acrobate.

Leur ballet était bien réglé. Ils le pratiquaient depuis des années. Et depuis une semaine pour les beaux yeux de cet inconnu qui faisait battre le cœur de Griffonelle un peu trop vite.

Elle attendit à peine qu'il ait quitté la taverne pour lui barrer le chemin.

— Bien le bonjour, mon gracieux !

— Encore toi ! Ne m'approche pas ! vociféra-t-il en tentant de se soustraire à ses bras nus, à ses courbes dansantes, à cette sensualité innée qui émanait d'elle comme un venin puissant, le laissant pantois et désarmé quoi qu'il fasse ou dise.

Griffonelle lui enserra la taille d'une main, descendit jusqu'à ses reins avant de lui plaquer un doigt sur le bout du nez.

— Et pourquoi donc ? Je ne vous plais plus ?

Le fard qu'il piqua lui donna plus d'assurance encore. Elle lui emprisonna le menton dans sa paume.

— Voyons ça, le nargua-t-elle en lui effleurant l'entrecuisse.

— Non… je…

Il n'en dit pas davantage, les lèvres écrasées par un baiser chaste. Avec autant de rapidité que de délicatesse, elle détacha la bourse rebondie qu'il portait à la ceinture et la lui passa entre les jambes.

Agile, Triboulet s'en était déjà emparé lorsqu'elle recula, la bouche en cœur.

— Monseigneur ! le salua-t-elle d'une courbette, l'œil pétillant de malice.

Il chercha son pécule, mais il savait déjà qu'il ne le trouverait plus. Triboulet l'emportait.

— Garce ! Tu ne perds rien pour attendre !

Elle éclata d'un rire frais et détala dans le sillage du nain.

— Me prend qui peut ! lança-t-elle, provocante, par-dessus son épaule.

Il n'en fallut pas plus pour que, cette fois, il s'élance à leur poursuite, bousculant les marchands à la sauvette, les porteurs d'eau ou de fagots, qu'elle et Triboulet évitaient avec agilité.

Malgré l'encombrement de la rue, il ne tarda pas à la talonner. Mais cela rajouta du sel au menu de sa rapine et du baiser qu'elle s'était accordé.

Je dois quand même récupérer un peu d'avance, décida-t-elle en accélérant.

Jouant de sa petite taille autant que de cascades ou de contorsion, Triboulet se faufilait plus aisément. D'ici peu, elle le perdrait de vue, ne le retrouverait que plus tard, comme prévu.

Elle entreprit de zigzaguer entre les charrettes immobilisées par un déchargement de bois, passa sous les encorbellements, l'oreille tendue.

Bien lui en prit.

— T'ention ! cria-t-on au-dessus d'elle.

Elle se rejeta en arrière, évita de justesse le contenu d'un pot de chambre. Éclata de rire devant la mine furibonde du clerc qui se tenait devant, sur son mulet. N'appréciant ni d'avoir été douché, ni d'être l'objet de quolibets, il l'enveloppa d'un regard furieux.

Elle se contenta de lui tirer la langue avant d'inspecter les environs.

Son détroussé ne se trouvait plus qu'à deux toises[1] derrière elle. Lui aussi se frayait un passage au milieu de l'embouteillage. Elle lui décocha un sourire malicieux avant de se coller à la devanture d'une échoppe et de pincer méchamment le cul du baudet. Aussitôt celui-ci rua dans les brancards du marchand de poules qui suivait, faisant s'envoler une caisse et quelques plumes.

En une fraction de seconde, la pagaille s'intensifia.

Te voilà ralenti, mon joli.

Cela ne durerait pas. Déjà, il rasait les façades pour se dégager.

Elle vit Triboulet obliquer dans une ruelle tortueuse à droite. Elle s'engagea dans une autre, à gauche, bordée d'étals de savetiers.

Et maintenant, lequel de nous vas-tu choisir ?

Un bruit de talons rapidement scandé ne tarda pas à résonner dans son dos, lui apportant la réponse : son bel imprudent la voulait, elle, bien plus que son argent.

Elle en éprouva une joie enfantine.

Qui es-tu, mon gracieux ? Un fou ? Un bienfaiteur ? Sans quoi tu n'aurais pas de nouveau rempli ta bourse pour me permettre de te la voler… Mieux encore, tu m'aurais dénoncée et les soldats m'auraient cueillie à peine t'aurais-je abordé…

Un fracas joint à des vociférations l'assurèrent qu'il venait de renverser un éventaire, perdant un temps précieux à s'en dépêtrer.

Dommage… Tu as presque failli me rattraper…

Elle ne le regretta qu'une fraction de seconde. La suivante, elle profitait de son élan pour saisir une corde qui pendait d'un hourd[2].

1. Environ 4 mètres.

2. Charpente en encorbellement.

Il arriva sous elle comme elle s'envolait. Elle lui caressa le haut du crâne avec le bas de son jupon. Juste assez pour qu'il n'oublie pas la vision de ses jambes et de ses fesses nues qui se balançaient à l'équerre au-dessus de lui.

Elle atterrit avec souplesse sur le balcon d'une maison bourgeoise.

Il n'avait pas bougé. L'observait avec un mélange de fascination et de résignation. Un instant, elle eut envie de redescendre et de s'offrir, en paiement de sa dette.

Mais cela lui aurait coûté le plaisir de recommencer demain.

Lors, elle lui lança un baiser puis disparut par une lucarne.

2.

La chambre n'était qu'un réduit de planches abritant un lit fatigué, une table de chevet et une autre, plus basse, sur laquelle se trouvaient une bassine et un cruchon d'eau. Point de fenêtre. La seule source de lumière provenait de cette chandelle que les clients l'obligeaient quelquefois à garder allumée tandis qu'ils se couchaient sur elle.

Il y avait longtemps que Mahaut ne s'attardait plus sur leurs visages. Elle s'étendait sur le matelas, écartait les jambes et gémissait pour favoriser leur jouissance. Sans la moindre émotion.

— Voici ton dû, lui lança celui qui venait de rajuster ses chausses.

Un habitué. Veuf.

Il déposa quelques pièces près du nécessaire de toilette. Elle l'en remercia d'un sourire puis attendit qu'il ait quitté le réduit pour se lever.

— Elles sont belles, elles sont belles, mes ribaudes ! braillait Gaïa depuis le portail de sa maison de plaisir.

Sa voix éraillée remontait le couloir bordé de chambrettes. Elle ressemblait au grincement d'une roue qui n'en finit pas de tourner.

Mahaut esquissa une grimace.

Belle, elle l'avait été. Une des plus belles femmes d'Occitanie. Aujourd'hui, à l'aube de ses quarante ans, seuls la choisissaient ceux qui n'avaient pas les moyens de s'offrir les deux nouvelles recrues de la maquerelle.

À peine plus vieilles que Griffonelle...

Elle ne put réprimer un pincement au cœur, même si cela faisait déjà plusieurs mois qu'elle anticipait ce moment. Le moment où il lui faudrait choisir entre laisser la jouvencelle se prostituer... ou lui dire la vérité et l'exposer à ses conséquences.

Elle fit couler de l'eau et se savonna l'entrecuisse. Elle était d'une propreté irréprochable. Toujours. Les clients appréciaient.

Et il lui en fallait... Encore.

Elle enfila sa cotte trop courte, trop échancrée au décolleté, aux épaules, sur les hanches ; noua une ceinture de corde à sa taille. Avec un peigne de corne, elle redonna du volume à ses cheveux noirs clairsemés de blancs puis les rassembla en chignon sur sa nuque.

Enfin, elle se planta devant le petit miroir accroché à l'une des parois et, sans voir autre chose que ses lèvres, les farda d'un rouge vif.

Prête.

Prête à rejoindre Gaïa, à se vendre une fois de plus aux passants.

Prête.

Autant de fois qu'il le faudrait.

Bah, j'ai fait bien pire que cela...

En quittant son pays dévasté par la haine en 1211, elle avait espéré qu'une de ses tantes l'accueillerait. Mais celle-ci était morte quelques semaines avant son arrivée à Paris et elle avait dû improviser. Elle ne pouvait revenir en Occitanie. C'était devenu trop dangereux. Pour elle. Pour Griffonelle. Son important pécule épuisé, elle s'était retrouvée dehors, en plein hiver, crevant de faim et de froid avec la petite. Deux rues derrière celle de Glatigny[1].

Si Triboulet n'était passé par là, s'il ne l'avait prise en pitié, conduite à Gaïa cette nuit-là...

Au petit matin, devant le défilé des clients et le sourire enjôleur des filles de joie, elle avait finalement compris où elle se trouvait.

La voie de Dieu ? Celle de la providence ? Dans ce cloaque, au milieu de ces âmes perdues, elle s'était sentie en sécurité.

— Si tu veux rester, il faudra payer ton vivre et ton couvert. Pas pour la petite. Chez nous, les enfants sont rois. Alors ce sera cadeau jusqu'à ce qu'elle soit en âge de subvenir seule à ses besoins. Je te fais l'avance du temps qu'il te faudra pour trouver un travail honnête et une nourrice. Tu peux aussi ribauder ici. C'est toi qui vois. Je ne force personne, lui avait dit la maquerelle, révélant par là plus d'humanité que son allure sèche n'en laissait paraître.

Mahaut l'avait remerciée. Puis, faisant fi de tout orgueil, elle était allée proposer ses services aux tisserands de la Cité. L'un d'entre eux l'avait employée, formée.

Huit années durant elle s'était courbée sur le métier. Jusqu'à ce que les clercs de l'ordre des Prêcheurs[2] traînent leurs sandales, leurs regards suspicieux et leurs robes noires dans les rues. Son patron lui avait conseillé de chercher un autre emploi. Plus sûr. Plus discret. Persister aurait été stupide. L'aurait mis, lui aussi, en danger.

Elle n'y était pas retournée.

---

1. Le nom des rues provenait souvent d'un de ses habitants notoires. C'était le cas pour celle-ci.
2. Connu plus tard sous le nom d'ordre des Dominicains, il a été fondé à Toulouse en 1215 par Dominique de Guzmán.

Gaïa ne lui avait posé aucune question lorsque, le lendemain, elle était ressortie de sa chambre avec une cotte[1] aguicheuse. Triboulet s'était contenté d'un triste soupir avant d'entraîner Griffonelle plus loin.

Si le nain avait pensé un instant que la fillette serait affectée par les nouvelles dispositions de sa mère, il s'était trompé.

Griffonelle n'avait jamais vraiment connu que les ribaudes de Glatigny. Elle avait grandi dans leur ombre, dans leur sourire, dans leurs larmes. Elle partageait leurs repas. Il lui arrivait même parfois de s'endormir contre l'une d'elles, au soir venu. Elle considérait Gaïa comme sa grand-mère, les deux plus anciennes ribaudes comme ses tantes ; leurs bâtards, comme ses frères et sœurs. Quant à Triboulet, du haut de ses trente-sept ans, il était un père pour elle. Un père qu'elle ne quittait jamais.

Mahaut laissa retomber le rideau de sa chambre. Rires, gémissements, râles, grincement des chevilles des lits... le corridor qui menait à la rue était une antichambre du plaisir. Elle le traversa sans se presser, passant devant chaque courtine baissée avec le même respect.

Les cloches se répondaient à présent, appelant à prier, comme Gaïa, haussant le volume, appelait à jouir.

Griffonelle ne devrait plus tarder.

Une bouffée d'angoisse lui étreignit pourtant le cœur.

S'épanouissant au fil du temps, la jouvencelle s'était révélée extrêmement douée dans l'art du larcin.

Usant de ses charmes ravageurs, elle ne reculait devant rien, voyait chaque coup comme un nouveau défi. Elle

1. Tunique que revêtaient les hommes comme les femmes au-dessus du chainse. Bourgeois et nobles la portaient sous un surcot ouvragé et coloré, avec ou sans manches, long ou court selon le sexe ; pour les chevaliers, elle était en maille de fer lors des combats, des tournois ou des parades, pour les artisans en cuir selon leur métier.

rapportait toujours davantage. C'était une des raisons pour lesquelles, jusque-là, elle avait gardé sa vertu malgré l'œil concupiscent de ses cibles, des clients du bors-d'eau[1] ou des habitants des rues voisines. Mais Mahaut savait qu'elle allait bientôt devoir mettre fin à ces rapines de plus en plus audacieuses. Confiants en leur tandem, Triboulet et Griffonelle s'enfonçaient profondément dans Paris, en plein jour et à visage découvert : tôt ou tard, ils se feraient arrêter et se balanceraient au bout d'une corde.

Inconcevable... Si seulement quitter l'île pouvait l'ouvrir à d'autres perspectives...

Mais la jouvencelle affirmait souvent dans un éclat de rire que rien ne lui plaisait plus que ce quartier de tavernes et de putains. Il était le sien. Son univers, sa respiration. Parce qu'elle y était heureuse, elle n'en voyait ni la misère ni l'opprobre.

Lui révéler la vérité sur ses origines ne l'aidera pas davantage à se construire un avenir meilleur. Il me faudra donc continuer de payer la pension pour nous deux. Tout en espérant qu'un homme bon en tombe amoureux puis arrive à la convaincre de l'épouser.

Elle redressa la tête, franchit le seuil de la maison. Elle cligna des yeux sous le soleil bas qui en caressait la façade de bois peint.

Cela faisait longtemps qu'elle n'avait plus le choix : seize ans plus tôt, elle avait signé un pacte de sang en ravissant Griffonelle à sa vraie mère et en choisissant de l'aimer comme sa propre fille.

Avec toutes les conséquences que cela impliquait.

---

1. Maison de plaisir.

3.

Planté au mitan de la rue, Louis ferma un instant les yeux, les oreilles ébranlées par les coups sourds et répétés de l'église Saint-Martial en facc dc laquelle il s'était arrêté.

Vêpres[1].

Le savetier dont il avait renversé l'étal avait cessé de vociférer, la garce avait disparu et il peinait à reprendre corps avec la réalité. À cause de ce baiser, à cause de cette course effrénée, à cause de ce fessier entraperçu.

À cause de sa faiblesse et de sa stupidité.

En retard… Je suis en retard à la messe…

Ses poings se crispèrent malgré lui.

Trop tard. Le mal est fait.

— Ey, toi, l'empoté ! Vas-tu donc prendre racine ? hurla-t-on soudain.

Il sursauta, tourna la tête.

Un homme avait immobilisé sa brouette. Le sourcil froncé, les manches de chemise retournées sur des veines saillantes, le poids des sacs de farine qu'il transportait : tout indiquait qu'il ne serait guère patient.

Louis se plaqua immédiatement contre la devanture d'une boutique aux volets déjà clos. L'enseigne d'un papetier renommé.

1. Heure canoniale de fin d'après-midi réservée à la prière.

Le Paris des bonnes gens n'allait pas tarder à se replier sur lui-même.

La raison aurait voulu qu'il fasse de même. Mais l'image de cette diablesse l'obsédait, davantage que ces jours derniers.

Les cloches se turent. Les quelques religieux qui discutaient sur le parvis de la petite église disparurent à l'intérieur.

Louis songea un instant à l'angoisse qui allait étreindre sa mère en ne le voyant pas agenouillé près d'elle à l'office. Depuis le départ de son père, elle n'admettait de lui aucun écart de conduite. Il avait pourtant passé l'âge des remontrances et des punitions que l'autorité de son grand-père avait longtemps fait peser sur lui.

Marre de vivre comme un évêque ! Il est temps que je m'impose, se révolta-t-il en chassant un ultime sentiment de culpabilité.

En quelques enjambées, il rattrapa le commis boulanger.

— Je recherche une jouvencelle brune, jupe aux mollets, pieds nus, aussi effrontée que jolie... accompagnée par un nain borgne.

L'homme se retourna et lui adressa cette fois un sourire moqueur.

— Que t'a-t-elle pris ? Ton cœur ou ta bourse ?

— Les deux, je crois. Ce qui explique mon désarroi, avoua Louis, piteux.

Le commis s'esclaffa.

— Si ce n'est pour la pendre, va donc du côté de Glatigny.

Louis sursauta :

— Elle ne m'a pas fait l'effet d'une ribaude...

— Ah non ? Ce n'est pas ce qu'en pense ton dard, se gaussa-t-il un peu plus.

Louis recula, gêné. Son remords n'avait pas eu d'effet. Il bandait encore.

– Excusez-moi…

– Et de quoi ? D'être en vie ? Y a que ces foutus curés qui voudraient nous la nouer autour du cou ! Et j'en fais pas partie. Va donc, te dis-je… Ensuite rentre chez toi au lieu d'encombrer les pavés.

Louis hocha la tête, bien décidé d'abord à mettre un nom sur sa voleuse.

Il laissa l'homme rouler à nouveau sa charge. Il le suivit d'un pas distant pour ne pas l'importuner davantage puis bifurqua dans la première venelle conduisant à la rive nord de la Seine.

La rue honteuse la voisinait, à hauteur du port Saint-Landry.

Il approchait de la rôtisserie Ploumelle lorsqu'il en vit sortir le nain qui mordait à pleines dents dans une croustille. Puis un pied nu, la danse d'un jupon, une épaule sur laquelle reposait un sac de toile visiblement garni…

Le cœur fou, il se plaqua dans le renfoncement d'une bâtisse, ne laissa plus déborder qu'un œil envieux.

Sa voleuse remonta la ruelle au côté de son complice en faisant sauter dans sa main libre la bourse dont elle l'avait délesté.

– Tu veux que je te dise, Triboulet ? Je crois qu'il est amoureux de moi !

Le cœur de Louis dansa un peu plus dans sa poitrine. D'excitation autant que de crainte.

Elle n'allait pas tarder à passer devant lui. S'il voulait tout apprendre d'elle, il ne pouvait courir le risque qu'elle le voie et s'enfuie. Bien plus loin que Glatigny.

– Et que feras-tu donc demain, s'il te l'avoue ? Tu l'épouseras ? se moqua le nain, le menton dégoulinant de graisse.

Un voile de tristesse troubla les traits harmonieux de la jouvencelle.

— Ne sois pas stupide. Aussi jeune soit-il, il est riche, donc puissant. Et on ne marie pas le fils d'un puissant à la fille d'une ribaude.

Louis se rejeta davantage en arrière, tristement. Elle disait vrai. Bien plus qu'elle ne le pensait.

Alors qu'il s'accroupissait pour se fondre à la pierre et ressembler à un mendiant, elle éclata d'un rire léger.

— N'empêche qu'il est amoureux de moi. Je l'ai lu dans ses yeux.

— Alors quoi ? Tu veux l'inviter au bors-d'eau ? En faire ton amant ? Je doute que Gaïa ne t'en accorde qu'un si tu commences à ribauder.

Le ton était amer et Louis ne s'y trompa pas. Le nain entendait la protéger contre elle-même. Une part de lui aurait eu envie d'en faire autant, l'autre de la posséder.

Il aperçut le bout de ses orteils crasseux, huma le fumet du rôt qui transperçait le sac de toile. Il n'était plus qu'une ombre, avalé par la masse compacte de la bâtisse, le nez si baissé sous son capuchon qu'il respirait à peine.

Elle s'arrêta et il reconnut le son familier des pièces contre le cuir de sa bourse.

Plusieurs deniers tombèrent devant lui. Il les ramassa d'un revers de main, grommela un merci à peine audible pour rester dans son rôle.

Aucun voleur n'aurait partagé son butin de cette manière. Elle n'est pas comme les autres…

Son cœur se gonfla plus encore.

Et brusquement la vérité lui apparut. Cette vérité qu'elle avait déjà admise.

Oui, je t'aime, fol que je suis. Je t'aime d'un amour impossible. Depuis l'instant où tu as jeté ton dévolu sur moi.

Elle avait repris sa marche, s'était mise à rire.

— Mari... amant... Quelle importance ? Je te parle d'aimer, Triboulet. Pas de ribauder. Et quand bien même ? Je ne vois rien de méprisable à cela. On y risque moins la corde, tu sais...

Le nain soupira et Louis se redressa lentement, bouleversé.

Méprisable... Non, tu ne l'es pas... Pas à mes yeux... Quant à la corde, je puis te promettre qu'elle ne te sera jamais collier.

Le nain jeta l'os qu'il avait fini de ronger. Sorti de nulle part, un chien famélique s'en empara avec avidité. D'autres se mirent à suivre le sac que sa voleuse leur promenait sous le nez.

Et Louis se sentit soudain comme ces animaux errants : affamé.

Affamé de réponses et de baisers.

4.

— Elles sont belles mes ribaudes, elles sont belles ! continuait de brailler Gaïa à l'attention des passants.

Mahaut s'adossa, lascive, au croisement des rues de Glatigny et de Saint-Denis-de-la-Chartre, près d'un tonneau. Les tavernes étant nombreuses alentour, les hommes de la paroisse Saint-Landry venaient souvent poser leur pichet de cervoise[1], d'hypocras[2] ou de claret[3] près d'elle pour échanger quelques mots.

Elle aimait leur contact bourru, ce respect mutuel né d'une étreinte. Ils louaient sa beauté, sentaient qu'elle n'était pas comme les autres mais ne lui avaient jamais posé de questions, préférant sans doute son mystère à d'insipides ou d'effrayantes réponses. Cela lui plaisait. En échange, elle les conseillait, les écoutait, les consolait parfois. Rachetant son âme presque autant qu'elle vendait son corps.

Mais ce n'était pas uniquement pour leur présence qu'elle affectionnait cette place, à quelques pas de l'entrée du bors-d'eau.

De là, elle avait une vue imprenable sur la moitié du port Saint-Landry. Soit un vaste espace rectangulaire qui

1. Ancêtre de la bière, à base d'orge ou de blé.
2. Vin sucré au miel et aux épices.
3. Vin rouge léger des régions bordelaises.

partait du mur d'enceinte des jardins du monastère, à sa gauche, jusqu'au coin du fumoir à poisson. Fumoir dont le dos aveugle formait le bas de la rue Saint-Denis-de-la-Chartre par laquelle Griffonelle et Triboulet auraient dû arriver depuis longtemps.

Elle y jeta de nouveau un œil inquiet.

Seuls quelques poivrots notoires battaient le sol merdeux, se soutenant l'un l'autre en chantant sous le cri strident des mouettes.

Ils sont en retard…

Une nouvelle bouffée d'angoisse l'envahit. Elle la refusa.

Pas bon pour les affaires. Et puis qu'y changerais-je ?

Se reprenant, elle dessina un sourire provocateur sur ses lèvres, fit pigeonner sa lourde poitrine et reporta son attention sur le va-et-vient incessant des manœuvriers, des bêtes de bât, des sacs. Le port Saint-Landry était le plus grand de Paris après celui de Grève situé presque en face, sur l'autre rive. Elle ne comptait plus le nombre de cagettes emplies de légumes, de viande ou de poissons frétillants que l'on chargeait ou déchargeait des barges à peine accostées. À cela s'ajoutait l'impressionnant manège des visiteurs pressés d'entrer ou de quitter l'île de la Cité pour moins cher que ne leur coûtait le passage des ponts.

Autant de clients potentiels.

— Elles sont belles mes ribaudes, elles sont belles ! Vivre et couvert pour les plus hardis ! insistait Gaïa, à quelques pas d'elle.

Elle n'était pas seule à s'époumoner. Ses voisines d'en face y allaient, elles aussi, de leur couplet. Pourtant, Gaïa jouissait de la meilleure réputation. En plus de Mahaut, elle proposait quatre filles aussi belles que discrètes, dont les mains et le con connaissaient mille manières de retarder le plaisir pour mieux le donner.

Et cela se savait.

Mahaut les laissa à leur concurrence pour s'intéresser au déchargement d'une barge qui venait d'accoster. À partir de vêpres, les passeurs charriaient principalement des voyageurs de commerce. Et certains d'entre eux préféraient la rondeur d'un sein plutôt que celle d'un oreiller. Un des débarqués retint son attention : à l'inverse des autres qui remontaient l'enclos du monastère pour gagner plus vite le cœur de l'île, il se dirigeait vers elle, juché sur son mulet. Et, à en juger par les lourds rouleaux de tissus qu'il transportait, il avait les moyens de s'arrêter.

Mahaut répondit à son salut, d'autant plus gaillardement qu'elle en avait parfaitement conscience : des dix-huit garces qui vivaient là, elle était celle qui inspirait le plus confiance. Sa beauté fanée, nostalgique, autant que ses formes alourdies s'accommodaient bien avec l'ombre qui gagnait.

Elle attendit que le marchand ambulant soit près d'elle pour se détacher du mur.

— Alors, mon joli, que dirais-tu de te mettre au chaud jusqu'à demain ?

Il allait répondre lorsqu'un bruit de sabots ferrés dévia leur attention vers le mitan de la rue de Glatigny.

Un cavalier avançait au pas sous l'ombre des bâtisses, la tête et le toise recouverts d'un haubert[1] de fer.

— Place, les gueux ! gueula-t-il, forçant manants et ribaudes à se ranger sur le côté.

— Il ne doute de rien, celui-ci ! tempêta Mahaut avant de revenir à son client.

1. Longue cotte de mailles portée par les hommes d'armes.

Il avait déjà forçé sa monture à obliquer dans la rue Saint-Denis-de-la-Chartre.

— Premier porche à droite. Ton baudet y sera bien bouchonné, lui indiqua-t-elle, croyant qu'il voulait louer les services de l'écurie.

Mais il dépassa l'entrée toute proche et disparut dans la venelle attenante.

Perdu !

Une bouffée de colère la gagna en voyant que d'autres, s'étant hasardés près des catins se dispersaient aussi, le nez sur leurs chausses.

Sacrebleu, de quoi ont-ils peur ? Qu'on les juge ? Qu'on les condamne ? C'est un chevalier, pas un évêque ! De toute évidence, il cherche un batelier ou un pichet et ne sera pas long à les trouver !

Elle recula néanmoins pour ne pas être en travers de sa route, bien décidée à rattraper le temps perdu une fois qu'il se serait éloigné.

Las, il immobilisa son cheval à quelques pas d'elle, entre les maisons hautes derrière lesquelles le soleil déclinait.

— N'y a-t-il donc aucun lampion dans cette rue ? aboya-t-il. On n'y voit foutre !

Réagissant la première, Gaïa s'avança, amène.

— Foutre et jouir, mon sire, n'ont besoin que d'un cierge. Voulez-vous que mes garces l'allument ?

Il mit pied à terre.

— Une seule me suffira, si elle est tienne.

Gaïa afficha un sourire édenté.

— Dites toujours…

Il cogna dans son gant, détailla les visages autour de lui, infirmant ce qu'il avait dénoncé la seconde précédente : il y avait bien assez de lumière encore.

Assez pour que, cette fois, Mahaut reconnaisse ces traits durs, cette cicatrice qui les déformait, ce regard sans âme, sans pitié. Il s'arrêta dans le sien, s'emplit d'une lueur de victoire comme elle se décomposait.

— Mahaut…, crissa-t-il. Mahaut de Cabaret.

Et Mahaut sentit son sang se glacer dans ses veines.

5.

D'un pas gaillard, Griffonelle et Triboulet tournèrent à l'angle d'une bâtisse, quittant la ruelle sombre qu'ils avaient longée sur quelques coudées.

— Arrête de bouder. On y est presque, lança gaiement la jouvencelle.

Bordant la rue Saint-Denis-de-la-Chartre dans laquelle ils venaient de s'engager, des lueurs chaudes éclairaient les fenêtres des estaminets.

Le sourire de Griffonelle s'élargit encore. Elle aimait l'atmosphère feutrée qui s'en dégageait, les parfums de vin épicé ou de soupe qui franchissaient les seuils chaque fois qu'un client ouvrait la porte. Comme une invitation à la douceur d'un logis. Un logis qu'elle était heureuse de regagner, sa journée de rapine achevée.

Il n'y avait que Triboulet pour avoir cessé de s'émerveiller de ce petit monde. Et lui reprocher d'avoir pris, ce soir, un peu plus de liberté que d'ordinaire.

Il revint à la charge, le front plissé.

— Tu sais que ta mère n'aime pas que l'on arrive en retard. Je gage que l'on va se faire sonner les cloches à défaut d'avoir respecté leur appel.

Griffonelle haussa les épaules. L'odeur appétissante des cuissots qu'elle promenait sur son épaule depuis leur départ de la rôtisserie avait eu raison des consignes. Elle avait convaincu Triboulet de s'arrêter quelques minutes pour en croquer un bout. Quelques minutes qu'elle avait prolongées… officiellement pour digérer, en réalité pour continuer de penser au regard d'azur du jouvenceau de la taverne.

Elle tira la langue à Triboulet.

— J'avais faim…

C'était doublement vrai. Si elle l'avait pu, elle aurait croqué dans le sourire de son détroussé avec autant de gourmandise que dans le charnu du cochon de lait.

Triboulet battit l'air d'une main agacée. Il savait bien, lui, sur qui allaient finalement retomber les reproches de Mahaut.

— Une croustille. Tu aurais pu te contenter d'une croustille, comme moi…

Elle se pencha vers lui, lui claqua un baiser sur la joue.

— Menteur… menteur et rabat-joie ! Tu y as mordu aussi dans cette chair tendre… juteuse… si délicatement herbée…

Vaincu par sa propre gourmandise, il grommela.

— Arghhh, tais-toi ! Et avance !

— À vos ordres ! se moqua-t-elle en riant.

— Ce serait bien la première fois…

Devant eux, un couple d'ivrognes chaloupait dangereusement d'un bord à l'autre du passage, bras dessus dessous.

— Bien le bonsoir, mes vieillots ! leur lança Griffonelle qui les connaissait depuis toujours.

— B'soir, f'nelle ! répondirent-ils de concert en tanguant plus encore.

Elle tourna autour d'eux, légère, dansante.

— On dirait que vous aussi, vous avez traîné. Ce n'est pas bien… Triboulet non plus n'aime pas que je traîne…

Ils se mirent à glousser, se pousser de la hanche.

— Laisse-les donc cuver ! grogna le nain.

Il ne tenait pas à se trouver trop près d'eux lorsque le vin ressortirait de l'endroit par lequel il était entré.

Il se hâta de les dépasser, exaspéré de la voir papillonner depuis leurs retrouvailles à la rôtisserie Ploumelle. Non qu'il soit jaloux du jouvenceau dont elle s'était entichée. Comme Mahaut, il n'espérait que cela pour elle : une belle histoire d'amour. Mais son intuition lui criait que ce ne pourrait être avec celui-là. Ses vêtements discrets, son allure trop sage ne s'accordaient pas avec la fortune qu'il leur abandonnait chaque soir. L'inconnu cachait quelque chose. Et il n'était jamais bon de mettre le nez dans les affaires des puissants.

Les poivrots saluèrent Griffonelle d'une courbette avant de bifurquer, houleux, dans la rue Saint-Landry qui abritait l'église de la paroisse.

— Si tu veux mon avis, eux, c'est avec un manche à balai qu'ils seront caressés ce soir, s'amusa-t-elle après avoir rattrapé Triboulet.

Alors que, pour toute réponse, il lâchait un grognement circonspect, l'œil de la jouvencelle accrocha la silhouette d'un homme en armure, au bas de la rue.

— Pour nous, par contre, point de sermon… ma mère s'est trouvé un galant fortuné pour la nuit.

Mais Triboulet venait de voir Mahaut reculer de quelques pas.

Alerté, il retint Griffonelle par le bras.

— Attends…

Elle s'esclaffa.

— Avance, attends… Faudrait savoir !

Il n'eut pas le temps de lui expliquer que quelque chose le gênait dans l'attitude du chevalier. Mahaut fit volte-face et se mit à courir dans leur direction en relevant ses jupons.

— Fuyez !... Fuyez !... Vite ! Vite !

Le rire de Griffonelle s'étrangla dans sa gorge.

Les traits de sa mère, le ton de sa voix exprimaient une frayeur qu'elle n'y avait jamais connue.

— Viens !... Faisons ce qu'elle dit ! s'écria Triboulet, angoissé.

— Fuyez ! ordonna à nouveau Mahaut derrière laquelle, à présent, l'homme s'était élancé.

Griffonelle sentit ses joues s'embraser de colère.

— Fût-il prince ou évêque, depuis quand fuit-on devant un grogneux[1] ? À moi ! À moi ! héla-t-elle en tournant sur elle-même pour alerter les occupants et propriétaires des estaminets.

Déjà, répondant à l'appel fébrile de Gaïa, filles et maquerelles remontaient la rue, suivies de près par des hommes jaillis des tavernes du port. Tous solidaires. Comme chaque fois que l'une des putains de Glatigny était violentée par un client.

À l'instant où la rue Saint-Denis-de-la-Chartre se peuplait de ses habitants munis de lanternes ou de gourdins, Griffonelle se délestait du sac du rôtisseur, arrachait son poignard de sa ceinture et se jetait vers sa mère pour lui prêter main-forte.

Ce n'était pas la première fois. Six mois plus tôt, un petit baron, cogneur de ribaudes, avait fini dans la Seine. Et elle n'avait pas été la dernière à l'y pousser.

Plus qu'une soixantaine de coudées[2]*, à peine ! Tu vas voir, mon vilain !* se gonfla-t-elle, enhardie par le nombre qui grossissait autour d'elle.

— Va-t'en ! Va-t'en, Griffonelle ! Triboulet, retiens-la ! Par pitié ! s'étrangla de nouveau sa mère.

---

1. Râleur, mauvais.
2. Une trentaine de mètres.

La violence de sa supplique faucha la jouvencelle dans son élan justicier.

Elle pila, se laissant rattraper par Triboulet, dépasser par quatre gaillards qui invectivaient l'homme en armure. Elle hésita à reprendre sa course. Le regard de sa mère continuait de la supplier. Mais elle n'en comprenait pas la logique, l'urgence.

Mahaut avait dépassé le portail fermé des écuries, le mur aveugle de la fumerie. Les portes des estaminets les plus proches s'ouvraient comme des gueules béantes sur des hommes en colère. Même si son assaillant la talonnait, dans une seconde il allait être pris en tenaille par le haut, le bas, les côtés et solidement entravé.

Que craint-elle ? Personne ne le laissera lui faire du mal.

Presque aussitôt pourtant, elle la vit se cabrer en arrière, bouche ouverte, doigts écartés, pétrifiée autour de cette épée qui lui sortait du ventre.

Et son cœur s'arrêta.

Non... Non... ce n'est pas possible !

Mais quelqu'un avait crié depuis la fenêtre d'une auberge. Un cri de femme. Un cri d'effroi. Et sa mère venait de tomber à genoux, les traits déformés par la douleur.

— F... uis..., l'entendit-elle insister, avant de la voir hoqueter du sang et s'effondrer d'un coup au milieu des bonnes gens, comme elle frappées d'horreur et d'incrédulité.

Elle aurait dû obéir. Prendre la mesure du danger. Ce fut l'inverse. Tout en elle se révulsa et elle ne voulut plus que se jeter sur cet homme qui ricanait.

Dans un mugissement de rage et de douleur, elle se remit à courir, entendit Triboulet crier qu'on l'arrête. Mais elle ne permit à personne de l'approcher, de la ralentir, de la bloquer.

Elle fonça vers ce corps à terre, ce corps autour duquel s'élargissait une flaque de sang dans lequel dansait la lueur dorée des falots.

— Maman !... Maman ! appela-t-elle, comme si cela pouvait l'aider à se relever.

— Une garce... Une garce qui vient se jeter dans mes bras avec un couteau de cuisine, perçut-elle soudain.

Le ton était méprisant. Méprisant et jubilatoire à la fois.

Et brusquement, il fut là entre elle et sa mère, enveloppé de son armure, fer dégoulinant à la main, indifférent à l'agitation, à la peur qu'il suscitait.

Elle se figea.

— La carte. Je veux la carte. Donne-la-moi et je te laisserai en paix, lui lança-t-il.

Elle découvrit alors le trait qui lui déchirait le visage depuis le haut du sourcil jusqu'au menton. Fût-elle née d'un poignard, cette cicatrice ajoutait à la cruauté d'un regard sans âme. Et cette fois, la terreur qu'elle avait lue dans les yeux de sa mère pénétra en elle. Profondément.

Elle recula.

— La carte, répéta-t-il en avançant encore, plus menaçant que jamais.

Elle ne savait pas de quoi il parlait et elle s'en moquait. Elle ne voulait plus à présent que se retrancher derrière le rempart des habitants. Et Triboulet près d'elle.

— Allez-vous-en, messire ! Ou par saint Georges, je vous envoie rejoindre cette pauvre Mahaut ! s'interposa l'un des taverniers, un fléau d'armes[1] dans sa main de géant.

L'épée s'envola, lui déchira la gorge, en fit jaillir un flot de sang. Le tavernier lâcha son gourdin et tomba

1. Gourdin hérissé de pointes.

comme une masse en arrière, dans les bras d'une femme qui se mit à hurler.

Horrifié, on s'écarta de nouveau, élargissant le cercle qui s'était resserré.

Le chevalier tourna sur lui-même.

— Quelqu'un d'autre ?

Ce fut le signal de la débandade. Seule Gaïa, plantée derrière lui, à quelques pas de Mahaut, ne bougea pas.

Griffonelle accrocha son regard dévasté. Juste avant de sentir la main de Triboulet se refermer sur son bras, la tirer en arrière.

À cet instant seulement, son instinct de survie balaya le souvenir de sa légèreté, de son insouciance et de sa fâcheuse habitude de défier le destin.

Je meurs si je reste là, comprit-elle.

Lors, répondant enfin à l'espoir de Triboulet, à la supplique muette de Gaïa, elle tourna les talons et fila.

6.

Louis venait de s'engager dans la rue Saint-Denis-de-la-Chartre lorsque Griffonelle le percuta violemment, les traits ravagés de larmes et de terreur.

Ahuri, il ne sut que se rejeter dans l'ombre d'un muret, la regarder fuir l'endroit qu'elle venait à peine de rejoindre, le nain sur ses talons.

Avant même qu'il n'ait pu se poser la moindre question, on se mit à gueuler sur sa gauche.

— Les sergents ! Voilà les sergents !

Peinant à comprendre ce qui avait pu se passer en si peu de temps, il tourna la tête. Quatre hommes armés se dirigeaient au pas de course vers un discret attroupement.

Il jeta un regard furtif aux alentours, repéra un grand nombre de silhouettes dans l'ombre des façades. D'autres s'étaient postés aux fenêtres des étages.

Comme si les gens voulaient se cacher sans rien perdre de ce qu'il advient. Sang Dieu, qu'est-il donc arrivé ici ? se troubla-t-il plus encore.

Il entendit hennir un cheval, chercha d'où le son provenait. À une centaine de coudées[1] de lui, au départ de la rue, un homme se remettait en selle.

Un chevalier, nota-t-il à son allure.

---

1. 46 mètres.

Or, peu d'entre eux étaient encore en Île-de-France, occupés pour la plupart à offrir leur aide au roi Louis VIII dit le Lion dans sa conquête de Toulouse. Conquête qui passait par la pacification de l'Occitanie après des années de croisade contre les albigeois.

Il descendit la rue, de plus en plus perplexe, s'approcha des deux formes qui gisaient à terre et près desquelles s'étaient accroupis les sergents d'armes.

S'il se devait de rester discret, il ne voulait pas moins comprendre ce qui avait fait fuir sa voleuse. Il n'avait pas manqué la messe ni voué sa mère aux pires inquiétudes pour revenir bredouille.

— Reste pas là ! lui conseilla soudain une servante vêtue d'une robe verte.

À l'inverse des autres qui se terraient, apeurés derrière les fenêtres de la taverne, cette femme à la beauté intemporelle surveillait depuis un vantail entrebâillé.

Il la remercia d'un signe de tête, s'arrêta deux pas plus loin, dans le repli d'une porte cochère.

Être à portée de voix lui suffisait.

— C'est Mahaut, annonça l'un des gardes d'une voix morne en secouant la tête.

— Qui lui a fait ça, Gaïa ? demanda un autre à une ribaude osseuse et âgée.

— Lui, là-bas ! Avant d'égorger le Thibault qui tentait de s'interposer, crissa la maquerelle, le timbre brisé, en désignant le cavalier.

L'accusation ne semble pas l'inquiéter, s'étonna Louis en le voyant marcher vers eux au pas tranquille de sa monture.

Cela n'empêcha pas les soldats de se jeter en travers du passage, arcs bandés, lance tendue.

— Pied à terre ! gueula le plus hardi.

Voyant le cheval s'immobiliser, les occupants des tavernes voisines sortirent, visiblement soulagés.

— J'ai tout vu ! affirma l'un.

— Itou ! C'est lui ! Méritait pas ça, l'Thibault ! Et foutre-dieu, elle non pu ! cria un autre, étranglé par l'émotion.

Louis en déduisit que la Mahaut en question devait être appréciée de ses clients.

Que représente-t-elle pour toi, ma voleuse ? Et pour quelle raison un chevalier s'en prendrait-il aussi sauvagement à une ribaude ?

Il se fraya un passage entre deux gaillards. Enfin il put le voir de plus près.

Son cœur s'emballa.

Ce blason[1]*… Je connais ce blason.*

Même si le visage du chevalier était encore avalé par l'ombre, il ne pouvait se tromper.

Aurait-il abandonné l'ost royal ? Pour quelle raison ? Commettre ces deux meurtres ? Voici qui me semble bien léger, se troubla-t-il plus encore.

— À terre ! réitéra le lancier.

Manifestant clairement son refus d'obtempérer, le cavalier croisa les mains sur le pommeau de sa selle.

— Et que feras-tu ? Me conduire au prévôt ?

— Parfaitement, messire. De nombreux témoins vous incriminent.

— Des témoins, dis-tu ? Je ne vois ici que des délateurs… exactement ce dont j'ai besoin.

Il arracha une bourse à sa ceinture, la jeta pour qu'elle se vide à terre, sous le nez des sergents. Une autre, tout aussi pleine s'écrasa à une vingtaine de pas de Louis.

— Ramassez, les gueux ! Emplissez-vous les poches ! Cela libérera vos consciences ! J'en promets une entière

1. Signe distinctif et emblématique d'une famille noble.

à qui me renseignera sur la garce et son nain ! cria-t-il en se dressant sur ses éperons pour que tous entendent, y compris les ribaudes qui s'étaient rapprochées.

Le sang de Louis se mit à bouillir dans ses veines.

Elle… C'est elle qu'il veut…

Il eut l'impression de manquer d'air. Devant lui, des doigts crochus ravissaient les pièces.

Pouvait-il blâmer ces gens, lui qui n'avait jamais manqué de rien ?

— Vous perdez votre temps. Ils sont déjà loin ! lança une voix enfantine sur sa droite.

Le cavalier ne chercha même pas à l'identifier. Indifférent aux soldats qui le tenaient toujours en respect, il ricana, le front tourné vers Gaïa, restée près de Mahaut.

— Ils reviendront ! N'est-ce pas, la maquerelle ? Cette petite garce voudra revoir sa mère ! S'assurer qu'elle a survécu à ma broche.

— Vous avouez, messire ! Cette fois, je vous arrête ! se tendit le lancier.

Il n'obtint qu'un éclat de rire qui acheva de défaire Louis, bouleversé par ce qu'il venait d'apprendre.

— Dis à ton prévôt qu'il me trouvera au palais de la Cité. Je l'attends de pied ferme.

— Au palais ? s'étrangla le sergent.

Au palais…, se décomposa Louis. *Alors cela signifie…*

— Oui, au palais ! Je ne serai pas difficile à reconnaître, pérora le cavalier.

Il accrocha la lumière rasante afin que tous puissent voir sans ambiguïté la cicatrice qui le défigurait de part en part.

— Cadeau de cette chienne ! lança-t-il en crachant en direction de Mahaut.

Louis avait le souffle coupé. Il devait rentrer. Vite…

De nouveau la voix du chevalier s'éleva.

— Sa fille détient quelque chose qui m'appartient ! Je le lui reprendrai avec ou sans votre aide. Mais je promets de lui accorder la vie sauve si vous me la livrez.

Il fit avancer son cheval d'un pas, baissa un regard terrible sur les sergents.

— Et maintenant, laissez-moi passer.

Louis les vit s'écarter et avec eux les habitants de la rue Saint-Denis-de-la-Chartre.

Il n'attendit pas davantage. Il prit ses jambes à son cou, tourna à l'angle de Saint-Landry.

À la hauteur de son église, le bruit des sabots le força à se rejeter en arrière.

Rien à faire, se désola-t-il.

Quand bien même il maintiendrait son allure, il était trop tard. Comme ce cavalier qui venait de le frôler, son père devait être rentré. Et savait déjà qu'il n'était pas où il le devrait.

7.

Face à la violence du chevalier, Triboulet s'était laissé guider par un instinct d'autant plus sûr qu'il l'avait éprouvé depuis longtemps ; depuis cette enfance malheureuse où sa différence le forçait à se cacher pour éviter les coups de ceux qu'elle effrayait.

Très vite sa main avait rattrapé celle de Griffonelle et l'avait gardée dans la sienne.

Après avoir dépassé les rues encombrées de la Cité, puis les derniers bâtiments du clos Notre-Dame, il emmena la jouvencelle, docile, vers le bras de Seine qui coulait derrière la cathédrale.

Comme il s'y attendait, il trouva la berge déserte.

Il en parcourut l'étendue du regard, avisa une barque retournée qui offrait sa coque ventrue aux lueurs du couchant. Ils pourraient s'adosser à sa quille, se reposer.

Il l'y entraîna avant de s'immobiliser, comme elle, le souffle court.

Aussitôt, Griffonelle se tourna vers le fleuve, les poings fermés, fixant sans la voir l'enfilade des trois îlots de terre en friche qui leur faisaient face.

Elle était épuisée par sa course, épuisée par la brutalité de la scène à laquelle ils venaient d'assister, épuisée par son incompréhension et sa détresse. Malgré tout, elle refusait de lâcher prise, comme si, ce faisant, tout allait devenir réel, palpable.

Insurmontable.

Il le faudra bien, pourtant..., espéra Triboulet devant l'extrême pâleur de son visage et sa respiration saccadée.

Tandis qu'elle se laissait choir sur la grève, il attendit, n'osant plus bouger.

Enfin un sanglot discret troubla le bruissement du ressac.

Il s'approcha d'elle, lui enroula les épaules pour l'attirer contre lui. Ses larmes redoublèrent.

Pfff, se désola-t-il, plus défait encore. *Quand je pense qu'elle n'en a versé aucune jusque-là !*

De fait, il ne l'avait jamais vue que rire, chanter, danser, virevolter. Elle vénérait chaque matin qui entrait dans le bors-d'eau et beaucoup disaient qu'elle en était le soleil permanent et la plus belle des lumières.

Emporté par ce souvenir, il sentit la douleur remonter en lui comme une poche purulente. Son œil unique déborda et il eut l'impression que son impuissance allait le lui crever, plus sûrement que cette pique d'acier enfoncée méchamment dans l'autre, vingt ans plus tôt.

L'entendant renifler, elle se blottit un peu plus et, pour la première fois de son existence, il eût voulu être un géant, dresser un rempart de ses bras immenses et l'envelopper pour tenter d'effacer les images.

Mais il n'était que lui, Triboulet, fils d'une maquerelle et du fou du défunt roi Philippe Auguste. Fils de deux nains.

Lui... Juste bon à voler, à grimacer, à cabrioler, à jongler.

Il ne possédait pas les mots capables de réconforter. On ne les lui avait pas appris.

Lors, il resta debout contre elle sans bouger. Jusqu'à ce que la nuit devienne noire, que les étoiles s'allument et que, au grand firmament, le sourire de la lune lui laisse croire qu'un demain pouvait encore être possible.

Même s'il ignorait lequel.

Bientôt, il ne sentit plus ses orteils profondément enfoncés dans le limon, ses jambes tétanisées, son bras engourdi. Il écoutait cette pluie qui n'en finissait pas avec l'impression qu'il était devenu arbre et que Griffonelle abreuvait ses racines.

Et puis soudain, elle cessa de gémir et de sangloter. Et il suspendit son souffle.

Elle renversa la tête en arrière, hurla. Un cri long, sauvage. Un cri de louve qui fit aboyer des chiens au loin.

Puis de nouveau le silence les recouvrit. Il la vit frissonner, mais il savait que ce n'était pas de froid, l'air était doux pour la saison.

— Pourquoi a-t-il fait cela, Triboulet ? finit-elle par lâcher, une froide colère dans la voix.

Il s'assit à côté d'elle, soupira sans répondre.

Elle essuya ses yeux gonflés d'un revers de manche, renifla à nouveau.

— Il a parlé d'une carte... Une carte... Cela n'a pas de sens.

Triboulet baissa le front.

— Non, cela n'a pas de sens, mentit-il.

Presque aussitôt il le regretta. Mais il avait promis. Promis à Mahaut de n'en parler jamais, quoi qu'il advienne.

Un morceau de bois flotté vint s'échouer à leurs pieds. Elle le caressa avec son orteil.

— Tu crois qu'il est retourné là-bas après qu'on l'a semé ? Qu'il a fouillé le bors-d'eau et que n'ayant rien trouvé il attend que j'y revienne ?

— C'est possible.

Elle pivota vers lui et il vit son regard s'embraser dans l'obscurité.

— Alors nous allons devoir feinter. Parce que personne, tu entends, personne ne m'empêchera d'aller embrasser ma mère.

8.

En traversant à toute allure le souterrain qui reliait l'église Saint-Michel[1] à sa chambre, Louis s'était préparé à la confrontation que le retour du chevalier français laissait augurer.

Il se demandait juste lequel, de son père ou de sa mère, le cueillerait en premier.

L'un ou l'autre, il faudra bien que j'assume...

Il prit une grande inspiration pour dominer les battements fols de son cœur, puis actionna le mécanisme.

Aussitôt un parfum subtil lui enveloppa les narines. Ce parfum si particulier né de l'union entre la rose de Damas, le musc, l'encens et le myrte.

Mère, comprit-il en déglutissant.

Sa haute taille autant que son intrépidité n'y changeaient rien, quoi qu'il fasse, le petit garçon se réveillait face à elle. Un petit garçon qui la vénérait autant pour sa beauté que pour sa droiture, son intelligence, sa douceur et sa piété.

— Bonsoir, mère, lança-t-il tandis que derrière lui le mur reprenait sa place.

— Éclairez donc, mon fils. La chandelle est morte depuis trop longtemps, se contenta-t-elle de répondre de cette voix inimitable, discrètement rocailleuse tout en restant harmonieuse.

---

1. Ancienne église romane qui jouxtait l'enceinte antique du palais de la Cité.

Louis se dirigea à l'aveugle, s'appliqua.

Une lueur chaude ne tarda pas à s'élever près de la chaire[1] profonde, garnie de coussins épais, dans laquelle elle patientait.

Il s'attendait à des reproches, il ne vit qu'un sourire triste sur ses traits pâles.

À la brillance d'un sillon sur ses joues, il lui sembla même qu'elle avait pleuré, mais il rejeta cette idée. Ce n'était pas dans ses habitudes. Et certainement pas le jour du retour de l'aimé.

Sauf que je ne suis pas censé le savoir… M'aurait-elle excusé auprès de père pour m'éviter une punition cuisante ? Et s'en vouloir à présent d'avoir pêché ?

C'était dans son caractère.

— Vous avez manqué l'office, gronda-t-elle néanmoins, sans décrocher ses doigts des accoudoirs.

Il s'agenouilla devant elle, comme il le faisait chaque fois qu'il était pris en défaut.

— Non, point, mère. J'ai seulement eu besoin de la puissance de Notre-Dame, mentit-il, le cœur serré.

Elle se pencha, cueillit sa joue dans sa paume, fouilla dans son regard comme en un livre ouvert.

Il rougit, plus encore lorsqu'elle murmura :

— L'appel de Dieu prend parfois de curieux visages… l'essentiel est que vous ayez pu vous recueillir.

Incapable de soutenir la puissance de ses yeux d'émeraude, il baissa le front, le coucha sur le tissu de son surcot brodé. Son contact, soyeux et parfumé, l'apaisa aussitôt.

Il ferma les paupières, se détendit sous la caresse d'une main dans ses boucles blondes.

Cela ne dura pas.

1. Siège haut renfermant un coffre dans son piètement.

— Mais je n'aime pas que vous déambuliez sans escorte, lui reprocha-t-elle.

Il comprit, intuitivement, qu'elle espérait l'entendre avouer son secret. Il en eut envie comme chaque fois qu'elle perçait à jour l'une de ses faiblesses. Toutefois, ce qu'il avait vu, ce qu'il ressentait pour sa voleuse... L'équation était trop nouvelle, déroutante et grave, pour qu'il sache encore comment l'appréhender et y faire face. Et puis, mieux valait que sa mère n'y soit pas mêlée tant qu'il ignorait de quoi il retournait réellement. Il réservait cet aparté à son père, une fois qu'il se serait excusé de n'avoir pas été là pour l'accueillir.

— Certes. Mais l'appel de liberté n'est-il point dans ma nature ? se défaussa-t-il.

Elle soupira :

— Je croirais entendre ma grand-mère... Ce besoin de vous fondre au peuple, d'en respirer l'essence. Ce besoin d'anticiper le souffle d'une rancœur, d'une querelle, d'une révolte. Jusqu'à sa fin, elle n'a pu s'en empêcher. Elle me manque souvent, savez-vous ? Elle fut si grande...

— Vous l'êtes aussi, mère. Pour ne m'avoir rien interdit tout en m'apprenant tout.

— Allons, c'est aux bons frères que vous devez votre éducation, pas à moi...

Il redressa la tête, lui renvoya la chaleur de son amour.

— Ce ne sont pas eux que je trouve au chevet de mon lit, ce soir...

Un voile sombre alourdit ce visage aux traits fins et réguliers.

— Je ne devrais pas y être. Et je n'y serai plus. Comme vous ne pourrez plus, demain, vous faufiler librement dans Paris.

Sa voix s'était brisée et le cœur de Louis se crispa. Il feinta :

— Dois-je comprendre que père est revenu et que c'est ma punition pour avoir manqué à mes devoirs envers lui ?

Pour toute réponse, l'œil de sa mère s'embua et il devina qu'elle luttait pour interdire à ses larmes de couler.

Il s'empara de ses doigts, les sentit trembler.

— Cette faute est la mienne. Vous ne devez pas vous en sentir peinée.

Elle trouva la force de lui sourire.

— Levez-vous, Louis.

Comme il ne bougeait pas, attristé par cette douleur qui émanait d'elle malgré ses efforts pour la contenir, elle insista, le timbre altéré.

— De grâce, mon fils, levez-vous.

Cette fois, il obéit. Recula. Nota, inquiet, qu'elle s'aidait des accoudoirs pour se redresser à son tour.

Ce n'est pas normal…

Elle lui fit face, entre cette chaire et le lit à baldaquin. Ce lit dans lequel, depuis trois ans maintenant, il dormait seul, à l'écart de ses cadets. L'obligeant ainsi à prendre conscience de sa différence.

… Non, ce n'est pas normal… Si empathique soit-elle, je ne l'ai jamais vue aussi ébranlée.

Il lui sembla que cette chambre immense, somptueuse, rétrécissait.

Il manqua d'air.

— Que se passe-t-il, mère ?

Elle prit une profonde inspiration, ouvrit la bouche. Aucun son n'en sortit.

À sa place, le glas de la chapelle du palais lâcha un coup long, puissant, qui fit vibrer les vitres. Louis vit sa mère l'encaisser en serrant les mâchoires. Il se jeta sur la fenêtre, l'ouvrit en grand, reçut la vibration du deuxième coup en plein cœur.

Un troisième l'ébranla en entier.

Hagard, il pivota, revint vers sa mère qui n'avait pas bougé, la prit dans ses bras.

— Dites-moi que ce n'est pas vrai, mère... dites-le-moi...

Elle le serra, presque à l'étouffer. Il était aussi grand qu'elle, mais en cet instant, c'était de nouveau le petit garçon qu'elle aurait voulu consoler.

— Je ne le peux, hélas... la camarde a emporté votre père, à Montpensier, en Auvergne, alors qu'il se préparait à rentrer...

Louis se rejeta en arrière.

— Non... C'est impossible, mère... je ne suis pas prêt, argua-t-il, comme si cela pouvait faire reculer la mort, faire revenir son père, lui interdire à lui d'être dévasté.

Elle lui prit le visage à pleines paumes, planta son regard dans le sien.

À cet instant seulement il mesura à quel point elle était ravagée. À quel point ce temps qu'il avait perdu dans Paris, elle l'avait passé à tenter de se reconstituer une apparence.

Elle n'en étrangla pas moins un sanglot dans sa gorge avant de murmurer :

— Dieu m'est témoin que j'aimais votre père. Dieu m'est témoin que ma grand-mère, Aliénor d'Aquitaine, fut de sage conseil en venant me chercher dans ma douce Castille pour m'offrir à lui. Dieu m'est témoin que jamais mariage arrangé n'aura été plus doux et harmonieux. Mais la veuve que je suis doit s'effacer devant la mère. Et la mère vous l'affirme, Louis : vous surmonterez votre chagrin. Vous serez à la hauteur de la charge qui vous incombe.

Il songea à sa voleuse qui, quelque part dans Paris, luttait, elle aussi, contre sa souffrance.

Il ferma les yeux. Comme elle, comme sa mère qui reprenait lentement le contrôle d'elle-même, il n'avait pas d'autre choix que de faire face, quoi qu'il lui en coûte.

Blanche de Castille s'écarta.

— Relevez la tête, mon fils. On vous attend…

Il obéit, fixa cette porte qui le séparait de son destin. Il fallut pourtant que sa mère le formule pour qu'il puisse enfin l'admettre et l'accepter :

— À dater de cet instant, vous êtes le nouveau roi de France.

9.

À cette heure, la Cité n'était plus qu'un enchevêtrement de maisons étroites dominées par les églises et l'écrasante masse de la cathédrale Notre-Dame. Les encorbellements étouffaient la lumière blafarde de la lune composant avec les nuages, les rares pavés ruisselaient d'eau sale, les ornières, de boue, conséquence du nettoyage quotidien des éventaires de bouche. Chiens et chats errants se disputaient les rats ; les mendiants, les immondices. Et il se trouvait toujours un coupe-jarret en embuscade pour traquer un voyageur surpris par la brutale obscurité, voire un benêt piégé trop longtemps dans une taverne par l'abus de cervoise ou de claret.

Griffonelle s'était collée aux volets fermés d'une échoppe, dans une venelle qui bordait l'arrière de l'église de leur paroisse. À l'instar de Glatigny ou de Saint-Landry, elle était particulièrement mal famée.

Ce n'était pas ce monde de l'ombre qu'elle redoutait. Il était sien. C'était l'inconnu dans lequel l'agression sauvage de sa mère l'avait précipitée.

Comme si cela ne suffisait, le glas de la chapelle du palais, ce glas reconnaissable entre tous par ses graves puissants, venait de sonner à l'autre bout de l'île. Or, on ne l'ébranlait que pour annoncer la mort du roi.

Nuit maudite, songea-t-elle en se signant.

Un instant, par une étrange association d'idées, lui vint l'image de Louis le huitième, transpercé, comme sa mère, par le balafré.

Elle la chassa. Outre que c'était stupide, elle avait bien assez de sa peur et de sa détresse pour se soucier des raisons qui avaient emporté le monarque dans la fleur de l'âge[1].

Il n'aura pas régné longtemps[2]*... Paix à son âme*, lui accorda-t-elle avant de se concentrer sur la clôture du cimetière.

Triboulet achevait de l'escalader.

Ils avaient décidé d'entrer dans l'église par l'arrière, de grimper au sommet du beffroi et de se servir de l'échelle qui y menait comme d'un pont au-dessus du vide. Pont qui leur permettrait ensuite de rallier le bors-d'eau de Gaïa par les toits sans tomber dans une embuscade.

Mais avant cela, le nain devait lui ouvrir la poterne située de l'autre côté de la rue.

Dépêche-toi..., s'angoissa-t-elle, fébrile à l'idée que les braves gens, arrachés au sommeil par l'appel de la cloche, ne se mettent aux fenêtres pour commenter.

Il sauta dans le vide, disparaissant à sa vue.

Elle s'efforça de respirer lentement. Chaque inspiration longue ramenait une douleur insupportable entre ses côtes. Comme si elle ressentait celle de sa mère, son souffle s'éteignant peu à peu. Une sensation particulière, prégnante, qui lui laissait croire qu'elle l'attendait pour mourir.

Le battant cintré s'écarta enfin et la frimousse simiesque de Triboulet apparut dans l'encadrement. Elle s'empressa de le rejoindre.

1. Il est mort à l'âge de 39 ans.
2. Du 6 août 1223 au 8 novembre 1226.

Quelques minutes plus tard, après avoir traversé les allées de tombes au pas de course, ils pénétraient dans l'église.

Elle ressemblait à la plupart des autres de la Cité. Courte, exiguë, n'accueillant guère plus d'une cinquantaine de fidèles. Des cierges achevaient de se consumer sur le piquoir de chaque côté d'un autel de pierre, répandant assez de lumière pour déligner le contour des bancs placés au centre de la nef.

Le cœur de Griffonelle se déchira de nouveau. C'était ici qu'elle avait été baptisée. Ici qu'elle assistait à la messe avec sa mère. Elle ne concevait pas devoir, demain, après-demain, dans une semaine, se pencher au-dessus de son cercueil.

Seigneur, faites que le balafré ne l'ait pas achevée. Faites qu'elle survive à sa blessure, pria-t-elle tandis que Triboulet se rapprochait du beffroi.

S'arrachant à sa détresse, elle grimpa derrière lui puis l'aida à hisser l'échelle sur le plancher.

— Tu crois qu'elle sera assez longue pour couvrir la largeur de la rue ? demanda-t-elle.

Il haussa les épaules.

— On ne le saura qu'en essayant. Mais avant, faut que je décroche la cloche. On va avoir besoin de sa corde pour manœuvrer les barreaux dans le vide.

L'instant d'après, il essuyait ses mains à son surcot de toile pour affirmer sa prise et Griffonelle se remettait à prier.

Un immense soulagement les gagna lorsque, leur manœuvre accomplie, ils virent les montants se poser en douceur sur la toiture d'en face.

— Je vais passer le premier pour m'assurer de la solidité, annonça Triboulet, sûr de sa capacité à retomber au sol sans se blesser.

Il venait juste de s'élancer sur les mains, ses jambes courtes tendues vers le ciel, qu'un groupe de poivrots se signalait par de bruyantes éructations.

Griffonelle pencha la tête entre les balustres. Quatre hommes, en provenance de Saint-Denis-de-la-Chartre, progressaient vers l'église en titubant.

Manquerait plus qu'ils lèvent le nez et aperçoivent Triboulet ! s'agaça-t-elle.

Ils n'avaient pas besoin qu'on les signale au balafré ou aux agents du prévôt si ces derniers traînaient toujours dans le coin.

Triboulet se hâta. Sitôt qu'il fut de l'autre bord, il lui fit signe d'attendre : les ivrognes venaient de s'immobiliser juste au-dessous de lui.

— Trois rois ! Trois rois en trois ans qu'nous avons ! L'Auguste, le Lion, et maint'nant le p'tiot Louis ! L'est pas bon, mes gars ! L'est pas bon ! se lamenta l'un d'eux.

— Pauv'reine Blanche ! renchérit le deuxième d'une voix nasillarde.

— Pauv'ses enfants ! ajouta le troisième en se mouchant dans la manche la plus proche.

— Pauv'nous ! sanglota le dernier.

Griffonelle ébaucha un sourire : Triboulet s'était assis au ras des tuiles, tentant de la distraire par des grimaces. Elle les lui retourna sans conviction. Si brève soit-elle, l'immobilité lui coûtait. Elle avait le sentiment que chaque seconde perdue l'était aussi pour sa mère.

Voyant les poivrots s'encroûter, elle commençait à perdre patience quand la lueur d'une lanterne perça l'autre bout de la ruelle, ravivant en elle le souvenir du trépas de Philippe Auguste : ce soir-là, toutes les cloches de Paris s'étaient mises à sonner, appelant les paroissiens à accompagner la veillée mortuaire et le deuil de la famille royale.

Si elle restait là, ce serait toute une foule qu'elle braverait. Et le curé.

Triboulet l'avait compris aussi, car il venait d'empoigner solidement les montants de l'échelle pour garantir son passage. Elle se mit à quatre pattes comme un singe et progressa dessus à vive allure.

À peine fut-elle au milieu qu'une voix s'égosilla.

— Z'avez-vu ?

— Qu'est-c' t'é qu'c'é qu'ça ? trembla une deuxième.

Lors, comprenant que le contre-jour autant que leur état empêchaient les poivrots d'identifier une forme humaine, elle lança une griffe au travers des barreaux en crissant comme une bête sauvage.

Ils poussèrent le même cri de terreur et prirent leurs jambes à leur cou en direction du groupe qui arrivait.

— Le diable ! Le diable est là ! les entendit-elle s'époumoner tandis qu'elle se dépêchait de parcourir la distance qui la séparait de Triboulet.

Ils échangèrent un sourire complice. Puis ayant basculé l'échelle dans le vide pour la rendre au curé, Triboulet ouvrit la marche d'un pas prudent.

Ils atteignaient l'angle de la rue de Glatigny lorsqu'il tendit un index boudiné en direction du port, la forçant aussitôt à se tasser au ras des tuiles.

Une silhouette se mouvait précautionneusement contre le mur latéral du fumoir. Il ne portait pas d'armure comme le balafré, mais de toute évidence, il surveillait les entrées et les sorties du bors-d'eau.

Leur interdisant de descendre.

10.

— Je dois vous prévenir, Louis..., le retint sa mère à quelques pas de la double porte derrière laquelle patientaient ceux qui, deux heures plus tôt, étaient venus lui annoncer la mort de son époux.

Il s'immobilisa, le sourcil froncé, sous l'œil impassible des gardes.

Blanche de Castille avait pris le temps de parcourir le long corridor qui menait à l'*aula regis*[1], pour, comme lui, se recomposer une allure, une certaine dignité. Il ne s'attendait pas à ce qu'elle rompe le silence avant d'entrer.

— Oui, mère ? l'invita-t-il à poursuivre en la voyant chercher ses mots.

Elle le prit par les épaules, plongea son regard émeraude dans le sien, foncé par le chagrin.

— Ce ne sont pas des messagers que vous allez trouver, mais des chevaliers, nos amis, nos proches, ceux qui n'ont jamais démérité de l'affection qu'avec votre père nous leur portions. Ceux qui l'ont accompagné partout, toujours, au plus fort des combats qu'il a eus à mener pour le royaume. Ceux qui, de tout temps, ont approuvé ses décisions, ses choix sans jamais les discuter. Ils ont assisté à son agonie, souscrit à ses dernières volontés...

---

1. Salle du roi ou *aula regis* construite par Robert II le Pieux (986-1031), détruite puis rebâtie ensuite par Philippe le Bel, telle qu'on la connaît aujourd'hui.

Elle blêmit et, de nouveau, une lame douloureuse la balaya.

Il attendit, refusant de la brusquer.

– Votre père est mort d'un flux de ventre, il y a cinq jours déjà, le 8 novembre. Il a refusé que l'on nous prévienne, que l'on prépare ses obsèques. Il a refusé que le pays sache avant que l'on ne nous ait ramené son corps.

Louis verdit. C'était contraire aux usages. Et visiblement sa mère peinait à l'accepter.

– Pourquoi ?

– Parce que c'est à moi qu'il a confié la régence du royaume jusqu'à ce que vous soyez en âge de régner. Parce que, sitôt le glas sonné, ma douleur m'aurait fait me précipiter à sa rencontre, avec vous et une escorte beaucoup trop faible. Laissant toute chance à un usurpateur de s'emparer de nous, puis du trône.

– Un usurpateur ? Mais qui ? Qui aurait osé ? se décomposa un peu plus Louis.

– Mon cousin anglais[1] peut-être, qui veut toujours récupérer ses possessions continentales[2]... En vérité, je n'en sais rien, Louis. Combien sont-ils dehors, puissants illustres, jaloux batailleurs, qui refuseront de prêter allégeance à une femme ? Qui me reprocheront d'avoir poussé votre père à sa perte ?

Devant sa voix brisée, une bouffée de révolte le parcourut.

– Père a toujours agi au mieux des intérêts du royaume. Il n'a voulu que pacifier ce comté[3] instable. Exiger que Raymond VII le lui remette comme il s'y était

1. Henri III, roi d'Angleterre, fils de Jean sans Terre, petit-fils d'Aliénor d'Aquitaine, comme Blanche de Castille.

2. Enlevées par Philippe Auguste à Jean sans Terre.

3. Comté de Toulouse.

engagé[1] avant de se dédire. Je ne vois là rien que l'on puisse critiquer.

— Ce ne sont pas les faits qui me desservent, mon fils, mais les raisons qui les ont provoqués.

Il tiqua.

— Que voulez-vous dire ?

Un profond soupir ébranla Blanche.

— Quand Raymond VII a repris son serment d'allégeance à la Couronne, j'ai ressenti la même frustration qu'Aliénor face à cet héritage qu'on lui avait toujours refusé[2]. Je ne l'ai pas supporté et votre père s'est empressé d'y remédier.

Des larmes voilèrent ses yeux.

— Je suis coupable, Louis. Coupable d'orgueil. Et cet orgueil vous a ravi un père autant qu'il m'a enlevé un mari. Plus que tout pourtant, il a privé la France d'un grand roi. Vous me le pardonnerez peut-être, mais d'autres ?

Il embrassa le bout de ses doigts, sourit dans sa détresse.

— Je ne vois ici qu'une grande reine, telle que fut Aliénor. Et mon père comme mon grand-père la voyaient aussi. Vous vous repentez de votre orgueil ? Aucun des trois n'en manqua. Je crois même qu'il en faut, autant que de vertu, pour gouverner tête haute. Alors, de grâce, ne vous flagellez pas et apprenez-moi à marcher sur leurs traces, mère.

1. En soutenant la religion cathare, Raymond VII s'est, comme son père, opposé au pape. L'excommunication qui pesait sur le comté de Toulouse a été levée lorsqu'il a consenti à faire allégeance au roi de France. Peu de temps après, rompant son serment, il reprenait Toulouse et s'y enfermait, forçant Louis VIII à s'élancer en mars 1226 pour le faire plier.

2. Aliénor d'Aquitaine aurait dû hériter du comté de Toulouse à ses quinze ans. Vers la fin de sa vie, renonçant enfin à ses prétentions, elle a donné sa fille Jeanne d'Angleterre en épousailles à Raymond VI de Toulouse. Jeanne a eu deux enfants, dont Raymond VII. Blanche de Castille est donc la cousine de Raymond VII.

Bouleversée, elle l'attira dans ses bras, déposa un baiser tremblant sur le haut de son crâne, là où bientôt scintillerait la couronne.

— Nous avons de nombreuses choses à régler dès ce soir, Louis, à cause du retard que nous avons pris, bien malgré nous, sur l'organisation des obsèques. J'ai besoin de vous avoir à mes côtés. Tout comme ces chevaliers auxquels vous avez manqué tout à l'heure. Pour autant, ne vous excusez pas de votre absence. Un roi ne le fait pas.

— Entendu, mère.

Elle s'écarta, adressa un signe aux gardes, puis revint caresser sa joue, l'œil éteint.

— Une dernière chose. Je n'ai encore rien dit à vos frères[1]. Ils sont suffisamment inquiets pour le petit Charles[2]. Nous leur annoncerons ensemble, demain, si vous le voulez bien.

Louis hocha la tête, soulagé. Pas pour son cadet né en février dernier et auprès duquel il se rendait fréquemment depuis trois jours que la fièvre l'affaiblissait. Mais parce que sa mère ne s'était pas laissé submerger par sa souffrance, qu'elle avait songé une fois de plus à ses enfants avant de penser à elle. Et que c'était pour cela aussi, pour cette abnégation et ce courage de chaque instant, qu'il l'aimait et l'admirait.

Elle enroula son bras autour du sien, puisa dans son amour la force d'avancer, fût-ce au-devant d'êtres chers dont le chagrin rejoignait le leur, puis glissa à pas lents et majestueux entre les portes grandes ouvertes.

1. Robert, né en 1216, Jean, né en 1219, Alphonse, né en 1220 et Philippe Dagobert né en 1223.

2. Né en 1226 avant le départ du roi (la date de sa naissance étant controversée, voir note de fin d'ouvrage).

11.

Sitôt leur entrée dans la salle d'apparat, une dizaine de chevaliers en armure, heaume dans le repli du coude, posèrent un genou à terre, comme Louis les avait maintes fois vus le faire devant son grand-père, puis son père.

Son cœur s'étrangla. Il chercha ses mots. Ce fut sa mère qui les prononça.

— Relevez-vous, messires.

Ils obéirent en silence, reconnaissant déjà sa légitimité dans la régence du royaume.

Louis s'en réconforta. Ces regards qui soutenaient le sien avec autant de respect, de dignité que de tristesse lui disaient qu'il n'était pas seul dans cette épreuve, dans ce règne qui allait commencer pour lui. C'étaient eux, lui avait dit sa mère, qui avaient juré de le reconnaître comme héritier de France. Eux qui avaient apposé leurs sceaux au bas de l'acte que son père, mourant, avait fait rédiger dans ce sens.

Il leur retourna leur salut : Enguerrand III de Coucy[1], les maréchaux de France Robert de Coucy et Jean Clément, Philippe Hurepel[2]...

Du haut de ses vingt-huit ans, avec sa carrure de guerrier et sa longue chevelure déjà blanche, Humbert V de Beaujeu, le loyal cousin de son père, affichait un air grave

1. Comte de Coucy et du Perche.
2. Demi-frère de Louis VIII, comte de Clermont, de Boulogne, de Dammartin et d'Aumale.

qu'il ne lui connaissait pas, tant il était d'humeur égale et joyeuse en toutes circonstances.

À ses côtés, main sur la garde de son épée nommée effrontément « ma dame », le marquis de Bruges Jean II de Nesle dardait sur eux un œil d'azur embrumé. Son teint hâlé de chevaucheur infatigable s'était creusé de nouvelles rides à l'approche de la cinquantaine. Pourtant, seule la profonde tristesse qu'il dégageait atténuait la beauté de ses traits.

Il inclina la tête en signe de compassion et Louis sentit remonter ses larmes.

Il lui sembla soudain entendre la voix de Philippe Auguste résonner sous les hautes voûtes de cette longue salle, s'enrouler autour des bannières à fleur de lys recouvertes de blanc, la couleur du deuil, tenter de se réchauffer à la flamme des chandelles des lustres.

— Si difficile que cela te sera, mon garçon, n'oublie jamais que les devoirs d'un roi excluent les faiblesses du chagrin, de l'empathie ou de l'amour, lui avait-il enseigné.

Je dois me montrer digne...

Digne de ce grand-père qui régnait encore trois ans plus tôt. De son père qui lui avait trop brièvement succédé.

... Digne de ce destin que Dieu m'a tracé.

Il releva le front, avança lentement en direction du trône près duquel se tenait la rangée des ecclésiastiques que son père avait emmenés avec lui en croisade : Gautier le Cornut, l'archevêque de Sens, les évêques de Noyon, de Chartres, de Beauvais...

À leurs côtés se tenait le légat du pape, Romain de Saint-Ange, gras et libidineux sous la pourpre. Et près de lui, le chancelier Guérin[1], sec comme une trique.

1. Grand ami et conseiller de Philippe Auguste. Il fut chargé de rassembler les archives royales, après que Richard Cœur de Lion, victorieux contre le roi de France à Frèteval, emporta le sceau royal, les livres de comptes et les chartes.

Ils faisaient partie de ceux qui avaient jugé sans bienveillance les exactions de Simon de Montfort[1] contre les cathares.

Louis se crispa.

Si sa mère se sentait coupable de la mort de son époux, elle l'était moins à ses yeux qu'Amaury de Montfort, impassible sur sa droite.

Répondant trop fougueusement à ses pulsions, le fils de Simon s'était révélé aussi piètre stratège que commandeur. Lâché par ses pairs, il avait perdu une à une les places fortes du comté de Toulouse et des vicomtés de Carcassonne, de Béziers et d'Albi héritées de son père. Si bien que, deux ans plus tôt, ses fiefs ne se résumant désormais qu'à un titre, il était venu mendier un soutien armé.

N'éprouvant que mépris pour cet homme, bien qu'il fût un loyal serviteur de la Couronne, le Lion s'y était refusé. Il avait préféré le faire comte que de lui laisser l'apanage de terres qu'il avait dû reconquérir lui-même par l'épée.

Louis aida sa mère à monter les trois marches de l'estrade recouvertes de velours bleu. Luttant contre l'émotion qu'avaient suscitée les marques muettes d'affection et de fidélité, elle était diaphane.

Il attendit qu'elle se soit discrètement appuyée sur l'accoudoir du trône près duquel elle s'était immobilisée pour s'y asseoir, la gorge nouée, les battements du cœur irréguliers.

Au milieu des religieux debout, les chevaliers mirent un genou à terre et Louis vit sa mère chanceler.

Lors, son œil rancunier se posa de nouveau sur Amaury de Montfort.

---

1. Seigneur de Montfort-l'Amaury de 1188 à 1218, comte de Leicester en 1204, vicomte d'Albi, de Béziers et de Carcassonne de 1213 à 1218, comte de Toulouse de 1215 à 1218. Il fut l'une des plus importantes figures de la croisade contre les albigeois.

Ce n'est pas elle qui a forcé mon père à guerroyer en Occitanie, c'est toi, infâme pourceau. Toi qui n'as pas su ramener Toulouse à la raison ! N'aurais-je que cela à te reprocher que ce serait déjà trop…

Son sang se mit à bouillir dans ses veines, lui faisant redresser la tête, imprimant sur ses traits juvéniles ce que tous attendaient : l'image d'un roi.

À cet instant pourtant, ce n'était pas le roi qui fixait la joue de Montfort. Mais un jouvenceau épris qui se jura de découvrir pourquoi la mère de sa voleuse la lui avait déchirée.

Et surtout pourquoi elle l'avait payé de sa vie.

12.

Triboulet jeta un œil furtif par-dessus son épaule.

Personne…, s'étonna-t-il.

Quelques minutes plus tôt, il avait abandonné Griffonelle, avait couru sur les toitures, puis, descendu à l'autre bout, était revenu au port par un détour. Avançant avec discrétion et prudence jusqu'à la rue de Glatigny, il avait donné l'illusion à l'homme qui surveillait l'accès au bors-d'eau qu'il était en repérage pour Griffonelle. Le guetteur s'était laissé prendre à son stratagème : il l'avait suivi quand il était reparti, pensant qu'il le mènerait à elle.

Depuis, le nain avait soigneusement veillé à ne pas le perdre dans le dédale des venelles, espérant l'entraîner le plus loin possible pour le semer quand et où il le déciderait. Ensuite seulement il pourrait rejoindre Griffonelle au pas de course chez Gaïa.

Il ralentit de nouveau l'allure, tendit l'oreille.

Rien ne sourdait alentour sinon le murmure de toutes ces voix qui, d'église en église, relayaient la prière des prêtres depuis que les cloches de la Cité s'étaient tues. Mais c'était comme une houle étouffée par l'épaisseur du bâti.

Il passa devant une rangée de cageots mis au rebut. L'un d'entre eux, debout contre un mur, abritait une portée de chats endormis contre leur mère. Il ne l'aurait pas remarquée si celle-ci, craignant pour sa progéniture, ne s'était mise à feuler de manière agressive.

Au moins serai-je alerté lorsqu'il s'en approchera, se réjouit-il.

Il continua d'avancer, ses pieds nus et crasseux battant la terre empuantie par les eaux sales. Philippe Auguste avait fait paver nombre de rues proches du palais royal, mais comme Glatigny ou les abords du port, celle-ci n'en faisait pas partie.

Que fait-il donc ? s'agaça-t-il en n'apercevant toujours rien derrière lui.

Il n'allait pas tarder à arriver au bout du passage, lequel offrait plusieurs directions possibles.

Il est capable de rebrousser chemin s'il me croit perdu ! Y a pas... Faut que je m'arrête et que je l'attende.

Il se gratta le front.

Cornebouc ! Une idée...

Il réfléchit, son petit nez retroussé au vent :

Une envie de déféquer. Voilà... Je vais lui laisser croire que je me suis embusqué pour déféquer... comme ça, dès que la chatte donnera l'alerte, je ressortirai légèrement devant lui et il ne se doutera de rien...

Un peu plus loin un porche voûté accueillait deux battants à demi rongés par l'humidité.

Il marcha jusqu'à eux, les écarta pour tendre au maximum la chaîne qui les retenait, puis se glissa à l'orée d'un jardin aussi abandonné que la maison attenante.

Mais le temps passa, anormalement. Et il commença à avoir des fourmillements dans les jambes.

Bougre de coquin de fripouille, où es-tu donc ? s'agaça-t-il avant de comprendre, agacé, que sa ruse avait été éventée.

Il refit aussitôt le chemin inverse en évitant les abords des églises, toujours encombrées, cherchant le moyen d'entrer à son tour dans le bors-d'eau sans être repéré.

Il parvint bientôt dans la venelle qui l'avait vu naître. Il ne l'avait quittée qu'à la mort de sa mère vingt ans plus tôt pour atterrir chez Gaïa et jouer les rabatteurs. Il aimait l'emprunter, bien qu'elle soit l'une des plus délabrées. Une habitude qui lui avait permis de ramasser Mahaut et Griffonelle par une nuit d'hiver où ses propres doigts gelaient.

Rattrapé par ce souvenir, l'esprit troublé par la belle confiance que Mahaut lui avait accordée à dater de ce jour-là, il fut d'autant plus surpris quand on le faucha par le flanc, si violemment qu'il se retrouva au sol, la respiration coupée.

Presque aussitôt, on lui tordit les bras dans le dos.

Foutre de foutre de corne de cocu ! Ce chien galeux m'a tendu un guet-apens ! comprit-il, furieux de ne pas l'avoir anticipé.

Avant qu'il n'ait pu se défendre, il était solidement ligoté et un sac de toile empestant le poisson lui recouvrait la tête.

— Tu fais moins le malin, rase-motte ! Allez, debout ! aboya-t-on dans son oreille en le tirant en arrière.

L'homme se relevait.

Si tu crois que c'est fini pour moi, se rebella Triboulet, confiant en l'atout que représentait sa petite stature.

Il se contorsionna comme une anguille, finit par obliger son agresseur, déstabilisé, à lâcher prise.

— Sale peste ! T'es mort ! l'entendit-il jurer, puis s'élancer à sa poursuite tandis qu'il filait droit devant lui.

Il se mit à rire.

Si tous deux étaient aveuglés, l'un par le sac, l'autre par l'obscurité qui régnait dans cette rue tortueuse, il était le seul à en connaître les secrets.

13.

— Vous verrez, Votre Majesté. Malgré le peu de temps dont a disposé le charpentier du château de Montpensier, la bière est d'un ouvrage délicat, taillée dans un beau chêne marbré, annonça le chanoine à Louis devant la chapelle Saint-Nicolas située dans l'enceinte du palais.

C'était en son chœur qu'avait été déposé le corps de son père, avant que l'on ne sonne le glas.

Louis n'accorda pas même un regard à cet homme dont le cardinal de Saint-Ange avait fait son bras droit.

Que lui importaient la couleur, l'essence du cercueil ? Que lui importaient les détails de sa fabrication ?

Son père était mort.

N'était-ce pas assez ?

Il battit l'air d'une main agacée, courbant un instant la flamme de la lanterne que promenait le religieux.

— Qu'on me laisse seul, réclama-t-il en poussant la porte ornée de pentures.

Il n'aurait toléré que la présence de sa mère à ses côtés, mais elle était livide au sortir de l'*aula regis*, et il avait insisté pour qu'elle se repose un moment. Si elle le lui avait promis, il n'avait pas été dupe : elle ne se coucherait pas avant de s'être assurée que l'état du petit Charles n'avait pas empiré.

Si encore elle se couche, s'était-il attristé avant de la quitter.

Il referma le vantail de la chapelle derrière lui, s'avança jusqu'au bénitier, y plongea ses doigts tremblants et se signa.

Tout ce qu'il voulait à présent, c'était se recueillir et pouvoir pleurer en toute intimité. D'autant plus que la veillée mortuaire serait courte : deux jours à peine. Le 15 de ce mois, Louis VIII le Lion serait transporté en la basilique Saint-Denis où l'on célébrerait ses obsèques selon le rituel que, avec sa mère, les chevaliers et les prélats, il venait d'instaurer.

Remontant des coupelles posées à terre, une forte odeur d'encens se mit à danser autour de ses narines quand il s'approcha du cercueil posé sur deux tréteaux. Saisi d'un vertige, il chercha un appui mais ne vit rien à proximité. Rien que ces bordures de chêne qui lui masquaient encore la dépouille.

Il renonça à aller plus loin.

Il s'agenouilla dans l'espoir de chasser son malaise avant de comprendre que cette fumée âcre n'en était pas la cause : il s'était trop fermé. Ses émotions l'étouffaient.

— Ne vous retenez pas, Sire…

Il sursauta, tourna vivement la tête.

La silhouette massive d'Amaury de Montfort se décolla d'un pilier baigné d'ombre.

— … le chagrin consume l'âme s'il reste enfermé.

Le désarroi de Louis tomba aussitôt. Il se releva, toisa froidement l'importun.

— Que faites-vous ici ?

Montfort courba le front.

— Je m'y recueillais avant votre entrée. Je serais resté discret afin de ne pas vous gêner, si je ne m'étais un instant reconnu dans votre attitude.

— Vraiment ? jeta-t-il, peu enclin à le croire.

Un voile sombre traversa les traits grossiers de Montfort, ajoutant une perspective inquiétante à sa cicatrice.

Lorsqu'il avança d'un pas, Louis se souvint avec quelle morgue il avait toisé les soldats et les badauds de la rue Saint-Denis-de-la-Chartre. Avec quelle insensibilité il avait tué la ribaude, lancé les délateurs à la recherche de sa fille.

Si cet homme-là a un cœur, il n'est que pierre.

Amaury de Montfort se fendit pourtant d'un triste sourire.

— J'ai perdu mon père également. Dans des circonstances brutales[1]. Certes, j'étais déjà un homme, mais croyez-moi, l'âge ne fait rien à ce sentiment détestable de devoir succéder à un meneur, à un conquérant.

Louis releva la tête. Il était presque aussi grand que lui. Et à peine moins chétif.

— Oseriez-vous comparer mon père au vôtre ?

Amaury de Montfort fronça les sourcils sous la percée de l'injure avant de se décrisper.

— Loin de moi cette idée, Votre Majesté. La valeur d'un roi n'a pas d'égale. Tout autant que celle d'un père pour son fils. Veuillez me pardonner si j'ai troublé votre solitude. Permettez-moi de me retirer.

Louis hocha brièvement la tête. Cet assassin était la dernière personne qu'il souhaitait à ses côtés.

À peine, pourtant, Montfort eut-il tourné les talons qu'il se reprit.

Sot ! Sot que je suis… Si tu veux contrôler tes ennemis, reste proche d'eux, disait grand-père. Comment protéger ma voleuse, en découvrir plus sur elle et sa mère si j'écarte

1. En 1218, Simon de Montfort a été écrasé par un rocher, catapulté depuis les murailles de Toulouse qu'il assiégeait avec son fils, quelques chevaliers français et leur armée.

leur bourreau ? Je sais que je ne devrais pas y penser, Seigneur, mais ce que je ressens pour elle est-il contraire à ma douleur ?

Il n'attendait pas de réponse. Elle coulait déjà en lui.

— Un instant, comte…

Montfort fit volte-face. Louis prit un air penaud.

— Vous n'avez cherché qu'à me réconforter et je vous montre bien peu de reconnaissance. C'est à moi de vous présenter mes excuses.

— Un roi n'a pas à le faire.

— C'est dire tout ce qu'il me reste à apprendre. Vous étiez là, j'en déduis donc que la mort de mon père vous touche particulièrement… Priez avec moi.

Montfort sembla hésiter un instant avant d'opiner.

— C'est un honneur, Sire.

Comprenant qu'il ne supporterait pas de le voir s'agenouiller près de lui, Louis trouva le courage qui lui avait manqué quelques minutes plus tôt.

Il s'approcha du cercueil et regarda à l'intérieur.

Il fronça aussitôt les sourcils, pivota.

— Est-ce une mauvaise plaisanterie ? Un cuir de bœuf ? Enroulé et cousu autour de lui comme s'il était un vulgaire…

Il ne termina pas. Il ne trouvait pas les mots tant cette vision le heurtait.

Montfort le rejoignit.

— Je conçois que cela vous paraisse choquant, Sire. Nous sommes bien loin, hélas, de la majestueuse prestance de votre grand-père, tout habillé d'or et de brocart. Mais après le voyage…

— Sa dépouille n'aurait pas été présentable, déduisit Louis, repris par sa détresse.

C'est réel. C'est maintenant…

Il chancela, fut retenu aussitôt.

L'espace d'un instant, ce contact sur son bras le brûla. Comme si tous les bûchers que Simon de Montfort avait allumés étaient encore ardents entre les mains de son fils.

Deux fanatiques... Cupides et cruels.

Lui revinrent en mémoire les récits des chevaliers français qui s'étaient rangés à l'appel du pape en 1209. Écœurés en quelques mois seulement par l'insatiable soif de pouvoir et d'extermination des Montfort mise au service de l'Église, les trois quarts d'entre eux avaient abandonné la croisade après la prise de Carcassonne et l'assassinat de nobles seigneurs occitans. Des chrétiens, vaincus et dépouillés de la manière la plus déshonorante qui soit, et dont les seuls crimes avaient été une trop grande indulgence envers les hérétiques et la possession de richesses que les Montfort convoitaient.

Deux parvenus... un même sang...

Il se raidit.

Montfort le perçut-il ? Il le lâcha immédiatement.

Louis se reprit de nouveau.

Quoi qu'il pensât de cet homme, il était de ceux qui avaient recueilli le dernier souffle de son père. De ceux qui avaient assisté à sa mise en bière.

— Lui avez-vous laissé son sceptre de bois et son diadème ? Celui qu'il affectionnait, coupé dans une bande d'étoffe tissée d'or ? demanda-t-il.

— Oui, Sire.

Louis ferma un instant les yeux. Recomposa la belle allure de son père. Lorsqu'il les rouvrit, un peu de couleur avait regagné ses joues.

Il hocha la tête.

— Bien... J'aime à me le représenter. Même si je suppose qu'avant vous avez éviscéré puis salé son corps...

— Il n'est pas utile que vous vous imposiez ces détails-là...

Louis s'obligea à examiner de nouveau ce linceul tanné duquel s'échappait une odeur forte, moindre pourtant que celle des chairs en putréfaction. S'il voulait tenir le royaume, il devait s'habituer à la douleur, à la mort. Comme ses prédécesseurs.

Je vous pleurerai après, père. Seul...

— Si... j'y tiens...

— Son cœur et ses entrailles ont été déposés en l'abbaye Saint-André-les-Clermont.

Louis aurait dû s'en contenter. Il n'y parvint pas.

— Ses entrailles... C'est de leur engorgement qu'il est passé, n'est-ce pas ?

Amaury de Montfort ne répondit pas.

— N'est-ce pas ? insista Louis en fronçant le sourcil devant son air ennuyé.

— Nous sommes quelques-uns, Sire, à ne pas abonder dans ce sens.

— Qu'entendez-vous par là ? sursauta-t-il.

— Que son échanson a souffert du même mal. Avant, lui aussi, de s'éteindre, un jour plus tard. Comme le convoi qui charriait votre père avait déjà pris la route, peu ont fait le rapprochement.

Louis se figea.

— Prétendriez-vous que l'on ait pu empoisonner sa boisson ?

— C'est une hypothèse, Sire...

Un rictus amer déforma plus encore les traits d'Amaury de Montfort tandis que s'allumait dans ses yeux une lueur fauve.

— ... Tout ce que je puis affirmer, c'est que ces maudits cathares sont prêts à tout pour ruiner les âmes. Y compris celle d'un grand roi.

14.

Agenouillée près du lit, Griffonelle respirait à peine. Les joues luisantes de larmes, le cœur en deux, elle serrait la main de sa mère. Sa mère qui s'accrochait à la vie.

Pour autant, Mahaut n'était plus qu'une ombre. Diaphane, la respiration courte, sifflante, elle n'avait pas ouvert les yeux à son appel. Juste pressé discrètement ses doigts pour lui faire comprendre qu'elle la savait à ses côtés.

Griffonelle tourna la tête vers Gaïa. La maquerelle se tenait en retrait, près de la porte, les mains jointes.

— Qu'en pense l'apothicaire ? lui demanda-t-elle, angoissée.

Gaïa l'avait envoyé chercher au couvent voisin, dès que le chevalier s'était éloigné.

La maquerelle soupira au souvenir du religieux penché sur Mahaut. Sa tristesse après qu'il eut fini d'examiner la blessure autant que ses mots la hantaient, sans doute parce qu'elle non plus ne voulait pas y croire.

— Si elle passe la nuit, si la fièvre ne monte pas..., essaya-t-elle avant de renoncer à tricher : il y a peu d'espoir en vérité.

Le regard douloureux de Griffonelle revint sur cette mèche de tissu qui émergeait de la plaie. Une odeur de vin, d'huile de rose et de blanc d'œuf s'en dégageait, mais elle ne suffisait pas à masquer celle du sang frais qui s'y était mêlée.

Un sanglot remonta dans sa gorge. Elle pressa un peu plus la main de sa mère.

— Si seulement je n'avais pas traîné en chemin, se maudit-elle.

— Et qu'aurais-tu fait, sinon offrir une seconde victime à l'épée de ce diable ? plaida Gaïa.

Elle vint derrière elle, lui empoigna les épaules.

— Tu n'aurais rien empêché, crois-moi. Il était déterminé à l'abattre. Pour preuve, c'est elle qu'il a demandée en descendant de cheval.

Griffonelle refusa de le croire.

— Ce n'est pas la seule Mahaut de la rue…

Gaïa hésita. Le souffle de son amie se faisait plus rare et ses lèvres avaient discrètement bleui.

L'heure approche, comprit-elle.

Même si, comme Triboulet, elle avait juré de garder le secret concernant la carte, mieux valait qu'elle prépare Griffonelle à l'arrivée de l'homme que Mahaut avait réclamé à son chevet.

Elle enroula ses bras en écharpe autour du cou de la jouvencelle, posa son menton sur le haut de son crâne, comme si elle avait besoin de la retenir là, à cette place, de l'ancrer dans ce passé qu'elle allait faire ressurgir.

— Mahaut… Mahaut de Cabaret. Je n'en connais qu'une et c'est elle.

Griffonelle tressaillit. Elle répéta, surprise :

— Mahaut de Cabaret ? Ce n'est pas son nom…

— C'est celui qu'elle portait lorsqu'elle est arrivée ici avec toi. Quelques jours après, elle en choisissait un autre qui la liait à moi, à cette maison, à sa nouvelle vie près du fleuve. Celui que tu as toujours connu puisque tu étais trop jeune quand elle en a changé.

— Mahaut des Barges, murmura Griffonelle.

Les doigts de sa mère exercèrent à nouveau une discrète pression sur les siens. Elle vit une larme glisser lentement sur sa pommette et Griffonelle eut le sentiment, étrange, déroutant, que sa mère lui demandait pardon.

Mais pardon de quoi ?

Elle s'accrocha au poignet de Gaïa, gémit.

— Alors cet homme surgirait de son passé ? Un passé que je ne connais pas ?

— Oui. Un passé qu'elle a fui avec toi dans les bras. Mais je n'en sais pas davantage, Griffonelle. C'était son histoire et elle n'en a jamais parlé, mentit la maquerelle.

Griffonelle eut l'impression que son monde basculait. Elle porta la main de sa mère à ses lèvres tremblantes.

— Qui est le balafré, maman ? Pourquoi ? Pourquoi t'a-t-il transpercée ? Et cette carte qu'il m'a réclamée ? Existe-t-elle ? Que représente-t-elle ? J'ai besoin de savoir, maman. J'ai besoin de comprendre…

Au prix d'un effort suprême, Mahaut tourna la tête vers elle et parvint à soulever les paupières. Griffonelle lut tant d'amour, tant de tristesse, tant de regrets dans ses yeux sitôt refermés qu'elle explosa en sanglots sur ses doigts glacés.

— Il est là, murmura à cet instant la voix d'une de ses tantes derrière elle.

— On arrive, lui répondit Gaïa par-dessus son épaule.

Elle se pencha à l'oreille de Griffonelle, l'obligea à s'arracher à ce puits sans fond dans lequel son désespoir se perdait.

— Ta mère a demandé la présence d'un prêtre. Il faut la laisser avec lui maintenant.

Griffonelle hocha la tête entre ces bras épais qui l'enserraient toujours. Elle n'avait pas envie de partir, pas envie de manquer un mot, un regard, le dernier souffle de sa mère. Mais si, ce faisant, elle la privait d'une ultime confession et de l'extrême-onction, elle ne se le pardonnerait jamais.

Gaïa la relâcha. Lors elle se leva et déposa un baiser sur ce front où quelques gouttes de sueur perlaient.

— Je reste à côté, maman. Je reviens, juste après...

Mais ses doigts la retinrent lorsqu'elle voulut s'écarter et elle l'entendit murmurer à nouveau :

— Non... fuis...

Elle se redressa, déroutée, démunie.

À peine perçut-elle que Gaïa l'entraînait. Elle ne parvenait à détacher les yeux de ce visage grimaçant de douleur, ce visage tant aimé. Elle continua de le graver dans sa mémoire jusqu'à ce que la courtine retombée ne le lui dérobe.

Ensuite seulement elle se tourna vers le curé que Gaïa venait de remercier pour sa célérité.

Mais le visage qu'elle trouva devant elle lui était inconnu et de nouveau elle eut l'impression que tout cela n'était pas réel.

— Qui êtes-vous ? demanda-t-elle.

L'homme était grand, les cheveux blancs, l'allure modeste. Une douceur infinie emplissait le gris de ses prunelles.

— Je suis François, un ami de votre mère.

— Je ne comprends pas. Où est le prêtre ? s'affola-t-elle.

La main de François se posa sur son bras, apaisante.

— Votre mère a demandé le *consolamentum*. Je suis ici pour le lui donner et l'aider à partir en paix dans le respect de ses choix. Vous n'avez pas à vous inquiéter. Tous ses pêchés seront lavés.

Griffonelle fut prise d'un vertige. Elle ne comprenait plus rien. Elle vit cet homme passer sous le rideau, sentit ses jambes se dérober sous elle, ne dut qu'au soutien puissant de Gaïa de ne pas s'effondrer.

Elle tourna vers la maquerelle un regard perdu.

– Le *consolamentum* ? Qu'est-ce ? questionna-t-elle, comme si ce mot-là avait pouvoir de tout résoudre.

Gaïa se demanda un instant comment lui expliquer simplement. Puis elle l'attira en direction de la cuisine où les ribaudes s'étaient regroupées.

– L'équivalent des derniers sacrements... pour les cathares.

15.

Les sourcils froncés, Blanche de Castille replia le billet qu'elle venait de lire.

Que me veut-il à cette heure ?

Elle releva la tête vers le valet qui attendait une réponse, planté comme un if devant elle dans ce corridor qui desservait les différentes pièces de l'aile royale.

Elle hésita quelques secondes puis décida :

— Introduisez-le dans l'antichambre.

L'homme tourna aussitôt les talons.

N'y aura-t-il donc à venir que des affaires urgentes, vitales ?

À l'instant même où le corps de son époux lui avait été rendu, elle avait su que cette nuit serait aussi interminable que son chagrin, tant elle craignait déjà pour la vie de son cadet.

Charles toussait si méchamment qu'elle avait dû prendre la décision de le séparer des cinq autres.

Dormir... Je voudrais juste pouvoir dormir quelques heures... et demain, m'éveiller dans une autre réalité, soupira-t-elle, épuisée par l'angoisse et le désespoir.

À regret, elle s'écarta de cette porte derrière laquelle son fils continuait de lutter auprès de la miresse[1] du palais.

1. Femme médecin.

Je ne supporterais pas de le perdre lui aussi. Pas maintenant... Seigneur... de grâce..., supplia-t-elle en avançant d'un pas pesant en direction de sa chambre.

Une fille, des jumeaux : trois nourrissons déjà portés en terre. Ils faisaient toujours partie d'elle. Et seul l'exemple d'Aliénor, qui avait vu mourir la plupart de ses enfants, l'avait aidée à accepter la douleur.

Pour autant, ce soir, elle n'avait plus envie de parler à qui que ce soit.

Mais la signature de ce billet, son contenu :

« Il me faut vous voir. De toute urgence... »

Elle ne pouvait l'ignorer.

Elle courba la tête, qu'elle portait quatre doigts au-dessus de la plupart des femmes du royaume, sous le linteau cintré d'une porte déjà basse ; déverrouilla avec la clef qu'elle gardait au bout d'une chaîne à sa ceinture de hanche, puis entra.

D'ordinaire, la lumière douce des petites lampes à huile posées un peu partout dans son appartement l'apaisait. Cette fois, pour retrouver un peu de calme, il lui fallut rester quelques minutes le dos collé au vantail refermé.

Sa chambre était à son image, élégante, raffinée. Un refuge face aux responsabilités, parfois cruelles, du royaume. Son beau-père, Philippe Auguste, lui en avait laissé choisir le décor dès son arrivée à Paris vingt-six ans plus tôt.

Les murs pastel répondaient avec douceur aux teintes chaudes du tapis d'Orient en bout du baldaquin. Les courtines étaient assorties, brodées de discrètes fleurs de lys en fil d'or. Les oreillers et la courtepointe arboraient les mêmes motifs, le même bleu, mais inversés. Du camelin[1] recouvrait l'assise d'une bancelle devant une coiffeuse sur laquelle trônaient quelques peignes et une parure de

1. Tissu en poil de chameau. Appelé aussi « triple » car fabriqué à Tripoli.

boucles d'oreilles en émeraude, de la même eau que ses yeux.

À quelques pas de là, un vase de cristal retenait une rose que son époux lui avait offerte après son accouchement. La toute première du jardin. Elle avait séché naturellement et elle n'avait pas su la jeter.

J'aurais dû y voir un signe…, se culpabilisa-t-elle une nouvelle fois en attardant ses yeux dessus.

De nouveau ils s'embuèrent, mais elle refusa de pleurer. Du bruit avait franchi la seconde porte menant à son antichambre, à l'opposé de la cheminée dans laquelle crépitait un feu gaillard.

Il est arrivé, comprit-elle.

Elle prit sur elle, décidée à rester à la hauteur de ce que son Lion aurait voulu. Elle le devait à cet amour puissant, sincère, qui les avait liés dès leur rencontre. Un amour que le temps et la venue des enfants n'avaient su que renforcer.

Allons, finissons-en avec cette terrible journée…

Elle marcha avec détermination jusqu'à la petite pièce dont les murs, recouverts de tapisseries joyeuses en provenance de Castille, témoignaient de cette autre partie d'elle-même, vive et enjouée. Cette partie d'elle que son Lion préférait. Elle eut l'impression qu'il l'avait emportée avec lui. À jamais.

— Me voici, Humbert. Que se passe-t-il ? demanda-t-elle sans préambule en poussant le battant.

Elle marqua un léger temps de surprise en découvrant Jean de Nesle au côté d'Humbert de Beaujeu. Le billet n'était signé que de ce dernier.

Il s'approcha, lui prit les mains avec douceur.

— Pardonnez-nous de faire irruption dans votre chagrin, Blanche, mais jusqu'à présent nous n'avons pas trouvé l'occasion de vous parler, seuls à seule.

Elle fronça les sourcils. Comme son Lion, elle éprouvait une confiance aveugle envers ces deux hommes.

— Je vous écoute, Humbert.

— Vous avez en votre possession un ouvrage que vous a offert votre grand-mère Aliénor, si mes souvenirs sont exacts.

Intriguée, elle acquiesça :

— Deux, pour être plus précise : les originaux de la *Prophetiae Merlini* et de l'*Historia Regum Britanniae*, du moine Geoffroy de Monmouth.

Jean de Nesle lui sourit, les traits tirés.

— Pourrions-nous les voir, je vous prie ?

— Nous ne vous importunerions pas, Blanche, si cela ne revêtait une importance capitale, renchérit Humbert de Beaujeu.

— Soit, céda-t-elle, de plus en plus perplexe.

Elle les précéda dans sa chambre, se posa devant une bibliothèque qui recelait de nombreux livres rares.

Elle pivota vers eux, remarqua qu'ils étaient plus tendus encore.

— Lequel voulez-vous ?

— *Les Prophéties*..., demanda Jean de Nesle, crispé, s'il s'agit bien de l'opuscule qu'a augmenté Eloïn Rudel[1], la compagne de votre oncle Richard Cœur de Lion...

— ... et descendante de Merlin par sa mère, Loanna de Grimwald[2]. En effet, c'est bien celui-ci, le leur confirma-t-elle.

Elle saisit le volume avec délicatesse.

Cousu à la main, relié avec un beau cuir épais, il abritait en sa page de garde la dédicace de Geoffroy de

---

1. Voir : *Richard Cœur de Lion, L'Ombre de Saladin* ; *Richard Cœur de Lion, Les Chevaliers du Graal ; Aliénor, Un dernier baiser avant le silence.*
2. Voir : *Le Lit d'Aliénor* ; *Aliénor, Le Règne des Lions* ; *Aliénor, L'Alliance brisée.*

Monmouth à Aliénor d'Aquitaine : *At regina major est omne tempus*[1].

Outre ce parfum particulier du papier vieilli, elle y retrouvait celui, racé, de sa grand-mère, souvenir des nombreuses fois où elle l'avait ouvert et caressé. Cela aurait déjà dû suffire à en faire une pièce unique. Mais après la mort d'Aliénor, Eloïn Rudel, dont Blanche était devenue l'amie, l'avait rendu encore plus précieux en y ajoutant ses propres prédictions à l'attention de la couronne de France. Prédictions toutes aussi nébuleuses que celles de son ancêtre Merlin.

— Puis-je ? demanda Humbert de Beaujeu en tendant la main vers le livre.

Elle le lui remit, vit Jean approcher l'une des lanternes, puis Humbert tourner les pages avec précaution.

Finalement il s'arrêta sur l'une d'entre elles, noircie d'une plume féminine. Les deux hommes échangèrent un regard entendu.

— Nous n'étions pas certains. Voici pourquoi il nous fallait vérifier. Nous ne pensons pas que le Lion ait péri de la dysenterie, Blanche. Nous pensons qu'il a été assassiné.

Elle sursauta.

— Et en quoi cette prophétie vous permettrait de l'affirmer ?

Il la lui mit sous les yeux. Une phrase, une seule, trônait au milieu de la page. Une phrase qui la bouleversa :

In Monte Ventris morietur leo pacificus[2].

— *Monte Ventris*, appuya Humbert de Beaujeu. Cela ne signifie pas le mal de ventre, mais le mont du Ventre, ou mont de la Panse. Autrement dit *Montpansèir* en occitan. L'endroit où votre époux a été frappé.

1. « À la plus grande reine de tous les temps. »

2. « Au mont du Ventre mourra le lion pacifique. »

Elle blêmit.

— Tuer le Lion ? Mais pourquoi ? Qui ?

Il secoua sa longue chevelure argentée.

— Nous l'ignorons encore. Mais cette prophétie dit vrai. Le Lion s'apprêtait à quitter une Occitanie pacifiée.

— Que voulez-vous dire ? trembla-t-elle, à la limite du malaise.

Jean de Nesle lui avança un siège, continua tandis qu'elle s'y asseyait et qu'Humbert lui apportait un peu d'hydromel dans une coupe d'argent.

— Depuis le début, l'enjeu de cette croisade est autant politique que religieux. Mais il s'y ajoute une autre dimension : celle des richesses que recèle ce pays et pour lesquelles les cathares ont si peu d'intérêt qu'ils en ont délaissé, voire dissimulé, les sources. Or, l'Église veut faire main basse sur l'une d'entre elles. Une richesse immense, aujourd'hui perdue pour Raymond VII[1] comme pour le pape[2]. Votre époux voulait la retrouver et s'en servir d'appât pour négocier la fin de la croisade et la reddition de Toulouse.

L'œil d'émeraude de Blanche s'était rallumé.

— Qu'est-ce donc ? demanda-t-elle, troublée.

Humbert de Beaujeu prit une profonde inspiration :

— Une mine d'or en plein cœur de la Montagne Noire.

Elle secoua la tête.

— Une belle prise, j'en conviens, mais utopique. Vous l'avez dit vous-même, son secret est perdu.

— Pas exactement, Blanche, tempéra Jean de Nesle. Lors de notre séjour à Carcassonne, nous avons découvert qu'une carte y conduisait.

1. Comte de Toulouse.

2. Honorius III.

16.

En d'autres temps, la cuisine qui rassemblait les ribaudes autour des repas, des veillées ou des potins était un havre de douceur dans lequel Griffonelle aimait se nicher. De la cheminée remontait toujours cette odeur particulière de cendre froide au lever, puis de tisons regonflés, rougis sous l'apport des bûchettes. Les murs épais, recouverts d'ustensiles, suaient autant la fumée que le parfum des brouets, différents selon les heures du déjeuner ou du dîner. Et sur la table, plateau de bois nu dressé en permanence, Gaïa maintenait un panier garni en fonction des saisons et du marché. S'y trouvait aussi un compotier, dans lequel trônaient, comme un trésor chèrement gagné, quelques galettes à l'anis ou à la verveine, spécialités du maître pâtissier Ysembart, dont Griffonelle raffolait.

Elle secoua pourtant la tête lorsque Solenne, une grande brune au regard de braise, lui tendit l'un des biscuits. Elle n'aurait rien pu avaler.

— Et un peu d'hypocras ? Un « régulier » m'en a offert une bouteille, essaya encore la ribaude que l'extrême pâleur de la jouvencelle inquiétait.

Au point qu'elle aurait donné cher en cet instant, pour qu'Altéric, son gaillard de fils, soit rentré. Légèrement plus âgé que Griffonelle, il avait grandi avec elle et aurait forcément eu les mots qu'il fallait pour la réconforter.

— N'insiste pas, va... Tu vois bien qu'elle a la gorge plus serrée qu'un bec d'échassier, la tempéra Sibylle, la seconde de ses tantes, une blonde à la chevelure ébouriffée.

Griffonelle leur sut gré d'avoir compris. De tous les parfums qui fleurissaient la pièce maîtresse de la demeure, c'était celui du sang qui dominait. Sans le chercher elle en avait aperçu partout, souillant à jamais les souvenirs joyeux de son enfance : sur un linge ayant servi à nettoyer la plaie de sa mère, dans un baquet empli d'eau, sur le sol de terre battue, la cotte de Gaïa.

Sur sa main.

Et malgré les efforts des trois femmes, Griffonelle ne sentait, ne voyait que lui. Un sang rouge, épais, qui, par instants, se confondait avec des images de flammes : le feu ardent des bûchers que venait d'évoquer Gaïa.

La maquerelle s'était assise à califourchon sur le banc, face à elle, pour l'obliger à rester concentrée sur son récit.

Elle lui prit le menton, la forçant à relever la tête, à affronter la réalité.

— Tout ce que je sais de l'histoire des cathares, chérie, c'est cette succession de massacres perpétrés par Simon de Montfort au service du pape. Des centaines d'hommes, de femmes et d'enfants contraints d'abjurer leur foi ou de brûler. C'est pour t'en sauver que ta mère a fui ce pays à feu et à sang. Qui elle était, ce qu'elle y faisait auparavant, je l'ignore.

Griffonelle resta silencieuse, pétrifiant cette fois Solenne qui ne savait que faire pour l'arracher à sa stupeur, à son égarement.

Un sanglot tomba de l'étage, celui d'un enfant, et Sibylle s'éloigna pour réconforter son cadet, veillé, comme les quatre autres petiots de la maisonnée, par les deux nouvelles recrues de Gaïa. Tous étaient profondément choqués.

Solenne tourna sur elle-même, cherchant désespérément à s'occuper les mains, à se distraire le cœur. Elle repéra enfin la petite marmite qui glougloutait au-dessus d'un tapis de braise, dans un coin de l'âtre.

— Je vais faire une verveine. Ça se boit sans soif, une verveine, dit-elle.

Elle s'en fut prendre un bocal de terre cuite sur l'étagère principale, celle où l'on rangeait tout ce qui pouvait se sécher, pois chiches, haricots, fromage, simples ramassés dans les champs.

— Je ne comprends pas, lâcha soudain Griffonelle en la regardant jeter une brassée de feuilles racornies dans l'eau bouillante.

— Quoi donc ? s'enquit Gaïa, soulagée de la voir sortir de son mutisme.

— Maman est une bonne chrétienne. Alors je ne comprends pas pourquoi on lui donne ce sacrement pour les cathares.

Gaïa retint un soupir. S'était-elle mal exprimée en lui racontant l'histoire terrifiante de cette croisade contre les albigeois ? Ou Griffonelle n'avait-elle rien écouté ?

Elle reprit.

— Ta mère n'a jamais cessé d'embrasser la religion cathare. Mais ici, à Paris, ils ne sont que quelques-uns. D'après François, il y en aurait davantage en Champagne[1]. On raconte même qu'ils habiteraient une ville cachée dans les entrailles du mont Aimé[2], à l'abri, pour l'instant,

1. Dénoncé dès 1048 par l'évêque de Châlons-sur-Marne, le catharisme en Champagne est de nouveau signalé au pape en 1145 par des chanoines de Liège : « *de Mont-Aimé, nom sous lequel on désigne une localité de France, on sait qu'une hérésie s'est répandue dans tout le pays...* »

2. Le 13 mai 1239, l'inquisiteur Robert le Bougre y mène au bûcher 180 cathares.

des exactions du pape. Ta mère aurait pu nous quitter et les rejoindre lorsqu'elle a fait la connaissance de François. Mais combien de temps cette sécurité aurait-elle duré ? Je crois qu'elle n'a pas eu le courage de tout recommencer. Quant à François, je sais qu'ils étaient proches, mais il ne restait jamais longtemps ici. Il court villes et villages sans cesse, prêchant en se cachant. Le suivre t'aurait remise en danger. Alors elle a fait ce qui était le mieux pour toi : aller à l'église, te faire baptiser. Se dissimuler derrière un mensonge. À ceci près, Griffonelle : le Dieu que je prie, que tu pries, est le même que le sien. Seule la manière de le voir est différente selon que l'on est cathare ou chrétien.

Griffonelle tendit vers elle un regard noyé.

— Explique-moi...

Gaïa chercha ses mots quelques secondes, les narines chatouillées par la vapeur odorante. Peu à peu, ses effluves bienfaisants envahissaient la pièce rectangulaire, ruisselaient sur le papier huilé qui en recouvrait l'unique fenêtre.

— Les cathares ne conçoivent pas la mort comme nous. Nous autres, chrétiens, attendons la résurrection. Eux pensent qu'ils se réincarnent de vie en vie, dans un autre corps, aussi longtemps que leur âme sera pervertie. Dès lors, ils voient leur existence sur Terre comme un enfer dont ils ne pourront s'arracher qu'en menant une vie saine. Pour cela, ils ont rejeté l'idée d'enrichissement personnel. Ils sont bienveillants, ne possèdent pas d'armes, refusent le combat, travaillent pour le bien commun, rejettent les images saintes et n'ont pas besoin d'un lieu de culte ostentatoire pour prier. Ce faisant, ils élèvent peu à peu leurs âmes jusqu'à devenir « parfaits », comme l'est François, capables dès lors de donner le *consolamentum*. Capables de rejoindre Dieu dans ce que nous appelons le paradis.

Griffonelle secoua la tête, ébranlée.

— Je comprends encore moins, Gaïa. Si ce sont des innocents, pourquoi notre Église s'acharne-t-elle à vouloir les détruire ?

— Parce qu'ils font de plus en plus de disciples. Des disciples qui pointent du doigt la richesse et la toute-puissance de Rome, le gras et les turpitudes de ses évêques. Le pape ne peut pas leur permettre de fissurer son édifice.

— Le pape, oui, mais Dieu ? Ne devrait-il pas intervenir ? Doucher ces bûchers ?

— Je me suis posé la même question. Ta mère m'a donné cette réponse : c'est dans l'acceptation que chacun de ces êtres a brûlé. En s'offrant au martyre comme Jésus le fit, ils ont lavé les dernières impuretés de leurs âmes. J'ignore si c'est vrai, mais je m'en suis contentée.

— Pas moi, grommela Griffonelle. Si c'était le cas, elle aurait affronté les flammes avec eux, au lieu de rajouter des pêchés sur ses épaules...

Gaïa lui retourna un sourire triste.

— ... en ribaudant. Tu peux le dire. Je n'ai jamais eu honte de ce que je suis, comme elle n'avait pas honte de ce qu'elle était devenue.

Griffonelle sursauta, piquée au vif :

— Il ne s'agit pas de cela, tu le sais bien ! C'est juste que... que...

Ses yeux s'emplirent de larmes, et Gaïa lui prit les mains, bouleversée à son tour.

— C'est juste que tu te demandes comment cet homme à son chevet pourra, d'un simple sacrement, la laver de toute impureté...

Griffonelle hocha la tête.

– Aie confiance en lui, mon enfant. Tout ce que Mahaut a fait, c'était par amour pour toi. Et Dieu le sait.

– Tiens, petiote, j'ai pensé que tu aimerais t'y enrouler…, entendit-elle à cet instant.

Elle releva la tête.

Sibylle.

La ribaude lui avait descendu sa couverture, cette belle couverture de laine que sa mère lui avait tendrement tissée à l'époque où elle travaillait encore honnêtement.

Elle s'en laissa recouvrir les épaules, promena son index sur le détail d'un arbre, parmi d'autres motifs subtils que les fils de couleur avaient dessinés. Avant, submergée, d'en resserrer les pans sur sa poitrine et de se jeter dans les bras de Gaïa.

17.

Triboulet détestait le charbon de bois. Et plus encore les caves à charbon, étroits réduits souterrains et poussiéreux. Mais il n'avait vu que cette solution pour échapper à son agresseur.

Et il avait eu raison : le maraud jurait depuis la rue, presque au-dessus de sa tête, essayant d'ouvrir toutes les trappes rencontrées au cours de son tâtonnement.

Il se tut et Triboulet tendit l'oreille. Des bruits de voix se rapprochaient.

Les habitants reviennent, se réjouit-il.

Il ricana dans sa barbe. L'homme allait devoir s'éloigner, abandonner ses recherches au risque d'être pris pour un voleur.

Encore quelques minutes et je pourrai filer…

Soudain il perçut un poids au-dessus de son crâne. Il tétanisa aussitôt son cou pour bloquer le volet.

Tu peux toujours pousser ! Y a pas plus noueux que la nuque d'un nain ! s'amusa-t-il, persuadé que l'homme se demandait encore par quelle magie il avait réussi à disparaître.

S'il savait, se retint de rire Triboulet en le sentant s'escrimer.

S'il savait que le vieux Basile, ancien voisin de sa maquerelle de mère, possédait une resserre à laquelle on accédait en poussant les deux battants vers l'intérieur pour y faire basculer le contenu d'une brouette... Battants qu'il ne verrouillait jamais !

Arrivé à sa hauteur, Triboulet y avait sauté à pieds joints, atterrissant aussitôt sur un tas bien replet.

Depuis, il bloquait l'accès à sa cachette.

— Hey, toi ! entendit-il crier au loin.

Aussitôt suivi par le bruit d'une galopade. Soulagé, il dévala le monticule.

Et maintenant, finir le travail...

Il se mit en boule, passa ses bras derrière son fessier puis ses genoux et ses jambes. Ensuite, il se tortilla jusqu'à parvenir à détacher le coutelas qui ne quittait sa ceinture que pour découper viande ou lacets de bourse.

Quelques secondes plus tard, libéré, il dégageait son visage. Il jeta le sac, froissa sa crinière brune et longue trop longtemps écrasée.

Maudite pescaille ! Je vais puer pendant des jours !

À cet instant, des pas s'arrêtèrent devant la maison.

— Foutus charognards ! Faut toujours qu'il y ait un tire-laine quelque part ! tonna la voix qui avait mis le maraud en fuite.

— L'aurait pas pris grand-chose ! chevrota celle du vieux Basile.

— Chez vous, non, mais ailleurs, qui sait ? insista Séverin, le passeur de fleuve qu'avait aussi reconnu Triboulet.

— Bah ! Il a filé vers le port. Il ne reviendra pas cette nuit, alors profite de ce qu'il en reste pour dormir, mon garçon.

— Vous avez raison. L'aube sera là que je me serai à peine couché. Bonne fin de nuit à vous aussi, Basile.

Triboulet s'était de nouveau tendu.

Si ce chacal a filé vers le port, c'est forcément pour regagner son poste ou tenter de me tendre un nouveau piège sur le parcours. Pas question de me laisser avoir une seconde fois !

Il se hissa au travers des battants et revint par des chemins détournés jusqu'à l'angle des rues Saint-Denis-de-la-Chartre et Saint-Landry.

Quelques minutes plus tard, ayant escaladé l'arête d'une maison, il se couchait au-dessus de la porte du bors-d'eau, le nez au ras des tuiles.

Où es-tu, triste andouille ? s'inquiéta-t-il en examinant chaque renfoncement en contrebas, chaque mouvement, fût-il à peine perceptible.

Un long moment passa sans qu'il aperçût âme qui vive, puis un clapotement régulier dans la boue annonça une paire de bottes. Quelqu'un arrivait. Favorisé par une échappée de lune entre les nuages, il vit bientôt se dessiner une silhouette masculine.

Te voilà, mon gaillard. Où étais-tu passé ?

— Par là ! entendit-il brusquement.

— Foutre de foutre de corne de cocu ! jura Triboulet entre ses dents en apercevant une main déborder d'une encoignure.

Voici qui complique mon affaire !

Les deux marauds se rejoignirent et le cœur de Triboulet s'emballa un peu plus.

— Je viens t'r'lever. Du nouveau ? s'enquit l'arrivant.

— Et comment ! J'a vu l'nain fur'ter t'à l'heure. J'a cru qu'y était en r'pérag' pour la fill', lors, j'l'a suivi ! J'suis sûr maint'nant qu'y a voulu m'éloigner l'temps qu'elle entr' ! J'gag' qu'y va pas tarder à r'surgir, p'têt' même avec une escort', 'toire de couvrir leur échappée.

Triboulet commença prudemment à reculer.

Déjà le nouveau couinait :

– Crénom ! Je m'en r'tourne chercher l'comte d'Montfort. Les laisse pas filer !

– Ah çà, non ! C'nabot m'a joué ! Y r'commenc'ra pas !

L'homme repartit en sens inverse, à la course.

Montfort…, frissonna Triboulet.

Il connaissait ce nom-là. Et comprenait à présent pourquoi il s'en était pris à Mahaut. Pourquoi il tenait tant à s'emparer de la carte et de Griffonelle.

Foi de Triboulet, cela n'arrivera pas !

Lorsqu'il fut certain d'être hors de vue, il s'empressa d'ôter un carré de tuiles. Puis quelques-unes de plus lorsqu'un chevron lui barra le passage. Le trou fut bientôt assez grand pour lui permettre d'en ressortir avec Griffonelle.

Lors, il sauta dans ce qu'il savait être le grenier de Gaïa.

18.

Un bruit sourd au-dessus du plafond arracha un cri à Solenne. De saisissement, elle manqua le bol de terre cuite et déversa un peu de tisane sur la table.

— Par tous les diables ! Qu'est-ce donc ? s'inquiéta la seconde ribaude tandis que craquaient les planches des combles situées directement au-dessus de cette partie de la cuisine.

Gaïa s'était déjà arrachée du banc pour fondre sur le tisonnier dressé contre l'un des montants de la cheminée.

Voir la maquerelle s'avancer, menaçante, en direction du couloir, tandis que d'un même corps ses tantes formaient barrage devant elle, ramena brutalement Griffonelle au présent.

À son tour elle tendit l'oreille, entendit couiner les vieux gonds de la trappe du grenier.

— Tout va bien, les rassura-t-elle, sûre de son fait. C'est Triboulet.

La seconde suivante, ayant descendu la petite échelle de meunier dressée entre les murs de deux chambrettes, il arrivait au pas de course, conscient que le temps leur était compté et qu'il en aurait moins qu'il ne l'aurait voulu pour Mahaut.

— En voilà des manières ! Tu nous as tourné les sangs ! le faucha Gaïa dans son élan.

— Crois-tu donc que j'ai eu le choix ? grogna-t-il tandis que la maquerelle s'écartait pour lui permettre d'entrer dans la cuisine.

Griffonelle n'avait pas bougé.

La présence de Triboulet ne changeait rien à son désarroi. Malgré les explications de Gaïa, elle ne parvenait pas à comprendre pourquoi sa mère ne lui avait jamais parlé de sa foi, pourquoi elle l'avait toujours accompagnée à l'église.

Elle a passé sa vie à tricher avec moi, avec elle-même, avec Dieu. Je ne vois pas comment ce bonhomme pourrait lui ôter le poids de ses pêchés.

Triboulet fut devant elle et elle leva vers lui un visage désemparé.

— Le savais-tu, toi ?

Il était sur le point de la presser. Il resta saisi.

— Quoi ?

— Que maman est une cathare.

Il regarda par-dessus son épaule. Gaïa haussa les siennes pour lui signifier que les événements l'avaient dépassée. Il se laissa aussitôt tomber sur le coin du banc.

Mentir ne servirait qu'à susciter plus de questions…

— Oui, avoua-t-il avec tristesse.

Les yeux de Griffonelle s'embuèrent de nouveau.

— Alors tout le monde a toujours su, conclut-elle. Ce n'est pas juste… J'aurais mérité qu'elle me le dise à moi aussi…

Gaïa vint lui déposer un baiser sur le front.

— Ce n'est pas une question de mérite, chérie. Même si c'était contre ses convictions, t'élever au grand jour dans la religion catholique était la meilleure chance que ta mère ait pu t'offrir de mener une vie normale… si tant est que vivre ici le soit. Mais elle espérait mieux pour toi, tu le sais. Un mari, des enfants, une existence heureuse, loin de Glatigny. Ne lui en veux pas pour cela.

Griffonelle agita mollement la cuillère dans son infusion que, après avoir finalement versée dans le bol, Solenne avait adoucie d'une pointe de miel.

Un soupir douloureux lui souleva la poitrine.

— Je ne lui en veux pas. Je regrette qu'elle se soit imposé cela, c'est tout.

— C'était son choix. Son choix de mère. Par amour, ajouta Triboulet qui voyait défiler les minutes sans trouver pour autant la force de la bousculer.

— Mais cela lui rend cette agonie plus difficile. Et à moi aussi, murmura-t-elle, happée une fois de plus par ces traits torturés qu'elle avait laissés derrière la courtine.

Le cœur de Triboulet se pinça. En découvrant le nom de Montfort dans la bouche d'un des marauds, il ne s'attendait plus à retrouver Mahaut vivante.

Il se leva.

— Je vais aller lui faire mes adieux, le temps que tu finisses ta tisane, décida-t-il.

— Trop tard, hélas.

Ils tournèrent aussitôt la tête en direction du passage qui ramenait aux chambrettes. François venait de s'y encadrer.

— Mahaut s'en est allée, ajouta-t-il sombrement.

Griffonelle avait beau s'y attendre, un cri de détresse l'emporta dans les bras de Triboulet.

Le nain ferma les yeux quelques secondes, mesurant à sa propre tristesse l'immensité de la sienne.

Avant de lui résister.

Le péril que représentait le comte de Montfort n'attendrait pas qu'ils s'épanchent l'un et l'autre, ici. Ils allaient devoir le faire ailleurs.

14 novembre 1226

19.

Un cri de terreur arracha violemment Louis du sommeil et le redressa sur sa couche. Le timbre était celui d'une femme, à peine étouffé par l'épaisseur des murs de sa chambre.

Mère ! songea-t-il aussitôt avant de l'appeler.

N'obtenant pas de réponse, il chercha à transpercer la pénombre autour de lui, les sens aux aguets.

Seul. Je suis seul. Cela provenait du couloir.

Il bondit et fonça sur la porte qu'il ouvrit à la volée.

Le cœur battant à tout rompre, il fut saisi par la vision du garde, somnolant dans un renfoncement, les deux bras enroulés à sa hallebarde.

Louis lança un coup de pied, bousculant ceux du tabouret sur lequel l'homme s'était avachi. Réveillé en sursaut, il se leva aussitôt, le casque décalé sur une oreille, si rouge et bouffi de confusion que Louis craignit un instant de le voir tourner de l'œil.

— On a hurlé. Une femme. À l'instant, résuma-t-il, perturbé par le silence retombé.

Le garde roula des yeux terrifiés autour de lui.

— Je ne vois rien, Votre Majesté. Je n'entends rien, plaida-t-il pour seule défense.

Louis le foudroya d'un œil noir avant de claquer la porte derrière lui.

Je n'ai pourtant pas rêvé, chercha-t-il à se convaincre.

C'était néanmoins la seule explication logique.

Sa nuit, courte, avait été peuplée de cauchemars tous plus terrifiants les uns que les autres. Il ne se souvenait que de corps tordus par les flammes, d'enfants passés par le fil de l'épée, de femmes violées puis éventrées. Parfois le visage de la ribaude de Glatigny se superposait à eux, parfois c'était celui de sa voleuse le défiant de son rire, puis de ses larmes. Quand, par-dessus ce chaos, n'éclatait pas la voix puissante de son père, le sommant de le venger, lui, plutôt qu'elle.

Une bouffée de chaleur l'embrasa de la tête aux pieds.

C'était si réel, se répéta-t-il, confus.

Malgré la pénombre qui régnait dans sa chambre, il se dirigea d'un pas sûr vers la fenêtre. Il décrocha le volet intérieur, ouvrit le battant pour s'offrir au vent chargé d'un relent de marée.

Le chagrin revenait par vagues douloureuses.

Il inspira profondément. Dehors, au-dessus du jardin de la pointe, une aube dorée, lumineuse et diaphane, transperçait la brume automnale.

Il passa la tête à travers l'étroite croisée, laissa les parfums du matin caresser ses narines. Il avait toujours aimé l'aube, cet instant particulier où le fleuve s'éveillait. La gouaille des passeurs, le chuintement des cordages, le cri des mouettes avaient le don de l'apaiser.

Le menton chatouillé par quelques bourrasques plus vives, il écouta battre l'île de la Cité : les éventaires que l'on relevait et installait jusque sur les bords de Seine ; le roulement des brouettes sur les pavés, les sonnailles des églises invitant à la prière de matines, le pas ferré de la garde de nuit remplacée par celle de jour aux portes du palais.

Tout est tranquille. À l'intérieur comme à l'extérieur. Allons, ce cri n'était que le dernier sursaut d'un mauvais rêve. Mais il n'enlève rien à la réalité. Mon père est mort, ma voleuse pourchassée par Amaury de Montfort, et j'ignore toujours où se trouve ma priorité : découvrir l'assassin de mon père ou interdire à celui de la ribaude de frapper à nouveau.

Il en était encore à se le demander, les traits offerts aux vapeurs veloutées, lorsqu'un nouveau hurlement en provenance du couloir déchira le silence, aussitôt suivi d'un fracas de vaisselle.

Ahhh çà ! cette fois...

S'arrachant à sa contemplation, il fondit sur la porte et l'ouvrit d'un coup sec.

La jouvencelle qui lui apportait son matinel avait laissé choir son plateau à terre. Il la trouva le dos collé au mur, les doigts plaqués sur ses lèvres.

— Ce n'est pas grave, voulut la rassurer Louis, peu enclin à sermonner pour une simple maladresse.

Mais en voyant ses yeux s'embuer, il tourna la tête vers le garde qu'elle fixait.

L'homme était de nouveau assis sur son tabouret, sa hallebarde posée contre le mur. À l'inverse de tantôt, ses traits et ses lèvres bleuies étaient déformés par une grimace de douleur.

Se rappelant que c'était un sanguin, Louis s'accroupit devant lui, chercha un pouls à la naissance de son cou avant de se redresser, glacé.

— Il est mort, dit-il, choqué, en direction de la jouvencelle tétanisée.

Elle se mit à trembler.

Luttant contre sa propre émotion, il la saisit aux épaules, lui masqua la vision du cadavre.

— Calme-toi. Tu n'y es pour rien.

Il a dû penser que j'allais méchamment le punir pour son manquement et, sous le coup de la peur, son cœur aura lâché.

Mais il ne se voyait pas l'expliquer à la servante.

Loin d'être rassurée par son propos, elle éclata en sanglots.

— Calme-toi. Je te dis que tu n'y es pour rien, répéta-t-il.

Elle hoqueta, le nez baissé :

— Si, mon bon sire. Tout est de ma faute… et Dieu m'a punie… comme vous me punirez aussi…

Louis fronça les sourcils.

— L'as-tu étranglé ?

Elle leva un visage désolé vers lui.

— Tout comme, chevrota-t-elle.

Louis sonda ces jolis traits dévastés, en évalua la franchise derrière la terreur.

Elle se sent vraiment coupable. Mais de quoi ?

— Explique-toi, exigea-t-il.

Elle moucha son nez d'un revers de manche, tordit ses mains l'une dans l'autre, priant, comprit-il, pour qu'il continue de lui dissimuler le cadavre.

— Il est…

En proie à un long frisson, elle enfonça son cou dans ses épaules osseuses, reprit :

— … Il était gourmand… et moi, moi gentille parce que je l'aimais bien. Alors, j'avais pour habitude de lui donner une de vos galettes, mon sire. Juste une, je le jure. Vous n'en réclamiez jamais plus, alors, je me disais…

— Je ne te blâmerai pas pour cela, puisque tu ne m'as privé de rien. Continue, insista Louis qui sentait poindre en lui une sourde inquiétude.

Elle secoua la tête, navrée.

— À peine a-t-il avalé un morceau qu'il s'est mis à étouffer et qu'il devenait comme… comme vous l'avez trouvé.

Louis eut l'impression qu'un étau lui comprimait la glotte.

La servante s'était recroquevillée sur elle-même, regardant cette fois en direction de Humbert de Beaujeu qui martelait le couloir d'un pas pressé.

Louis recula, baissa les yeux à terre. Le biscuit baignait dans le lait caillé. Il le ramassa, l'effrita entre ses doigts avant de le porter à ses narines.

Du poison, en conclut-il après avoir perçu un discret parfum d'amande amère[1] derrière celui de l'anis.

— J'ai entendu hurler. Que se passe-t-il ? tonna le chevalier en arrivant sur eux.

Louis se tourna vers lui, les traits crispés.

— Mon garde est mort. Mais visiblement, c'est moi que l'on visait.

1. Le cyanure est obtenu à partir de l'amande des noyaux d'abricot.

20.

Blanche de Castille porta le bout de ses phalanges à ses tempes. Elle eut beau exercer plusieurs tapotements et massages comme le lui avait autrefois appris Eloïn Rudel, sa migraine résista.

Elle remonta le drap et la courtepointe jusque sous son menton, garda les paupières fermées.

Aliénor m'a choisie, moi, pour devenir reine de France… Je dois me ressaisir, comme elle l'aurait fait…

Mais le vouloir ne suffisait pas. Elle restait dévastée au plus profond de son être. Elle avait pleuré une bonne partie de la nuit, dans la discrétion de cette chambre où son époux aimait la caresser jusqu'à ce que tous deux soient épuisés de désir. Même ses grossesses n'avaient su les empêcher de béliner. On avait vanté sa fertilité : elle n'était que le fruit d'un hyménée aimant, d'une félicité sans nuage.

Mon Lion… mort… assassiné… Il va falloir que je l'admette, que je trouve le coupable, se reprit-elle dans un élan vengeur.

Mais elle n'arriverait à rien avec cette pression à l'intérieur de son crâne.

Elle posa ses paumes à plat sur ses paupières closes, appuya longuement pour décongestionner ses yeux, puis relâcha. Au bout de la dixième fois, la douleur accepta enfin de céder.

Elle expira profondément, soulagée, croisa ses bras sur sa poitrine.

Bénie sois-tu, Eloïn Rudel, dame de Brocéliande, descendante de Merlin, la remercia-t-elle, comme chaque fois que ses conseils s'avéraient judicieux.

Sa vieille amie s'était éteinte dix ans plus tôt, lui laissant un recueil complet de recettes, ces prophéties annotées d'une plume sibylline et le souvenir d'un être hors du temps. Pour autant, la lignée de Merlin n'était pas défunte. Anne, la fille d'Eloïn et de Richard Cœur de Lion, parcourait les chemins, portant son savoir de ventrière, mais aussi son talent de trobairitz[1] de château en château. Et s'arrêtant souvent à Paris.

— Bénie sois-tu, Eloïn Rudel, répéta Blanche à haute voix cette fois.

Bénie sois-tu de ne pas m'avoir révélé le sens de ta prémonition. De m'avoir laissée jouir de mon bonheur sans avoir peur qu'il ne finisse trop tôt. Je sais combien la mort de Richard te fut insoutenable. Nous l'avons si souvent évoquée ! Sans doute as-tu voulu me préserver le plus longtemps possible, convaincue que je n'aurais rien pu empêcher. Et pourtant, mon amie, une part de moi t'en veut de ne pas m'avoir permis d'essayer.

Elle serra les mâchoires sur cette souffrance qui de nouveau jaillissait des tréfonds de son âme.

Non. Non. Je ne dois pas permettre au chagrin de me raviner… J'ai bien trop à faire avant que de punir… prier pour que Charles se rétablisse, veiller mon Lion jusqu'aux funérailles et préparer activement le couronnement de Louis.

1. Femme troubadour.

Il lui sembla réentendre les paroles glacées de Humbert de Beaujeu, la veille :

— Votre époux nous a laissé des instructions précises. Avant la fin du mois, Louis le Jeune doit être sacré et vous, légitimée dans votre régence.

— Quelles que soient les intentions de ce criminel, nous devons le prendre de vitesse. Lui montrer que le fils marche dans les pas du père. Qu'il entend retrouver cette mine et l'exploiter au mieux des intérêts du royaume. À condition, bien entendu, que ce soit ce que vous souhaitiez, avait ajouté Jean de Nesle.

— Si cet or peut servir à négocier la fin de la croisade et la reddition de Toulouse, alors nous le trouverons, avait-elle affirmé.

Humbert de Beaujeu et Jean de Nesle lui avaient assuré ne pas connaître le nom de l'assassin, mais elle éprouvait le sentiment qu'ils n'avaient pas été totalement sincères.

Ils ont forcément une idée… S'ils ne l'ont pas partagée, c'est qu'ils ont craint ma réaction. Et donc que ce chien est un proche.

Elle rejeta la courtepointe d'un geste vif.

Quel qu'il soit, son châtiment sera à la hauteur de son crime.

Elle posa les pieds au sol. La douceur des hautes mèches du tapis entre ses orteils la ramena au souvenir d'une étreinte, la dernière que lui avait offerte son époux avant son départ pour l'Occitanie.

Elle porta la main à son ventre. Elle sortait à peine de relevailles quand Louis l'avait quittée.

Au moins ne suis-je pas enceinte d'un enfant posthume, se réconforta-t-elle en pensant avec tendresse à son cousin Thibault, le comte de Champagne que Philippe Auguste avait élevé à sa cour. Thibault qui n'avait jamais connu son père et en avait profondément souffert.

Thibault qu'elle aimait comme un frère.

Et soudain son souffle se suspendit.

Thibault...

N'avait-il pas abandonné le Lion au moment où la situation de l'ost[1] était critique ? Faisant valoir que sa quarantaine[2] était terminée ? Le Lion ne l'avait-il pas menacé en retour d'user de représailles sur la Champagne ? Thibault avait fui avec ses chevaliers en pleine nuit, hué même par les valets, les bouchers et les savetiers de l'armée.

« Une trahison. Une véritable trahison. Il faudra qu'il m'en rende réparation, malgré l'affection que vous lui portez ! » lui avait écrit le roi, dépité.

Blanche chancela.

Une trahison... Oh, mon Dieu, Thibault... Aurais-tu été capable d'une autre, bien pire encore ?

Elle dut se rasseoir tant ses jambes se mirent à trembler.

Son œil se posa sur la bibliothèque, sur le livre des prophéties qu'elle y avait remis.

Elle revit Thibault, le nez plongé dedans, se faisant raconter par Eloïn Rudel de quelle manière, dans quelles circonstances elle avait eu ces visions. Il était très attaché à elle, en grande partie parce qu'elle lui parlait souvent de ce père qu'il n'avait pas connu et de sa grand-mère, Marie de Champagne, la fille qu'Aliénor avait eue du roi de France Louis VII.

Thibault...

Elle porta la main à son cœur avec l'impression qu'il allait s'arracher.

Non... Non... Je refuse de le croire.

1. Armée royale.
2. Les seigneurs féodaux devaient chaque année quarante jours d'engagement dans l'armée royale.

Néanmoins le doute était là, puissant comme un glas.

Il lui aurait suffi d'accorder les éléments de son crime aux termes de cette prophétie pour que la mort du Lion paraisse naturelle, inéluctable. Mais la peur de voir ravager la Champagne aurait-elle été un motif suffisant ?

Elle ne savait pas, elle ne savait plus. Tout comme son cousin anglais, voire davantage, il pourrait convoiter le trône.

Il ne se dresserait pas contre moi, contre Louis.

Elle voulut s'en convaincre, mais désespérément elle ne voyait que lui. Lui qui, à la fois, connaissait la prophétie et avait un double mobile : sa crainte du roi et l'ambition d'une couronne.

Deux coups, frappés contre la porte de son antichambre, la firent sursauter.

Elle se leva.

— Entrez ! lança-t-elle d'une voix étranglée, certaine de voir s'avancer sa dame d'atours.

À sa place parut Humbert de Beaujeu, la mine sombre.

— Quoi encore ? se tendit-elle, le figeant dans l'encadrement sitôt qu'il la vit en vêtements de nuit.

— Un nouveau meurtre, Blanche, annonça-t-il en détournant les yeux.

Elle verdit, s'agrippa à l'un des baldaquins.

— Louis…

— Il va bien. Grâce au bon cœur d'une servante qui a donné à un autre la galette empoisonnée qu'on lui destinait.

— Alors la guerre est déclarée… Ici, entre mes propres murs, suffoqua-t-elle, livide.

— Je le crains, en effet.

Luttant contre sa faiblesse, elle s'obligea à redresser les épaules et le buste. Encore et encore, jusqu'à ce que tout son corps soit tendu. Jusqu'à ce que son regard soutienne celui d'Humbert de Beaujeu, revenu vers elle, et lui affirme qu'elle était prête.

Prête à tout pour sauver le royaume et son fils.

21.

Dans cette lumière grandissante qui nimbait l'horizon de pastel, Griffonelle éprouva soudain un léger vertige.

Ce n'était pourtant pas la première fois qu'elle et Triboulet défiaient la vigilance des religieux de Notre-Dame, gravissaient quelques escaliers puis, arrivés sous la toiture, en traversaient les combles par la passerelle de bois suspendue au-dessus des croisées d'ogives. Pas la première fois que, parvenus au bout de cette forêt de piliers, de poutres et de chevrons, ils ouvraient le modeste battant habilement dissimulé entre deux moulures de la façade donnant sur le palais de la Cité. Pas la première fois non plus qu'ils venaient s'asseoir sous la plus grande des trois rosaces de vitraux, à quelques pas de la rambarde de pierre masquant cette étroite terrasse.

Juste au-dessus de l'immense galerie des rois de Judée.

Ces fois-là, visages offerts aux rayons du soleil, ils s'imprégnaient de la puissance de tous ceux qui, il n'y avait pas si longtemps encore, s'échinaient sur la pierre, le bois et le verre pour élever la plus majestueuse des cathédrales de toute la chrétienté.

Elle ferma un instant les yeux, s'efforça de se ressaisir.

Comme la veille, lorsque, admettant enfin l'urgence, elle avait dû quitter le bors-d'eau, ne prenant que le temps de composer un maigre baluchon puis, après Triboulet, de déposer un dernier baiser sur le front de sa mère.

Ils avaient besoin d'un endroit sûr pour se reposer, se reprendre, faire le point. Un endroit où personne ne songerait à les chercher. Un lieu dans lequel peut-être, avait espéré Griffonelle, Dieu entendrait ses larmes, ses doutes, sa colère, sa frustration. Et saurait les apaiser. Ils ne s'étaient pas concertés. Leurs pas les avaient menés au pied de Notre-Dame.

— C'est un bon choix, avait lancé Triboulet dans la nuit, semblant remercier le ciel de le leur avoir subtilement inspiré.

Une fois à l'intérieur, ils n'avaient plus eu qu'à monter jusqu'à la charpente.

Elle s'était endormie d'un bloc sous sa forêt, sonnée.

À son réveil, la sensation de vide s'était réinvitée, brutale, et elle avait eu besoin de voir l'aurore.

Son malaise s'estompant, elle émietta le restant de son morceau de pain.

Attirés par sa générosité, les pigeons affluèrent de nouveau autour d'elle.

Je t'ai promis de survivre, maman. De survivre et de tenter, par tous les moyens, de gagner cette existence douce et heureuse que tu espérais pour moi. Mais à dire vrai, je ne sais pas comment y arriver, se désola-t-elle.

Un chien aboya joyeusement au-dessous d'elle. Des voix d'enfants montèrent, bien vite rejointes par d'autres, plus graves et fortes.

Sans doute celles des professeurs de l'école de théologie, déduisit-elle.

Ils échangeaient avec des mires de l'Hôtel-Dieu, dont l'édifice, ancien, jouxtait la Seine entre la cathédrale et le Petit Pont.

Le sujet du jour était la mort du roi et ses causes possibles. Des bribes d'hypothèses lui parvenaient, qu'elle ne réussissait pas à recomposer tant déjà le bruit enflait.

Paris s'éveillait, et les chalands commençaient à installer le marché tout au bout de cette rue Neuve creusée au moment de la construction de la cathédrale entre Saint-Christophe et Sainte-Geneviève d'un côté, l'Hôtel-Dieu de l'autre.

Avec quatre églises en plus de Notre-Dame dans un si petit périmètre, les habitants ne savaient plus à quelle paroisse se vouer ! En cette heure, Griffonelle regrettait seulement la sienne, comme toute chose dont on est involontairement privé.

Elle soupira bruyamment.

Le vent frais de cette mi-novembre ne tarderait pas à se charger d'odeurs suaves et pourtant, elle était si nouée qu'elle se sentait incapable d'avaler quoi que ce soit.

Elle porta la main à son ventre gonflé, reposa le haut de son crâne contre le cerclage de plomb du vitrail.

Avant d'avoir entendu Gaïa, elle pouvait encore croire que le meurtre de sa mère était l'œuvre d'un fou, la conséquence terrible d'une erreur. Aujourd'hui, elle devait affronter la réalité.

Que dois-je faire, maman ? Fuir ? Quitter Paris ? Comme toi, Triboulet l'a suggéré, hier soir. Mais pour aller où ? C'est ici que j'ai grandi. Ici qu'est ma famille. Ici que tu seras enterrée. Je refuse de tout abandonner. Je refuse que ton assassin me prive de ce qu'il me reste. Continuer de me cacher ? Je n'y survivrai pas non plus. J'aime trop la liberté. Recommencer à vivre au grand jour, les défier, lui et cette récompense qu'il a offerte pour ma capture ? Il me saisira à la première occasion et me torturera jusqu'à être certain que je ne possède pas cette fichue carte. Avant, finalement, de m'achever.

Elle ferma les paupières sur une larme.

— Je suis perdue, tu sais..., murmura-t-elle.

— Mais pas difficile à trouver, entendit-elle sur le côté.

Elle tourna les yeux, rencontra ceux d'Altéric, l'aîné des enfants du bors-d'eau. Son ami. Son frère.

Comme à elle, Triboulet lui avait tout enseigné. Pourtant, il avait fini par ne plus trouver sa place dans la complicité qui les avait emportés. Il s'était donc converti à d'autres tours, montrant un réel don pour rabattre les clients vers Gaïa. Depuis quatre ans maintenant, il prenait sa part sur les bénéfices au même titre que Triboulet et chacune des ribaudes.

— Une silhouette haut perchée frôlant le vide avant de disparaître derrière le balustre, des pigeons... j'étais sûr que c'était toi, expliqua-t-il en venant s'asseoir près d'elle.

Elle lui retourna son sourire triste.

— Tiens, dit-il, en lui tendant un petit sac de toile qui embaumait l'anis.

Les galettes de maître Ysembart n'étaient pas pour toutes les bourses. Pourtant, Altéric se débrouillait toujours pour puiser sur ses gains et en rapporter. Refuser son présent aurait fait injure au sacrifice qu'il consentait.

— C'est Gaïa qui t'envoie ? demanda-t-elle en mordant sans appétit dans le biscuit doré à souhait.

— Oui... et non... Je t'aurais cherchée par moi-même. J'étais inquiet. Nous le sommes tous.

— Faut que je m'y fasse, c'est tout, soupira-t-elle en acceptant son bras autour de ses épaules.

Il ne répondit pas, se contenta de resserrer un peu plus son étreinte et d'étendre ses longues jambes.

Il laissa passer un moment de silence entre eux, avant d'avouer d'une voix cassée :

— Je m'en veux, tu sais. J'aurais peut-être pu empêcher que cela n'arrive si j'avais été là...

Elle lui prit la main, la serra fort dans la sienne.

— Trudeau s'est interposé et il a fini égorgé. Alors c'est aussi bien comme cela. Et puis tu étais à la pêche...

C'était ainsi qu'ils nommaient son racolage dans les tavernes.

— Oui... j'avais ferré un gros poisson. Je le tenais fermement au bout de ma ligne. Puis on a sonné le glas pour annoncer la mort du roi. Et pff... fini...

Un pigeon vint frôler ce pied sur lequel manquaient les deux derniers orteils. Souvenir d'un accident de petite enfance. Il avait beau y être habitué, il n'aimait pas qu'on y touche. Il chassa le volatile d'un mouvement de la cheville, continua, la tête basse :

— Quand je suis revenu, ta mère était morte et toi en fuite avec Triboulet.

Il fronça les sourcils, se tourna vers elle.

— Où est-il, à propos ?

Elle repoussa au fond d'elle la douleur insidieuse, dévastatrice. Si elle voulait survivre, elle ne devait plus s'en laisser submerger.

— Chez Ploumelle. Il dit qu'il faut que je mange.

— Il a raison.

— Pas très faim, avoua-t-elle en reposant la moitié de la galette dans le saquet de toile.

Il l'embrassa dans les cheveux, juste au-dessus de l'oreille.

— Cela reviendra... Que comptes-tu faire ?

Elle se blottit un peu plus, réchauffée par sa tendresse.

— Trop de questions demeurent sans réponses. Il va me falloir les chercher si je veux de nouveau pouvoir vivre en paix.

Il prit une grande inspiration, lâcha :

— Ou alors, tu pourrais tirer un trait sur tout ça en épousant quelqu'un qui en a assez de jouer les rabatteurs et qui veut voir du pays…

— Toi ? se mit-elle à rire.

Il pinça les lèvres, vexé.

— Et pourquoi pas ? Il y a longtemps que mes sentiments pour toi ne sont plus ceux d'un frère. Rien ne me retient ici. Je sais faire une quantité de choses en plus de voler. On pourrait s'installer ailleurs tous les deux, changer de vie. Personne ne nous retrouverait…

Elle s'écarta, fouilla son œil blessé, le dessin harmonieux, bien que crispé, de son visage que des boucles brunes et sauvages encadraient. Confuse, elle enroula aussitôt sa main à sa joue.

— Pardonne-moi, Altéric. J'ai cru que tu plaisantais.

Il serra le bout de ses doigts.

— Je t'aime, Griffonelle. Épouse-moi. Partons ensemble, insista-t-il, le timbre altéré.

Elle se troubla. Il approcha ses lèvres charnues des siennes, les effleura délicatement.

À cet instant, les traits du jouvenceau qu'elle avait détroussé hier frappèrent sa mémoire et elle recula, douchée.

— Je… je ne suis pas prête… pas prête à cela… maintenant. Tout est trop confus, s'excusa-t-elle en baissant les yeux.

Il l'attira à lui. Déposa un baiser sur le haut de ses cheveux. Contint sa frustration.

— Oui... bien sûr... Je ne voulais pas te brusquer. Juste que tu saches ce qu'il en est...

Préférant chasser le malaise qui s'était installé, il se leva et lui tendit la main pour l'aider à se redresser.

Elle se retrouva debout face à lui, s'obligea à soutenir son regard dans lequel brûlait l'intensité de ses sentiments, regrettant soudain de ne pas les partager.

— Gaïa a fait venir le curé. Il va procéder à l'enterrement de ta mère.

— Quand ?

— Un peu avant midi, ce jourd'hui.

— Déjà..., ne sut-elle que répondre.

Il la prit de nouveau dans ses bras, caressa sa nuque.

— Elle m'a aussi chargé de te prévenir : le balafré a doublé la récompense promise pour ta capture. Alors, sois prudente si tu veux te rendre à l'office... ou ailleurs dans la Cité. Et, s'il te plaît, prends bien le temps de réfléchir avant de te lancer dans une quête inconsidérée. Si j'en juge par ce qu'on m'a raconté, cet homme est extrêmement puissant.

— Je te le promets, mentit-elle.

Il recula à regret, lui lança un clin d'œil puis disparut par le battant qui s'ouvrait sur les combles. Il n'y avait pas d'autre moyen pour redescendre que de les traverser.

Restée seule au milieu des pigeons, Griffonelle se tourna vers Paris. La supplique d'Altéric n'avait rien changé. Au fond d'elle, sa décision était déjà prise.

Si je veux cesser de fuir, je dois découvrir ce qu'est cette fichue carte, puis la donner à cet homme une fois que je les aurai retrouvés tous les deux. Ensuite, oui, ensuite, quand il aura cessé de s'intéresser à moi, je m'introduirai chez lui à la faveur d'une nuit noire, je lui mettrai un couteau sous la gorge et je te vengerai, maman.

Elle savait que cela seul lui rendrait la paix. Elle s'accouda à la rambarde de pierre, tendit son visage à la vie qui recommençait à pulser dans ses veines, inspira une bouffée d'air parfumé.

La cicatrice qu'il porte au visage le rend unique. Il me suffit juste de trouver quelqu'un qui se renseigne pour moi au palais. Quelqu'un de riche qui y aurait des connaissances ou une entrée.

De nouveau le sourire de son détroussé chatouilla sa mémoire.

Et son cœur se mit à battre la chamade.

Je sais bien que tu ne m'offriras jamais ce que me promet Altéric, mon joli. Mais tu pourrais peut-être avoir envie de m'aider…

22.

Louis faisait les cent pas dans la salle aux murs tapissés qui jouxtait l'*aula regis*. Il recracha un bout d'ongle, refusa la douleur qui pulsait au bout de son pouce. Ils étaient trois à le fixer en plus de sa mère, assise sur une chaire à haut dossier : Humbert de Beaujeu, Jean de Nesle et Amaury de Montfort.

Et la présence de ce dernier dans ce cercle rapproché ne l'aidait pas à se calmer.

— Le testament de votre père me donne la régence du royaume, Louis. Je pourrais prendre la décision de déclarer la guerre à Thibault de Champagne sans vous consulter, lâcha soudain Blanche de Castille d'une voix raffermie par l'urgence de la situation.

Louis se posta devant elle, superbe dans ce surcot blanc rehaussé de dentelle. Sa chevelure courte retenue dans une mantille, ses traits délicats, son regard d'émeraude répondant aux pierres du collier qui ornait son discret décolleté carré… Plus que jamais elle incarnait la beauté. Une beauté que sa colère froide rendait plus éblouissante encore.

Cette fois pourtant, Louis n'en fut pas impressionné. Il avait son opinion et entendait bien la faire valoir.

— J'admets que, devant le champ de bataille, la conduite de Thibault fut des plus déplacées. J'admets le fait que mon père en ait été meurtri, choqué et qu'il ait envisagé des représailles. Tout comme il est possible que Thibault l'ait redouté. Mais enfin, mère, vous le connaissez comme moi. Mieux que moi, même...

Il s'emporta, brassa des mains, décidé à rompre le verdict de ce tribunal trop hâtivement composé à son goût.

— ... Thibault est plus à l'aise avec une guiterne[1] qu'avec une épée. Et je ne vois, moi, dans cette fuite, que l'expression de sa nature profonde. Il a donné ses quarante jours à l'ost. Pouvait-il mieux sans s'opposer à lui-même ? J'en doute. Alors, imaginer ce gros homme que le combat rebute commanditer l'assassinat de mon père et le mien ? Briguer le trône ? Déclencher une guerre de succession ? Non... Non, décidément, c'est absurde.

Le front balayé par quelques mèches argentées, Humbert de Beaujeu se tourna vers la reine que les arguments de son fils avaient visiblement touchée.

— Je partage son sentiment, Blanche. Un couard ne fait pas un assassin. Nous n'avions d'ailleurs pas songé à Thibault avant que vous ne le désigniez, semant ainsi le doute en nos cœurs déjà enclins à la rancune.

Blanche se ferma sur sa détresse intérieure. Sa peur de perdre son aîné comme elle avait perdu son époux avait besoin d'un coupable pour s'apaiser. Et malgré son affection profonde pour Thibault, elle n'en voyait pas de meilleur pour l'instant.

— Qui, si ce n'est lui ? insista-t-elle.

Louis évita de s'attarder sur Amaury de Montfort qui se tenait discrètement en retrait près de la porte. Comme les autres chevaliers, le comte s'était indigné qu'on ait voulu l'assassiner et avait offert de participer au tour de garde qui s'était aussitôt organisé. Cela n'avait pas

1. Instrument de musique à cordes pincées.

rassuré Louis. Il ne parvenait toujours pas à lui faire confiance. Et son instinct, ajouté à ce qu'il avait vu la veille dans la rue Saint-Denis-de-la-Chartre, lui dictait plus sûrement de l'accuser de tous les maux que de lui demander protection et conseil.

Il vint s'accroupir devant sa mère que la pâleur avait regagnée.

Il lui releva la main, y déposa un baiser tendre.

– Tout crime profite à quelqu'un, mère. Trouver le motif, c'est trouver le responsable. Voilà à quoi nous devons nous employer avant que de juger quiconque. C'est ce que père nous commanderait.

Blanche de Castille sonda cet œil qui soutenait le sien. Une vague de tendresse la submergea devant la maturité de son fils.

Ai-je donc été trop occupée que je ne l'ai pas vu grandir ? Ou est-ce la mort de son père qui l'a brusquement changé ? se demanda-t-elle en serrant ses doigts entre les siens.

– Vous avez raison, Louis. J'ai sans doute été un peu vite en besogne. Il n'empêche que peu de personnes connaissent l'existence de cette prophétie. Moi-même j'en avais oublié les termes. Et qu'en l'occurrence Thibault reste celui qui les étudia le plus.

Louis se redressa en soupirant. Il se souvenait de jolis échanges de harpe et de psaltérion entre Thibault et Eloïn Rudel, quand la voix mélodieuse de celle-ci s'envolait sous les voûtes de la chapelle prouvant que le profane, parfois, pouvait s'accorder au sacré.

Il n'imaginait pas un seul instant que le comte, épris d'aussi beaux vers que ceux de Jaufré Rudel[1], se soit changé en double meurtrier.

1. Prince de Blaye, illustre troubadour de la cour d'Aquitaine, père d'Eloïn Rudel et époux de Loanna de Grimwald (voir *Le Lit d'Aliénor*).

— Admettons. Mais au nom de quel motif valable aurait-il pu vouloir la mort de père et la mienne ? insista-t-il.

Elle tourna un front plissé par le doute et le chagrin en direction de Jean de Nesle.

Il était moins massif qu'Humbert de Beaujeu, mais sa silhouette tonique et musculeuse malgré l'avancée des ans inspirait tout autant méfiance et respect à ses ennemis. De la même manière que ce menton fier gardé imberbe, à l'image de son défunt roi, et ces yeux gris aux nuances indéchiffrables, dans lesquels, souvent, elle avait trouvé loyauté et courage.

Deux vertus qui, depuis le matin, lui faisaient garder la main sur le pommeau de sa lame, paré à les défendre, elle et Louis.

— Cette carte dont vous me parliez hier… Thibault aurait-il pu être au courant de son existence ? La convoiter aussi ? demanda-t-elle.

Jean de Nesle secoua son long visage marbré de rides. Loin de gâter son charme, elles y ajoutaient un certain mystère. En cette heure pourtant, celle, profonde, qui lui traversait le front marquait surtout sa contrariété.

— Pas à notre connaissance, mais nous ne pouvons totalement l'exclure, admit-il.

— De quelle carte s'agit-il ? s'enquit Amaury de Montfort, devançant la question qui brûlait les lèvres de Louis.

Blanche couvrit Humbert et Jean d'un œil surpris avant de mesurer sa méprise à leurs visages refermés.

Elle s'agaça contre elle-même.

Elle avait convié Montfort à ce conseil parce qu'il soutenait la thèse de l'assassinat du Lion, qu'il avait combattu aux côtés de Thibault jusqu'à sa désertion et qu'il avait suffisamment ravagé le comté de Toulouse avec son père pour, à son sens, en connaître les secrets. Trois arguments qui pouvaient l'aider à décider d'attaquer la Champagne sitôt Louis couronné.

À présent, outre le fait qu'elle se demandait si c'était une bonne idée de l'avoir invité, elle allait devoir assumer la divulgation d'une information que son époux n'avait partagée qu'en cercle restreint. Sans doute avec les meilleures raisons.

Il était trop tard pour faire marche arrière. D'autant plus que, comme Amaury de Montfort, Louis attendait lui aussi des réponses.

— Je vous croyais dans la confidence, comte, par le simple fait que vous avez longuement vécu à Carcassonne, s'excusa-t-elle dans un pâle sourire.

— Je ne le suis pas, confirma-t-il en relevant le menton pour marquer sa vexation.

Louis s'était redressé. Instinctivement il s'était placé entre sa mère et lui, même si sa curiosité l'emportait à présent sur l'idée qu'il puisse représenter une quelconque menace.

Elle prit une profonde inspiration, expliqua.

— Selon ces messieurs, cette carte mènerait à une importante mine d'or cathare. Une mine convoitée à la fois par le pape et par Raymond VII de Toulouse. Mon époux espérait se l'approprier, puis offrir une partie de ses revenus à l'Église en échange de la fin de la croisade et une autre au comte de Toulouse pour qu'il accepte de se ranger à nos côtés. Une intention louable, vous en conviendrez. D'autres, toutefois, pourraient ne pas avoir la même.

La surprise qui saisit Louis ne l'empêcha pas de voir Amaury de Montfort blêmir légèrement. Tout aussitôt, celui-ci éclata d'un rire surfait.

Comme s'il cherchait à masquer son trouble, nota Louis, alerté, alors que déjà Montfort claironnait :

— Vous vous êtes fait berner, messires !

— Je ne crois pas, non, lui rétorqua sèchement Humbert de Beaujeu, dont l'aversion pour les Montfort père et fils était ancienne.

Amaury de Montfort les toisa, lui et Jean de Nesle, avec dédain.

— Mon père vous a précédés dans cette quête. Il a finalement acquis la certitude que cette mine était une légende, formée dans le seul but de détourner les prélats de leurs priorités. Occupés à chercher l'or, ils éradiquaient moins les hérétiques. Il les a ramenés à la raison.

Jean de Nesle se détacha de la cloison contre laquelle il s'était épaulé, un sourire narquois aux lèvres. Et Louis devina qu'il entendait peser au côté d'Humbert de Beaujeu.

De fait, il lançait déjà, fielleusement :

— Que votre père ait écarté les envieux ne me surprend point. Qu'il ait cessé toute quête personnelle, en revanche… Je l'ai suffisamment côtoyé pour en douter.

— Et pourtant il l'a fait, ce qui indique bien à quel point cette mine était un leurre ! se piqua Montfort.

Blanche se frotta les tempes, submergée par l'évidence que cette rencontre n'apporterait finalement aucune réponse à ses doutes concernant Thibault. À cette heure, il lui était impossible de savoir avec certitude si la tentative d'assassinat de Louis avait un lien avec celui de son père. Quoi qu'il en soit, elle allait devoir renforcer la garde autour de lui. Il ne devait plus pouvoir faire un pas sans être solidement encadré.

Il ne va pas aimer cela, comprit-elle, *mais je n'ai pas le choix.*

Elle le couvrit d'un œil douloureux.

Louis ne s'en aperçut pas. Il achevait de recomposer les éléments d'un casse-tête détestable.

Une mine d'or dans le comté de Toulouse que Montfort avait reçu. Mine dont il nie l'existence... l'assassinat de mon père en sa présence... le meurtre de la ribaude, responsable de sa cicatrice, celui, tout aussi froid et implacable, d'un tavernier qui tenta de s'interposer... ma voleuse, traquée parce que détenant quelque chose lui appartenant... ma tentative d'empoisonnement, après que j'avais assisté à son crime. J'en reviens toujours à toi, Montfort... Mais quel lien entre tout cela ?

À cet instant sa décision fut prise : malgré les circonstances, il devait retourner à la taverne et interroger sa voleuse. En espérant qu'elle se montre et accepte de se confier.

Il leva la main, s'interposa entre les œillades incendiaires qui fusaient autour de lui :

— Assez, messires ! Que cette mine existe ou non, il suffit de vous écouter pour comprendre l'enjeu que sa possession représente. Partons donc de cette fameuse carte. L'un de vous sait-il où elle se trouve ?

— Hélas ! soupira Jean de Nesle.

— Légende ! insista Amaury de Montfort, fermé.

Louis se tourna vers sa mère. Quelques perles de sueur fleurissaient son front. Elle porta à ses lèvres décolorées le hanap d'hypocras[1] que venait de lui tendre Humbert de Beaujeu après l'avoir goûté.

Trop d'émotions. En trop peu de temps. Elle est forte. Elle s'en remettra mais je dois l'obliger à se reposer. À me laisser gérer la suite. Sans quoi jamais je ne parviendrai à quitter le palais.

1. Vin herbé.

— Assez, dis-je ! s'imposa-t-il en bombant le torse. Si cette mine d'or est à l'origine de la mort de mon père et de la tentative de m'assassiner, c'est que l'un de ceux qui la convoitent me croit capable de la retrouver à mon tour. Il faut donc chercher dans ce sens. Pour autant, nous ne pouvons écarter la possibilité d'un complot visant à nous évincer, ma mère et moi, du trône. Notre sécurité doit donc rester votre priorité. Je continue de placer la mienne sous le couvert de mon oncle[1] et des autres chevaliers. À vous, Humbert et Jean, je confie ma mère…

— Ce ne sera point utile, mon fils. Ma journée sera faite de prières à l'intention de votre père et de votre frère, le coupa Blanche que la boisson avait un peu revigorée.

— Je m'en doutais, mère. Ce qui a motivé mon choix. Le faible risque que vous encourez leur permettra de recenser toutes les informations qu'ils ont collectées au sujet de cette mine.

Il reporta son regard sur les deux hommes qui venaient d'approuver d'un hochement de tête, reprit à leur intention :

— Ce faisant, vous réveillerez peut-être un détail qui aurait poussé l'assassin à agir. Lors, vous viendrez m'en rendre compte et nous évaluerons la situation ensemble.

Il pivota vers Amaury de Montfort toujours aussi renfrogné.

— Je vous sais fin limier, comte. En conséquence, je vous charge personnellement de découvrir qui empoisonna cette galette. C'est forcément quelqu'un de ma mesnie. Laïc ou clerc. Noble ou valet. Je le veux ici, devant moi, avant que la nuit ne soit tombée, afin que nous puissions

1. Philippe Hurepel, bâtard de Philippe Auguste et frère de Louis VIII.

faire la part des choses, puis procéder à l'enterrement de mon père en toute sérénité.

— Me relègueriez-vous au rang de comte des Cierges[1] ? se piqua Montfort.

Louis s'apprêtait à le reprendre quand sa mère bondit.

— Existe-t-il plus noble tâche que celle de protéger le nouveau roi de France de la menace qui pèse sur lui ?

Amaury de Montfort courba le front sous la morsure de son œil vipérin.

— Non, Votre Majesté.

Et Louis retint un sourire.

Il avait obtenu ce qu'il souhaitait : le contrôle de sa liberté tandis que Montfort, trop occupé à sa tâche, serait incapable de nuire à la femme qu'il aimait.

1. Officier royal chargé de la sécurité du palais. Il y réglait toutes sortes de conflits, faisait aussi une ronde muni d'un cierge, d'où son nom devenu plus tard « concierge ».

23.

Une main enfoncée profondément dans la poche latérale de son surcot, l'autre retenant un sac de victuailles, Triboulet revenait vers la cathédrale. Il était inquiet. Le rôtisseur l'avait servi avec une lueur inhabituelle dans l'œil, lui demandant des nouvelles de Griffonelle. Son épouse avait manifesté le même intérêt, insistant quand il avait détourné la conversation. Si cela l'avait spontanément incité à la prudence, il n'avait découvert la véritable raison de leur curiosité qu'en croisant Altéric quelques minutes plus tard :

Montfort et sa récompense !

Deux cents sols représentaient une fortune. Pour la gagner, certains étaient capables de vendre père et mère. Alors une ribaude et un nain !

Il décocha un coup de pied dans un caillou qui se trouvait en travers de son chemin. La mule qui le reçut en pleine cuisse hennit de douleur avant de ruer, forçant son maître qui la chargeait à s'écarter. Il se tourna vers Triboulet, lui lança un regard incendiaire.

D'ordinaire, le nain l'aurait gratifié d'une grimace, voire d'un geste obscène. Il se contint, baissa le nez et avança un peu plus vite.

Réfléchir. Je dois réfléchir… Trouver une issue à tout ceci…

Il obliqua dans une venelle si étroite que les encorbellements des façades opposées se touchaient presque, interdisant le passage à la lumière du jour. Le sol de terre battue abritait des rats et toutes sortes de vermine, exhalant une odeur de moisissure et d'urine. Il détestait y traîner ses pieds nus. Mais elle offrait un avantage sur ses voisines : les commerces y étaient rares, mal famés. Peu de gens s'y promenaient.

S'il y ajoutait le fait qu'il n'était pas le seul nain de Paris, sans Griffonelle près de lui, on avait peu de chances de le reconnaître.

Il se hâta pourtant de longer la ruelle, le nez pincé, les épaules voûtées, tous les sens aux aguets. Depuis son agression de la veille, il était sur la défensive. Et les nouvelles que lui avait données Altéric n'avaient rien arrangé.

Fort heureusement, ce dernier s'était bien gardé de dire à Griffonelle avec quelle violence Amaury de Montfort avait retourné le bors-d'eau après leur départ, allant jusqu'à arracher le cadavre de Mahaut de son lit pour éventrer le matelas à la recherche de la carte. Il avait de même fouillé les moindres recoins de l'habitation. Prévenues de ce qu'il leur en coûterait, aucune des ribaudes n'avait réagi, cantonnées dans la cuisine sous la surveillance de l'homme qui l'avait coursé. Bredouille, Montfort s'en était finalement pris à Gaïa. Mais elle avait tenu bon, jurant n'avoir jamais entendu parler d'une quelconque carte et que Griffonelle n'était pas revenue depuis l'agression de sa mère. Le maraud avait dû reconnaître, à contrecœur, qu'il n'avait pas vu la jouvencelle entrer. Sous les regards des gens qu'il avait attirés hors des logis, Montfort était reparti furieux, promettant richesse à qui le servirait ou bastonnade à qui le jouerait.

Deux arguments dont Triboulet était certain qu'ils avaient fait mouche, du moins sur ceux pour qui ils n'étaient rien.

Arrivé au bout de la venelle, la luminosité du soleil jaillissant des toitures le força à cligner des paupières. Face à lui se dressait la masse imposante de l'Hôtel-Dieu surplombée par la façade de Notre-Dame. Il était question de flanquer celle-ci de deux tours latérales, mais Triboulet espérait qu'il n'en serait rien. Telle qu'elle était ce jourd'hui, démesurée déjà par rapport à ce qui l'entourait, sculptée et pigmentée de partout, et ornée de cette galerie de personnages semblant juger le badaud, elle en imposait suffisamment, à son sens, pour marquer la toute-puissance de l'Église.

Une toute-puissance que les récits de Mahaut avaient réussi à lui faire regretter, voire haïr, même s'il se sentait toujours aussi proche de Dieu.

Il traversa la Grand-Rue au milieu des charrois que le péage du Petit Châtelet, situé à l'autre bout du pont, faisait avancer au pas. Prenant leur mal en patience, les conducteurs en profitaient pour échanger leurs interrogations quant à la mort du roi. Chacun semblait avoir sa source, de sorte que ce pauvre Louis VIII avait tour à tour péri d'un coup d'épée, d'une congestion, d'un mauvais vin ou d'une ruade.

La seule chose sur laquelle ils s'accordaient tous était que c'était bien trop tôt pour un aussi bon roi.

Les laissant à leurs ragots, Triboulet s'enfonça dans le marché qui avalait le haut de la rue Neuve. Les commerçants y étaient nombreux, se partageant l'espace avec les bateleurs, les prédicateurs, les habitants et les chalands.

Très vite il dut jouer des coudes pour s'y frayer un passage.

— Châtaignes ! Les bonnes châtaignes grillées ! entendit-il crier sur sa gauche.

Le revers de son capuchon tombant toujours sur ses sourcils broussailleux, il se faufila entre deux mégères qui se disputaient, puis s'arrêta devant la vasque de fer rougeoyante de braises.

— Combien ? demanda-t-il.

— Deux sols, répondit le garçon qui faisait sauter sa poêlée.

— Va pour une part, décida-t-il en les arrachant de sa poche.

Plus qu'à espérer que leur parfum chatouillera les narines de Griffonelle.

Elle n'avait cessé de se tourner et se retourner dans son sommeil la nuit précédente, gémissant souvent, se tordant aussi, la main sur le ventre. Il l'avait quittée alors qu'elle s'éveillait, abattue et nauséeuse devant la triste réalité, une réalité pire que ses cauchemars, avec pour seul compagnon un vieux quignon de pain qui traînait dans sa poche.

Le vendeur remit une fournée à cuire et lui en tendit une autre, moins brûlante, dans un saquet de toile noircie.

— Bon plaisir, lui souhaita-t-il d'une bouche édentée, et Triboulet reprit son chemin.

Il finit par atteindre le pied de la cathédrale, elle aussi envahie par la multitude.

En moins de deux ans, le grandiose édifice était devenu le cœur de la Cité. Un cœur qui ne cessait de battre plus vite, plus fort, plus ardemment.

Le portail central franchi, il se sentit plus à l'aise. Malgré la hauteur vertigineuse des croisées d'ogive à six arcs de la nef, la pénombre cédait à peine devant l'éclat des dizaines de cierges. Et sous chaque arcade, devant chaque pilier ou saint de pierre, le froissement des tissus se mêlait aux murmures, aux rires, aux prières. Miséreux et puissants se côtoyaient sans distinction. Triboulet le savait par expérience : il n'existait pas de meilleur endroit dans Paris pour discuter, négocier, séduire, se montrer ou se cacher.

Nul ne ferait plus attention à lui.

Il n'en resta pas moins prudent, jusqu'à ce que son œil accroche la beauté sauvage d'une femme mûre à qui il dut céder le passage. Il lui rendit le sourire qu'elle lui adressa, troublé par le discret parfum de sous-bois qui émana d'elle tandis qu'elle resserrait sur sa poitrine les pans d'une mante verte.

Reprends-toi, tu n'es pas ici pour faire le joli cœur, se rabroua-t-il aussitôt en se hâtant de remonter l'édifice par l'un des côtés.

— *Bougre de bougre de corne de cocu !* jura-t-il brusquement entre ses dents.

Au milieu du va-et-vient des étudiants qui encombraient le transept, le maraud qui l'avait coursé la veille discutait avec un moine, lui bloquant l'accès à l'escalier qu'il visait.

Du calme… il cherche partout. Normal qu'il soit venu ici, se convainquit-il.

Il attendit, dissimulé par un pilier, puis jeta de nouveau un regard.

Disparu…

Soulagé, il se hâta de gagner la galerie qui surplombait le chœur.

Personne, se rassura-t-il au seuil de celle-ci.

Relâchant enfin sa vigilance, il avança de quelques pas à découvert, ouvrit une porte latérale et entreprit de gravir la seconde volée de marches qui permettait de gagner les combles, trois toises plus haut.

24.

Griffonelle souleva une paupière, surprise.

Des gonds venaient de grincer à l'autre bout de la charpente plongée dans l'obscurité. Comme si l'on tentait d'ouvrir lentement la porte de l'immense grenier.

Triboulet, en conclut-elle.

Il mit tant de prudence à ne pas faire craquer le plancher suspendu recouvrant une partie des voûtes de la cathédrale qu'elle n'eut pas le cœur de lui avouer tout de suite qu'il l'avait éveillée.

Elle s'assit sur un matelas de paille progressivement apporté par les pigeons puis s'adossa au mur, près de son baluchon.

Sa froide détermination l'ayant un peu apaisée, elle avait senti la fatigue la rattraper. Lors, elle avait préféré revenir à couvert pour s'endormir en paix.

Incapable de mesurer combien de temps s'était écoulé depuis le départ d'Altéric, elle referma les yeux un instant, avant de les rouvrir brusquement : les pas s'étaient arrêtés.

Ils reprirent, puis se suspendirent à nouveau, un peu plus près d'elle.

Que fabrique-t-il donc ? s'étonna-t-elle. *Il sait pourtant où je me trouve…*

Un doute la saisit.

Lui sait. Mais est-ce bien lui ?

Elle se décolla du mur, se concentra sur le bruit, discret, qui lui parvenait.

Sa foulée est trop longue pour être celle de Triboulet… Altéric ?

Elle revit son sourire, la lueur d'espoir qui dansait dans ses yeux.

Possible… En ce cas il lui suffirait de m'appeler ou de se diriger directement vers la terrasse, comme tantôt… Ce qu'il ne fait pas…

Elle s'attarda de nouveau sur les éléments de sa démarche, mais n'en reconnut pas la nonchalance. L'allure, la durée des périodes de stagnation lui semblèrent au contraire méthodiques, organisées.

Non, ce n'est pas lui…, trancha-t-elle, inquiète à présent… *Mais c'est quelqu'un qui connaît les lieux puisqu'il se déplace sans lanterne et qu'il s'immobilise à intervalles réguliers, comme s'il savait exactement où se situent les caches potentielles.*

Les moines allaient et venaient le long des tribunes du chœur au-dessus desquelles elle se tenait.

Ils doivent inspecter de temps à autre, comprit-elle. *Mieux vaut qu'on ne me trouve pas.*

Elle rampa discrètement jusqu'à atteindre la couverture de planches. Là, elle se mit sur le dos, ondula comme une anguille et se faufila dessous.

Tu peux toujours chercher maintenant ! se moqua-t-elle une fois dissimulée, tête tournée vers l'extérieur pour mieux respirer.

Les secondes défilèrent sur sa patience, mise à rude épreuve par l'étroitesse de son refuge. Jusqu'à ce que, brusquement, l'intrus s'immobilise au-dessus d'elle.

Bougre de bougre de corne de cocu ! jura-t-elle intérieurement à l'exemple de Triboulet.

L'homme devait être corpulent car il lui écrasait la poitrine, meurtrissant ses omoplates au point de rencontre de la croisée d'ogives.

Bouge ! espéra-t-elle.

Mais au lieu de cela, un bruit de course éclata. Elle sentit le religieux pivoter puis tomber à genoux. L'entendit râler.

À cet instant seulement, elle reconnut la technique d'attaque de Triboulet : celle du bélier, crâne en avant, droit dans le ventre. L'homme avait dû se plier en deux avant de s'effondrer.

Pouvait pas le faire plus loin, enragea-t-elle, le souffle coupé, d'autant que, généralement, Triboulet ne s'en tenait pas là.

Une série de coups de poing et de pied bien ajustés achevait de mettre son adversaire à merci.

Elle les entendit pleuvoir, comprit, aux vibrations de la coursive et à ses répercussions sur son corps moulu, que l'autre les rendait tant bien que mal.

— T'es mort, nabot ! crissa-t-il dans une quinte de toux.

Il lui sembla que les deux corps roulaient l'un sur l'autre, la broyant *de facto*, puis tout cessa.

Avant qu'elle n'ait pu se réjouir d'une rapide délivrance, un liquide chaud inonda sa joue et en dévala l'ovale.

Du sang, déduisit-elle à l'odeur ferreuse qui lui chatouilla les narines. *Il traverse la jointure des planches. Manquait plus que ça !*

D'autant que le silence persistait. Un peu trop à son goût. Et que Triboulet ne bougeait toujours pas.

Le moine a dû réussir à le sonner. Bah, il est solide. Il va se reprendre, se convainquit Griffonelle, refusant de s'alarmer. *Je dois juste être patiente.*

Mais le flux poisseux ne tarissait pas. Au contraire. Trouvant les fissures, il coulait à présent de partout, sur le haut de son front, dans ses cheveux, sur son cou, ses épaules, son buste oppressé. Peu à peu il la recouvrait, réduisait sa capacité à respirer.

Et soudain, elle se tétanisa.

Ce n'est pas une petite blessure !

Or, Triboulet n'aurait pas mortellement frappé un religieux.

L'assassin de maman… Il s'est battu avec l'assassin de maman. Ou avec l'un de ses sbires.

Elle s'en voulut soudain de n'avoir pas compris plus tôt. De n'avoir pas fait diversion en signalant sa présence.

Sa peur gonfla d'un coup.

Et s'il avait vaincu Triboulet ? S'il restait immobile dans le seul but de m'attirer à lui ?

Dans son élan de panique, sa respiration devint plus hachée encore. Elle eut l'impression que c'était le sang de son ami qui ruisselait le long de l'arête de son nez, devant ses narines, y entrant à chacune de ses inspirations, l'étouffant.

Non… non… non… non… pas Triboulet. Pas lui après maman… Dieu ne le permettrait pas… Il est juste assommé. Je suis sûre qu'il est juste assommé ! se répéta-t-elle à nouveau.

Mais le doute lui fut plus insupportable que le reste.

Elle tenta de ramener ses genoux vers elle, ses paumes vers le haut, de pousser pour se dégager. Rien n'y fit. Elle était bloquée de toutes parts, littéralement écrasée par la masse des deux hommes.

Ouvrir la bouche. Si je veux appeler, je dois ouvrir la bouche…

C'était le seul moyen. Même si l'idée d'avaler du sang l'affolait autant que de le respirer.

Elle manqua d'air. Ne put repousser l'échéance.

Surmontant son écœurement, elle se tendit dans un cri. Un cri, empreint de tout l'espoir qui lui restait.

— Triboulet !

25.

Blanche de Castille releva le front en surprenant un bruit de pas, pourtant discrets, derrière elle.

Elle garda néanmoins les yeux fermés, accordant son attention aux sens des paroles du Notre Père qu'elle achevait de réciter.

Cela faisait un moment à présent qu'elle était agenouillée devant le cercueil de son époux, priant à la fois pour le repos de son âme et pour le salut de ses enfants. De tous ses enfants, puisque Charles avait passé la nuit et que sa fièvre était, ce matin, un peu moins forte qu'à la même heure, la veille.

Elle voulait croire que le Seigneur veillait, refusant de l'anéantir sous le poids d'une autre perte.

— Bonjour, Votre Éminence, dit-elle enfin, certaine de trouver près d'elle le cardinal Romain de Saint-Ange.

Il était le seul religieux qu'elle connaisse qui quittait ses sandales avant d'accomplir sa génuflexion.

— Bonjour, Votre Majesté, lui répondit le légat du pape, du timbre chantant des Italiens.

Elle se signa puis, sans quitter l'inconfort du prie-Dieu qu'on avait placé pour elle devant la bière, tourna la tête dans sa direction.

Il s'était redressé, avait attaché ses souliers de corde à celle qui ceinturait sa taille alourdie par la bonne chère.

Même si les quelques mois de chevauchées aux côtés du Lion et de ses troupes avaient un peu raffermi son allure générale, il gardait des joues trop rondes qui avalaient des lèvres charnues et un regard aux longs cils efféminés. Ce faciès poupon lui donnait une allure ambiguë qui avait l'art de troubler les dames. Dames dont il jouissait au moins autant que de vin ou de viande, disait la rumeur. Et particulièrement lors de ses séjours à Paris.

Blanche s'en moquait.

Dans cette tourmente qui la balayait, faite d'angoisse, de chagrin, de soupçon, d'attente, elle avait plus que jamais besoin du soutien du légat du pape.

— Je vous écoute, Éminence, l'invita-t-elle à parler, devinant qu'il ne l'avait pas dérangée sans raison.

Il s'était approché du cercueil. Il prit le temps de rallumer un cierge avec la flamme d'un autre, avant de lui faire face.

— L'abbé de Saint-Denis[1] part à l'instant. Je puis donc désormais vous assurer que tout sera prêt à temps et tel que vous le souhaitiez.

Le cœur de Blanche se pinça. Elle ne pouvait indéfiniment conserver son aimé ici, devant elle. Mais elle doutait d'être prête à voir ce cercueil scellé puis recouvert d'une dalle de pierre. Fût-ce dans la nécropole royale.

Elle s'efforça de n'en rien montrer.

— Ce sera donc demain, pour none[2].

— Oui, Votre Majesté. De mon côté, je me suis appliqué à ce que vous m'aviez demandé. Un messager est en route pour Reims, afin que le diocèse prépare la cérémonie du sacre de votre fils pour le 29 novembre. J'ai

1. Pierre d'Auteuil.

2. Heure canoniale, vers 15 heures de nos jours.

aussi croisé Robert de Coucy[1] en venant. Vous n'avez pas abordé le sujet des chevaucheurs hier soir, en conseil. Il demande si vous voulez qu'il en envoie d'autres pour informer vos vassaux de cette date, ou si vous estimez que ceux dépêchés par votre époux avant son trépas sont suffisants.

Mon Lion... si prévenant... si aimant... Si tu savais à quel point ton sentiment d'urgence se justifie aujourd'hui, se morfondit-elle au souvenir de l'attaque du matin.

Elle redressa le menton pour l'empêcher de trembler.

— Non. Mieux vaut qu'ils soient porteurs de son sceau que du mien. Qu'il envoie par contre les hérauts dans Paris. Je veux qu'ils annoncent l'heure des funérailles afin que toutes les bonnes gens voulant y assister le puissent.

Romain de Saint-Ange posa une main boudinée sur le rebord du cercueil. Il n'accorda que peu d'attention au corps, les préférant bien vivants, féminins et accorts.

Il préféra se concentrer sur elle, troublé par la grâce et la sensualité naturelle avec laquelle elle s'était relevée. Malgré la sobriété de ses vêtements de deuil, la fine dentelle blanche qui recouvrait sa chevelure et l'absence de fard, elle restait la plus belle femme qu'il ait jamais rencontrée.

Il raffermit sa voix.

— Ce sera fait dans l'heure. Et vous pouvez être certaine qu'ils seront nombreux aux abords de la basilique. Si j'en crois ce que l'on m'a rapporté, après l'appel des cloches cette nuit, les rues étaient aussi pleines que les églises.

Elle s'approcha. Il recula discrètement afin qu'elle ne s'aperçoive pas de l'état dans lequel sa présence le mettait.

1. Maréchal de France.

Elle se planta devant la bière, plongea ses doigts gantés à l'intérieur, effleura la peau tannée sous laquelle se devinait le visage de son époux.

Elle ne remarqua pas cette lueur dans le regard du cardinal, ces perles de sueur sur son front haut qu'il essuya subrepticement d'un revers de manche.

Son geste à elle était pur. Il n'exprimait qu'un amour absolu, un amour au-delà de la mort et de sa dégradation. Elle regretta même de n'avoir que cette enveloppe mortuaire à caresser quand elle aurait voulu encore embrasser ces lèvres, ces paupières, fussent-elles puantes et glacées.

Mon aimé...

Elle tourna la tête vers le cardinal, nota qu'il se mordait la lèvre inférieure, pensa seulement qu'un chagrin sincère l'affectait, comme tous ceux qui avaient partagé le quotidien de son époux et avaient pu juger de l'homme d'exception qu'il était.

Elle lui sourit, tristement.

— Je vous le confirme, Éminence. Éveillée par les sonnailles, je me suis glissée sur le rempart, face à la Cité. J'ai vu monter au ciel la lumière de centaines de lanternes. Ces voix, n'en formant plus qu'une... C'était magnifique. Cela m'a profondément émue... Le peuple l'aimait.

— C'était un roi juste et pieux, approuva Romain de Saint-Ange qui songeait plutôt à quel point le roi avait été chanceux de l'avoir possédée, elle.

Blanche ferma les yeux sur une larme qui revenait les troubler. Elle ne voulait pas pleurer. Elle ne le voulait plus. Tout ce qui lui importait, c'était d'être avec son époux pour quelques heures encore, avant que tout ne s'arrête et qu'il ne soit plus qu'un souvenir. Pour le reste, elle faisait confiance à Humbert de Beaujeu et à Jean de Nesle plantés devant la porte de cette chapelle et à Amaury de Montfort pour mener une solide enquête.

Elle fit glisser son index bagué le long de la couture du sac, s'arrêta à hauteur du nombril, rougit en réalisant l'indécence morbide de son geste.

Elle retira ses doigts, tourna le dos à l'homme d'Église pour lui masquer son fard.

— Pieux, dites-vous. Il était bien plus que cela, Votre Éminence. Jamais il ne commit de péché capital. Savez-vous que certains de ses compagnons, espérant lui rendre sa vitalité, ont couché deux des plus belles jouvencelles de Montpensier dans son lit ? Nues et entreprenantes ? Et qu'il les a refusées pour me rester fidèle jusqu'au bout ?

— Oui. C'est moi qui les ai renvoyées.

Elle pivota vers lui, embrasée de nouveau par la douleur, par ce sentiment d'injustice que ce long moment de prière et de recueillement était parvenu à adoucir.

— Il ne méritait pas de finir de cette manière. Dieu me pardonne, mais son assassin souffrira mille morts avant de trouver la sienne.

Elle le vit blêmir.

— Soupçonnez-vous quelqu'un ? demanda-t-il en s'éclaircissant la gorge.

Elle baissa la tête, la secoua, amère. Non, elle ne savait pas, elle ne savait plus. Louis avait réussi à ébranler ses certitudes, apportant un léger baume à son cœur désespéré de devoir accuser Thibault de Champagne. Tout en creusant un peu plus le vide ouvert par autant de questions sans immédiate réponse.

Elle battit l'air chargé d'encens d'une main lasse.

— Un fol. Un jaloux. Un inconscient. Il faut l'être pour avoir privé la France d'un roi de sa valeur.

— Le royaume ne craint rien sous votre régence, Majesté…

Poussé par une impulsion, il marcha sur elle, lui saisit les doigts, plongea dans ses yeux les siens, fleuris d'ambition. Une ambition honteuse mais soigneusement cachée sous les meilleures intentions.

— … et si vous me confiez l'éducation du jeune roi, je ferai de lui un monarque à l'image de son père.

Elle fronça les sourcils.

Louis… Mon Louis… Ne possède-t-il pas déjà toutes les qualités requises ? Il s'est montré si mature tantôt…

Elle le revit pourtant s'agenouiller devant elle après son escapade de la veille. La peur refit surface, brutale, sans concession.

Combien d'erreurs a commises Aliénor avant de devenir une reine admirable ? Combien d'erreurs de jeunesse dont la France a payé le prix fort ? Louis a besoin de rigueur. J'ai été, je suis trop indulgente avec lui.

Elle se souvint brusquement qu'il s'était octroyé la protection de son oncle. Or, ce dernier le couvrait d'une profonde affection et avait, lui aussi, tendance à céder devant ses arguments.

Si Louis veut de nouveau quitter le palais, il saura le berner, comprit-elle en frémissant.

Elle fixa le légat. Ses mains étaient moites, mais curieusement, cette fois, il ne cillait pas.

Il possède assez de trempe pour brider Louis sans éteindre sa personnalité. Et le poids de l'Église pour le contraindre à ne pas courir après le danger.

Elle hocha la tête.

— C'est entendu, Éminence. Louis est à vous. Mais si vous voulez faire de lui un exemple pour le monde chrétien, vous devez dès à présent connaître deux ou trois choses à son sujet.

26.

— Triboulet ! Je t'en prie, réveille-toi ! supplia Griffonelle après avoir recraché ce sang qui n'en finissait pas de s'écouler sur sa joue, devant ses narines, sur ses lèvres.

C'était son cinquième appel. Perdu sous les combles obscurs de la cathédrale.

Elle n'en pouvait plus de cette odeur ferreuse, de ce ruissellement chaud qui avait fini par transpercer ses vêtements, sa chevelure nattée. Elle s'épuisait à respirer trop court, à combattre la douleur liée à l'écrasement de sa tête, de sa poitrine, de ses membres.

À cela s'ajoutait une angoisse qu'elle maîtrisait de moins en moins : celle que Triboulet fût mort. Qu'elle l'ait perdu, lui aussi.

Elle se crut soudain dans un cercueil, s'imagina sous le corps de sa mère qui suintait, suintait pour la refondre en elle, les attirer tous trois dans une même portion de l'enfer. Elle déploya toute l'énergie de son désespoir pour tenter de s'en arracher, avant de renoncer, une fois de plus.

Le poids des corps inertes interdisait toute flexibilité au plancher qui la recouvrait.

Je vais mourir… lentement… très lentement…, compritelle, choquée.

Elle hurla. Vida ses poumons pour en finir plus vite. C'était tout ce qui lui restait.

Contre toute attente, le silence était à peine retombé qu'un mouvement ébranla le bois.

— Triboulet ! insista-t-elle, reprise d'un espoir fou.

Aucune réponse. Mais le mouvement s'accentua.

De nouveau une lame de terreur la transperça à l'idée que ce fut l'autre, le maraud, le mauvais, qui cherchât à se dégager. Elle retint son souffle, perçut le bruit d'un corps que l'on repoussait, le sien qui regagnait en mobilité.

Elle hésitait encore à bouger lorsqu'une main tâtonnante lui recouvrit le visage. Une toute petite main.

Son cœur se recomposa aussitôt dans sa poitrine.

— Triboulet ! C'est toi ! Bien sûr que c'est toi ! gémit-elle avant d'embrasser le bout de ses doigts.

— Bougre de bougre ! Mais comment t'es-tu retrouvée là-dessous ? s'étrangla-t-il en sautant près d'elle.

Elle essuya un long tremblement.

— Mauvaise idée, abrégea-t-elle, pour ne pas avoir à raconter.

La seconde suivante, libérée, elle s'agrippait à lui et nichait sa tête dans son cou épais.

— Tu ne répondais pas ! Je t'ai cru mort ! À l'instant encore ! Tu ne pouvais donc pas me rassurer, me dire que tu n'étais pas blessé avant de repousser ce diable ?

Il la serra contre lui, s'excusa.

— Il était sur moi. Il m'étouffait. Et puis, j'ai cru avoir rêvé… Toi, là-dessous ? À l'endroit même où j'ai choisi de le plaquer ? Reconnais que la coïncidence…

C'est vrai, admit-elle.

— … Je t'imaginais descendue prier dans la cathédrale puisque tu ne t'étais pas précipitée pour m'aider.

Il renifla, ajouta :

— Et toi, tu n'as rien, tu es sûre ? Tu empestes le sang.

Elle ricana nerveusement. Un instant elle avait failli oublier l'état dans lequel elle se trouvait.

— C'est celui du maraud. Comment as-tu fait pour qu'il en perde autant ?

— Aucune idée. J'ai poignardé à l'aveugle. J'imagine qu'il m'a assommé en tombant, car je ne me souviens de rien ensuite, sinon d'un hurlement qui m'a ranimé.

— C'était le mien. J'étais paniquée. Ce silence… cette impression d'avoir été mise en bière…

Un sanglot s'étrangla dans sa gorge.

Il caressa ses cheveux poisseux avec tendresse. Il se revit monter l'escalier, s'étonner devant la porte entrebâillée, entendre les pas, les arrêts, les pas encore. Il n'avait pas été long à comprendre que ce n'était pas Griffonelle mais bien le sbire de Montfort que le moine avait dû renseigner. Cette fois il n'avait pas hésité.

— C'est fini… C'est fini, Griff…, murmura-t-il.

Ils restèrent l'un contre l'autre, se rassurant, s'apaisant mutuellement, puis Griffonelle soupira, résignée :

— Non, ce n'est pas fini. Si lui nous a trouvés, un autre le fera. Nous ne sommes plus en sécurité ici.

— Je sais. Mais chaque chose en son temps, veux-tu ? Tu ne peux pas rester comme cela. Et moi non plus, ajouta-t-il, devinant qu'il était tout aussi taché qu'elle.

Elle s'écarta de lui. Ils avaient emporté des vêtements en quittant le bors-d'eau, mais elle ne se voyait pas les enfiler sans s'être bassinée.

— De l'eau. J'ai besoin d'eau. De beaucoup d'eau pour tout enlever, avoua-t-elle.

Il la saisit aux épaules.

— Je me change, je sors de la cathédrale et je trouve une solution pour en rapporter sans que l'on me voie. Pendant ce temps, toi tu te réchauffes dans ta couverture. Je ne serai pas long, je te le promets.

Déjà Triboulet se levait et marchait vers leur baluchon. Elle se mit à grelotter. Le sang avait caillé sur sa peau mais pas sur le tissu.

Il a raison, il ne faut pas que je reste comme cela.

Elle porta ses doigts aux lacets de son corsage. Elle tremblait tant qu'elle parvint à peine à dénouer la ganse.

Aaargh ! s'agaça-t-elle. *Cela suffit ! Tout va bien maintenant. Triboulet est vivant.*

Un sourire de soulagement lui fendit le visage. Elle inspira profondément à plusieurs reprises, puis s'empressa de se déshabiller.

Elle achevait de s'enrouler dans sa couverture et Triboulet de nouer ses aiguillettes, lorsqu'une lueur apparut dans l'encadrement de la porte à l'autre bout des combles, assortie d'une voix aigrelette :

— Sieur Baptiste ?... Sieur Baptiste ? C'est moi, frère Adelse. Êtes-vous toujours là ?

Et un nouveau sursaut d'angoisse revint la glacer.

27.

— Sieur Baptiste ? reprit le moine en franchissant le seuil de la porte située à une soixantaine de coudées[1] d'eux.

Triboulet effleura le bras de Griffonelle.

— Cache-toi entre les poutres, je me charge du reste, murmura-t-il à son oreille.

Elle gagna leur baluchon, s'accroupit, se tassa.

— Sieur Baptiste ? Avez-vous trouvé la gueuse ? insistait le moine en promenant sa lanterne devant lui.

Si la densité de la charpente l'empêchait de les distinguer, lui était à découvert. Et Griffonelle le voyait progresser dans leur direction plus rapidement qu'elle ne l'aurait voulu.

Dépêche-toi, Triboulet..., supplia-t-elle.

Solidement campé sur ses jambes écartées, le nain tirait le cadavre vers le bord de la passerelle.

— Sieur Baptiste ? Répondez... Je ne vous ai pas vu redescendre. Je sais que vous êtes là, quelque part, à jouir d'elle... Vous n'allez pas me l'abîmer avant que j'aie pris mon content cette fois ?

Elle sentit ses poils se hérisser.

Voici qui explique pourquoi le maraud semblait si bien connaître l'endroit...

1. Environ 30 mètres.

Elle n'osa pas imaginer ce à quoi elle avait échappé avant qu'il ne la livre au balafré.

Elle reporta son attention sur Triboulet.

D'un dernier coup sec, il venait de ramener le corps dans ses bras et elle se félicita une fois de plus de leur puissance. Le nain avait à peine fléchi sous le poids.

— Ah ! Je vous entends, se réjouit brusquement le religieux.

Agacé d'avoir provoqué un discret craquement en poussant son fardeau sous les planches, Triboulet se hâta de reculer.

— Faut se préparer à ce qu'il aperçoive le sang, chuchota-il une fois revenu devant elle.

— Il va me voir…

— Et c'est notre chance compte tenu de ce que l'on vient d'apprendre. Il ne doit pas chercher une autre victime que toi. J'ai besoin que tu le distraies quelques secondes. Le temps que je trouve de quoi l'assommer. T'en sens-tu capable ?

— Oui, assura-t-elle en dominant son dégoût.

Il déposa un baiser sur son front puis disparut dans le dédale de la charpente, aussi discret qu'une ombre.

Elle inspira profondément. La couverture rejetée, elle avança sur les fesses jusqu'à pouvoir s'étendre à découvert.

— Par tous les saints… où êtes-vous donc ? appela-t-il d'un timbre altéré en l'entendant gémir discrètement.

Il accéléra le pas. Au travers de ses paupières mi-closes, elle le vit finalement s'arrêter devant la flaque, tourner sur lui-même, anxieux.

— Sieur Baptiste ?

Elle geignit de nouveau pour l'empêcher d'aller examiner les abords.

Il avança, se figea devant son ventre offert, releva un peu plus haut sa lanterne. Elle l'entendit déglutir péniblement, le vit se signer puis descendre avec précaution du plancher suspendu.

Elle s'efforça de rester calme lorsqu'il tomba à genoux près d'elle, fébrile et suant sous l'implosion de son désir coupable.

— Bonté divine… Dans quel état il me l'a encore mise ! Pas étonnant qu'il ait filé avant mon arrivée…

Elle bougea la tête, soulagée de voir Triboulet revenir, courbé entre les chevrons. Lâcha une nouvelle plainte.

Aussitôt une paume moite se posa sur le haut de sa cuisse, la remonta lentement.

— Tout va bien, mon enfant. Tu n'as plus rien à craindre. Je vais te guérir par la volonté de Dieu… avec ma bouche d'abord, puis mon goupillon…, s'étrangla-t-il en se courbant au-dessus d'elle.

C'est toi que je vais guérir, foutu pervers ! Avec mon bâton, rugit intérieurement Triboulet en le lui abattant derrière le crâne.

Avant même qu'il ne s'effondre, il l'avait retenu au collet et rejeté par côté, face contre la pierre, près du lumignon.

Griffonelle s'assit, moulue, frigorifiée.

— Bouge pas, je t'apporte ta couverture, lui lança Triboulet, bienveillant comme à son habitude.

À peine en fut-elle couverte qu'il se penchait au-dessus du moine, le retournait sur le dos et entreprenait de dénouer la cordelette qui lui ceinturait la bedaine.

— Que fais-tu ? s'étonna-t-elle.

— Je le mets dans l'embarras !

Elle fronça les sourcils. Il éclata de rire.

— Tu vas passer sa soutane, rabattre la capuche sur ton visage et tes cheveux souillés. Et nous allons filer d'ici.

— Pour aller où ? demanda-t-elle, bien que cette idée lui soit des plus agréables.

— Aux bains. Ensuite à l'enterrement de ta mère. J'ai croisé Altéric en revenant. Le secret sera gardé jusqu'à l'heure de l'office. Impossible que le maraud l'ait appris. Et l'homme chargé de le relever va devoir le chercher longtemps.

— Et après ?

— Après, on avisera tout en mangeant. J'ai caché nos provisions près de la porte.

Griffonelle lui retourna son sourire.

La vie soudain lui sembla regagncr un sens.

Elle se pencha, lui claqua un baiser sur la joue. Puis, sans aucun scrupule, elle l'aida à déshabiller le dépravé.

28.

Louis marchait d'un pas vif dans la cour du palais, l'esprit tourmenté.

Au sortir de la réunion avec Humbert de Beaujeu, Jean de Nesle et Amaury de Montfort, sa mère et lui s'étaient attardés auprès du petit Charles, avant de rassembler les autres enfants de la maisonnée pour leur annoncer la mort de leur père.

Louis les avait crus trop jeunes pour mesurer le poids de sa perte. Blanche aussi, dont le visage avait trahi son impuissance à les réconforter lorsqu'ils s'étaient mis à sangloter. Elle avait fini par ouvrir ses bras et les y réunir tous.

Ensuite seulement elle avait trouvé les mots qu'il fallait.

— Chaque fois que votre père vous manquera, souvenez-vous du roi juste et aimant qu'il était. Soyez fiers de lui, mes enfants, mais rendez-le surtout fier de vous. Dès maintenant. Je veux que, comme moi, vous séchiez vos pleurs et que vous vous souteniez les uns les autres afin qu'il repose en paix.

Investis de cette mission à laquelle sa ferveur avait conféré une grâce presque divine, ils avaient mouché leur nez et avaient récité la prière qu'elle avait entonnée.

— Tiens-leur compagnie un moment, veux-tu ? lui avait-elle demandé en suivant.

Elle souhaitait veiller son époux, mais sentait que les petits avaient encore besoin d'une présence, d'une chaleur, d'une oreille avant d'être capables de retourner jouer.

Il l'avait deviné aussi. Il était resté jusqu'à ce qu'ils oublient sa présence et que le rire les emporte à nouveau.

Au sortir de la pièce, il ne songeait plus qu'à sa voleuse, à ce chagrin commun qu'ils partageaient et au moyen de la retenir assez longtemps lors de leur prochaine rencontre pour apprendre d'elle ce qu'Amaury de Montfort lui voulait. Tout cela en évitant de croiser celui qui avait tenté de l'assassiner.

Sa surprise avait été d'autant plus grande de trouver frère Étienne, l'ombre basse du cardinal, derrière la porte.

— J'ai pour ordre d'aller où vous irez, Votre Majesté, lui avait expliqué le chanoine de sa voix nasillarde.

— Ordre de qui ? s'était renfrogné Louis, comprenant aussitôt que son oncle, chargé de sa protection, avait été relevé.

— De Son Éminence, lequel prend les siens de votre mère. De ce que j'en sais, c'est à Dieu désormais et non plus à l'épée que vous avez été confié. Mais si cela peut vous rassurer, deux lanciers ont pour mission de nous escorter.

Et Louis en avait déduit que sa mère s'était ressaisie plus vite qu'il ne l'avait pensé.

Oppressé par la détestable certitude qu'il allait devoir composer avec Dieu pour garder sa liberté, il avait eu besoin d'air.

Laissant le chanoine trottiner derrière lui et les soldats suivre à pas cadencés, il s'engouffra sous le porche qui ramenait au jardin, vaste triangle couvert de rosiers, de simples et d'arbres fruitiers.

Il pivota vers les gardes :

— Je suppose que la reine elle-même vous a donné vos instructions. Quelles sont-elles ?

— Ne laisser vous approcher aucun de ceux qui ne seraient pas sur cette liste, répondit le plus futé en brandissant un document marqué du sceau royal.

Louis reconnut sans peine l'écriture de sa mère. Il la parcourut, de plus en plus agacé. Seuls ceux qui se trouvaient la veille au conseil y figuraient.

Il fronça les sourcils, balaya d'un œil suspicieux les fronts casqués.

— Lequel de vous sait lire ?

Les lanciers échangèrent un regard embarrassé.

— Aucun des deux, Votre Majesté. C'est moi qui leur ai traduit les noms, s'interposa le chanoine.

— J'espère que vous n'en avez pas oublié ! lui rétorqua-t-il, avant d'ajouter à l'attention des soldats : Restez là.

Il reprit sa marche au milieu des dernières roses dont les pétales ne tarderaient pas à rejoindre ceux, fanés, qui jonchaient l'allée, puis, de nouveau se retourna, obligeant frère Étienne à piler.

Louis lui désigna un banc de pierre sous la masse ronde et percée d'un colombier.

— Et vous ici.

— C'est que…

— Que craignez-vous donc ? Les murs sont clos. Alors, à part un ange apparu dans un battement d'ailes, je ne vois pas qui pourrait bien m'enlever !

Le chanoine ne sut que répondre, et Louis reprit sa marche, plus sereinement cette fois, jusqu'à la pointe de l'île.

D'un pas vif, il grimpa l'escalier de la tourelle qui lui faisait face. De son sommet, il jouissait d'un panorama unique sur le fleuve et son trafic incessant ; mais aussi sur la forteresse du Louvre, rive gauche, que Philippe Auguste avait construite juste après avoir achevé de ceindre Paris d'un nouveau rempart. Il posa les mains à plat sur la pierre, entre deux merlons.

Il avait toujours aimé s'installer là, admirer cet ouvrage, se conforter dans l'idée qu'il serait à son tour un roi bâtisseur et que son premier défi, en tant que tel, serait de rénover et d'agrandir le palais derrière lui.

Mais c'était trop tôt. Tout était arrivé trop tôt.

Au-delà du chagrin, il ne se sentait pas prêt à régner et ne pouvait que louer l'initiative de son père d'avoir confié la régence à sa mère. Cela lui laisserait le temps de composer avec le destin, d'affirmer son identité, ses choix. De se montrer digne de l'héritage que son grand-père puis son père lui avaient légué. À eux deux, sans relâche, ils avaient agrandi les limites de la Couronne, de sorte que la France, en ce jour, était plus puissante qu'elle ne l'avait jamais été. Mais Louis savait que cela ne suffirait pas : la paix avait un prix.

Il fallait sans cesse contenter les puissants, acheter ou fortifier les alliances pour garantir les frontières. Guerroyer contre ceux qui les menaçaient.

Pour ce faire, les rois précédents avaient puisé dans les taxes, les rançons ou les impôts.

Cela pourrait changer. L'exploitation de cette mine d'or m'éviterait de pressurer comme toujours les nobles, le bon peuple et les bourgeois. J'y gagnerais leur estime, leur confiance. Leur soutien.

C'était important pour lui.

Il offrit sa belle tête blonde au vent d'ouest qui s'était levé. Un vent plus frais, chargé de nuages.

Le sourire de sa voleuse sembla un instant s'y dessiner, lui arrachant un soupir exaspéré.

Vous connaissez mes habitudes, mère. Vous avez donc forcément parlé du souterrain de ma chambre au cardinal. Ce qui signifie que frère Étienne ne me permettra plus de m'en approcher, se désola-t-il en évaluant les moyens de sortir du palais cet après-midi sans se faire remarquer du chanoine.

Il venait d'en adopter un, le meilleur s'il était toujours fonctionnel, lorsqu'un bruit de voix lui fit tourner la tête en direction des lanciers.

Jean de Nesle et Humbert de Beaujeu se dirigeaient vers lui et il se prit à espérer qu'ils aient de belles nouvelles à lui annoncer.

29.

Sans attendre, Louis dévala l'escalier de la tourelle et se précipita sur les graviers.

D'un geste assorti d'une œillade glaciale, il figea le chanoine qui venait de se soulever du banc sur lequel il l'avait précédemment consigné.

Aucune envie que tu répètes quoi que ce soit à ton maître.

Si son père avait voulu que le cardinal sache qu'il recherchait cette mine d'or, il l'aurait mis dans la confidence.

— Alors ? Qu'avez-vous tiré de votre réflexion commune ? demanda-t-il sitôt qu'il eut rejoint les chevaliers à l'angle des cuisines et de l'enceinte des jardins.

— Rien de plus, le faucha Humbert de Beaujeu. Nous n'avons toujours pas trouvé comment localiser cette carte.

Louis s'adossa au mur, près d'un pied de glycine. Déçu.

— Montfort a peut-être raison après tout…

Le gris des prunelles de Jean de Nesle s'assombrit.

— Cela l'arrangerait que nous puissions le croire, mais nous possédons la preuve que cette mine existe, crissa-t-il, rancunier.

— Et nous avons pensé qu'en vous racontant comment nous l'avions découvert vous rebondiriez peut-être sur un détail qui nous ouvrirait une nouvelle piste, avoua Humbert de Beaujeu.

— C'est une bonne idée. Ma mère ? s'enquit tout de même Louis en songeant que leur absence prolongée pourrait attirer le meurtrier près d'elle.

— Elle a eu un accès de faiblesse. Elle est montée se reposer avant le déjeuner. Mais vous ne devez pas vous inquiéter. La miresse lui a donné un fortifiant et votre oncle barre sa porte.

Rassuré, Louis hocha la tête.

— Je vous écoute, messieurs.

Les chevaliers se concertèrent du regard pour décider lequel des deux commencerait. Ce fut Humbert de Beaujeu.

— C'était en août dernier. Nous étions à Carcassonne depuis quelques jours, à table, lorsque le nouveau sénéchal[1] de la ville a demandé à Amaury de Montfort de quelle manière la cité était tombée entre les mains de son père.

— Et ? s'enquit Louis, repris de contrariété devant l'attitude du chanoine qu'il voyait s'agiter par-dessus l'épaule des deux chevaliers.

Il était trop loin pour entendre son propos, mais, à la mine basse des gardes que le prélat avait rejoints d'un pas vif, il devina qu'il les houspillait.

Je parie qu'il ne leur a pas donné les noms d'Humbert et de Jean, bien qu'ils figurent sur la liste, et leur reproche maintenant leur incompétence.

Il sourit intérieurement, se doutant que ce fourbe n'avait suivi que les ordres du cardinal. Romain de Saint-Ange se méfiait des deux hommes depuis qu'ils avaient tenté de soustraire le Lion à son influence en Occitanie.

---

1. Grand officier du royaume de France, en charge de l'exercice du pouvoir royal.

Indifférent à ce qui se passait dans son dos, Jean de Nesle poursuivait :

— Montfort a raconté que Raymond-Roger Trencavel[1] avait été capturé en venant négocier une trêve.

— Quel rapport avec la carte ? demanda Louis, détourné enfin du chanoine, disparu sous le porche.

— Un enchaînement de circonstances. Car le lendemain, suite à cet échange, le sénéchal s'étonnait auprès de votre père qu'une des pages du registre de la prison avait été arrachée, celle, justement, qui concernait le trépas du vicomte Trencavel, lui donnant à penser qu'on avait voulu en masquer la véritable nature. Piqué de curiosité, votre père nous a chargés de mener l'enquête auprès des gens qui se trouvaient là à l'époque.

Louis sursauta légèrement. Son œil alla d'un chevalier à l'autre.

— Et pourquoi pas à Amaury de Montfort, comme l'avait fait le sénéchal ? Il était tout de même un témoin direct de la chute de Carcassonne et de la mort du vicomte. Sans compter qu'il a vécu là-bas une quinzaine d'années.

Les traits de Jean de Nesle se durcirent à nouveau.

— Justement. Il aurait dû fourmiller de détails. Or, au cours de ce dîner, il s'en était montré avare, affirmant qu'il ne se souvenait de rien de précis. Et nous nous sommes persuadés qu'il mentait. Qu'il avait déchiré cette page lui-même avant de quitter la contrée et de la remettre entre les mains de votre père.

Louis fronça les sourcils, de plus en plus intrigué.

— Continuez.

1. Vicomte d'Albi, d'Ambialet, de Béziers, de Razès et de Carcassonne (1185-10 novembre 1209).

— En cherchant un témoin des faits, nous sommes tombés sur l'homme chargé de l'archivage des cartulaires[1] de la cité. Il nous a confié que, ce jour-là, n'étant encore qu'un apprenti, il avait déroulé un plan devant Simon de Montfort avant de s'effacer dans une pièce attenante. La voix d'une femme l'avait ramené dans l'entrebâillement de la porte. Elle était venue annoncer à Simon que Trencavel avait été empoisonné dans sa geôle. Tandis que Simon se précipitait, elle s'emparait du plan et le glissait sous sa mante. L'apprenti était sur le point de sortir pour lui barrer la route, outré, lorsque son maître avait surgi. Mais à peine ce dernier avait-il exigé qu'elle lui rende ce bien, qu'elle lui tranchait la gorge et filait.

Louis se troubla.

— Cela ne me dit toujours pas pourquoi Amaury de Montfort aurait déchiré cette page…

— Nous y venons, Sire, reprit Humbert de Beaujeu. Selon l'apprenti, ce plan conduisait aux différentes exploitations minières des seigneurs de Cabaret[2], puissants faydits de Trencavel. Comme nous souhaitions en mesurer l'importance, il nous a ouvert le registre des taxes dont la voleuse devait ignorer l'existence. Argent, cuivre, fer, tout était considérable, mais moins que la quantité et la qualité de l'or extrait régulièrement. Mais c'est surtout une annotation qui a retenu notre attention en marge : « Na Loba ». Un surnom que nous avions déjà entendu prononcer avec crainte et respect.

---

1. Recueil de chartes dans lequel étaient retranscrits les titres de propriété et les privilèges, la plupart du temps d'une église ou d'un monastère. Des cartulaires laïcs existaient déjà à cette époque, notamment, le *Liber instrumentorum vicecomitalium* des Trencavel.

2. Peire Roger et Jourdain. Le château de Cabaret était le plus imposant des trois édifices fortifiés qui, dominant la vallée de l'Orbiel, composaient la forteresse de Lastours.

— Cela signifie « La Louve » en langue d'oc. Avant de disparaître il y a quelques années, elle aurait compté parmi les plus redoutables guerriers occitans, sans que personne connaisse sa véritable identité. Un troubadour nommé Peire Vidal aurait même porté sa beauté en chanson, expliqua Jean de Nesle.

— Na Loba, répéta Louis, qui avait toujours été hautement impressionné par ces femmes capables, comme Aliénor et Loanna de Grimwald, la mère d'Eloïn Rudel, d'endosser une armure et de brandir l'épée.

Le vent avait forci d'un coup, contraignant Jean à repousser une mèche de ses yeux tandis qu'il poursuivait :

— Interrogé sur cette note, l'archiviste nous a avoué piteusement que c'était elle, la femme qui avait dérobé la carte, mais qu'il s'était bien gardé d'en parler à quiconque. D'une part par crainte de finir égorgé comme son maître, et d'autre part parce que Simon n'a pas tardé à le découvrir avec fureur et amertume. Usant de malice, cette femme avait réussi à le séduire. Depuis quelque temps déjà, attendant sans doute son heure, elle était devenue sa maîtresse.

Du mouvement ramena leur regard vers le porche à une centaine de pas d'eux. Le cardinal de Saint-Ange venait de s'y encadrer avec le chanoine.

Comprenant, comme Louis et Jean, que leur intimité n'allait pas tarder à être troublée, Humbert se hâta de conclure :

— Le comte Amaury ne pouvait pas ignorer l'existence de Na Loba ni ce qu'elle avait fait. Mais pour en être totalement certains, nous avons comparé son écriture avec celle de la note du registre : elles correspondent parfaitement. Preuve qu'il nous a menti ce matin et qu'il est à sa recherche depuis des années. Désespérant, comme Jean et moi, de les trouver, elle et la carte.

Un doute transperça Louis.

Une guerrière. Prête à tout, y compris à se jeter dans le lit de Simon de Montfort pour arriver à ses fins. Pourrait-elle être devenue la ribaude de la rue de Glatigny ? Et ma belle voleuse, l'héritière de cette carte tant convoitée ?

Une nouvelle bourrasque s'engouffra sous leurs capes et leurs cheveux. Louis se décala de quelques pas pour s'en protéger.

— Croyez-vous qu'Amaury de Montfort ait pu tuer mon père puis être à l'origine de la tentative d'assassinat contre moi ? demanda-t-il dans l'espoir de tout relier.

— Vous connaissez mon aversion pour les Montfort, ce qui me le rend plus crédible dans ce rôle que Thibault de Champagne. Toutefois, jusqu'à présent sa fidélité à la Couronne n'a jamais été prise en défaut, dut admettre Jean de Nesle à regret.

Balayé, comme lui, de sentiments partagés, Louis insista :

— Et vous, Humbert, qu'en pensez-vous ?

— C'est une accusation grave, Sire, d'autant plus délicate que vous l'avez chargé d'enquêter sur le sujet. Ce qui signifie qu'il pourrait falsifier les preuves qui l'impliquent.

— En ce cas, l'un de vous doit marcher sur ses traces et découvrir la vérité. Ne serait-ce que pour lui interdire de retrouver cette carte avant nous.

— Je m'en charge, assura Humbert de Beaujeu.

— Quant à moi, je reste attaché à la sécurité de votre mère, si vous le permettez, insista Jean de Nesle.

— Je n'en attendais pas moins de vous. En ce qui me concerne, comme vous le voyez, je suis solidement veillé, s'agaça-t-il en se tournant vers le cardinal.

Il arrivait, la calotte de travers et le chanoine dans ses pieds.

30.

Amaury de Montfort était d'une humeur exécrable depuis qu'il avait dû plier devant la régente et son fils. Sa fureur se lisait autant dans le pli de son front que dans ses prunelles incendiaires.

Comme si je n'avais pas mieux à faire ! fulmina-t-il face au peu de renseignements que le début de son enquête lui avait apportés.

Pire, il avait essuyé le sourire cynique de Jean de Nesle qu'il avait croisé dans les couloirs et il avait dû se contenir pour ne pas le défenestrer.

Je dois retrouver cette carte avant lui, avant Beaujeu !

Or, il était enchaîné aux ordres royaux, ne pouvant compter que sur deux marauds recrutés dans une taverne juste après qu'il eut éconduit les sergents du prévôt.

Il descendit un escalier de service d'un pas vif. Il devait apprendre à dominer cette rage sourde, profonde. Il avait commis assez d'erreurs en son nom.

Tuer Mahaut en était une. Mais cela avait été plus fort que lui. Cette rue sombre, sa fuite… Ces gens prêts à s'interposer… Subitement il s'était retrouvé quinze ans plus tôt, à Cabaret, le jour où elle lui avait déchiré la joue. Il avait trop souvent rêvé de cette vengeance ! Elle l'avait submergé, balayant toute raison et jusqu'au but de sa quête.

Il força un valet chargé d'un plateau à se plaquer contre la paroi pour lui céder le passage.

Une ribaude ! Mahaut de Cabaret, une ribaude ! Voilà à quoi cette chienne s'est réduite pour mieux me tromper ! Non !… Non ! Je n'aurais pas dû l'occire ! J'aurais dû l'emmener de force sur mes terres, la torturer lentement, très lentement ! Elle serait morte dans la souffrance. J'y aurais gagné la carte et mon plaisir ! Après, pour me payer de toutes ces années d'attente, je me serais occupé de la petite garce ! Au lieu de cela, voici que circule jusque sous les murs du palais la manière dont j'ai tué sa pseudo-mère. C'est miracle que l'attention de Beaujeu ou de Nesle n'ait pas encore été attirée. Et pour quoi jusqu'à présent ? Rien !

Il déboucha dans la cuisine, vaste pièce équipée de deux cheminées au-dessus de laquelle se tenait l'*aula regis*. À cette heure, l'hôtel du roi et de ses convives était une ruche, chargée de préparer le repas de la mi-journée. Marmitons et commis se partageaient les fourneaux tandis que de solides gaillards en nage tournaient patiemment deux broches sur lesquelles rôtissaient des poulardes. Ici l'on épluchait, là on râpait, plus loin on parait, assaisonnait, dressait, dans le va-et-vient zélé des serviteurs, des panetiers, des fruitiers et des pâtissiers.

Et sous l'œil sans indulgence du maître d'hôtel.

Amaury de Montfort se dirigea vers lui sitôt qu'il l'eut reconnu au milieu de cette agitation. L'homme goûtait un vin qu'un bouteiller venait de lui servir.

— Trop vert ! Épicez-le ! Et vite ! cracha-t-il dans le hanap après une seule gorgée.

Le bouteiller s'éclipsa en courant, son amphore à peine rebouchée à la main.

Montfort le vit disparaître derrière la porte qui menait aux caves du palais.

— Des incapables ! Je n'ai affaire qu'à des incapables ! Voici à quoi j'en suis réduit ! À goûter de la piquette ! gronda-t-il en prenant Montfort à témoin quand il s'immobilisa devant lui.

— Piquette n'est pas poison. Mais si j'étais vous, je me méfierais.

Le maître d'hôtel blêmit, se gratta la gorge.

— Palsembleu, vous avez raison ! Mieux vaudrait à l'avenir que je confie cette tâche à un autre. Mais qui s'y connaît ?

Montfort l'entraîna à l'écart.

— Voici pourquoi il me faut, au plus vite, découvrir le coupable de l'attentat de ce matin.

Le maître d'hôtel roula des yeux globuleux en agitant les bras comme un moulin à vent ses ailes.

— Croyez-vous que je ne le sache pas ? Que je n'aie pas interrogé moi-même Valine quand elle est redescendue des appartements du jeune roi, toute défaite ? Elle m'a répondu ce qu'elle a répété au sire de Beaujeu qui voulait la bousculer un peu : qu'elle n'avait rien remarqué d'inhabituel. C'est une brave fille. Un peu simplette, mais une brave fille. Je la crois.

L'impatience de Montfort grimpa d'un cran.

— Mais vous n'êtes pas moi. Qui d'autre se trouvait aux fourneaux à ce moment-là ?

— Ces trois-là, indiqua le maître d'hôtel en désignant un petit groupe d'hommes pétrissant des pâtes à tourte.

Montfort voulant se diriger vers eux, il le retint par le bras.

— Les interroger ne mènera à rien. Ce n'est pas ici qu'est préparé le matinel du jeune roi.

Montfort s'arrêta, les sourcils froncés.

— Que me dites-vous ! Tout ce que mange la famille royale se cuisine ici, que je sache !

Le maître d'hôtel prit un air ennuyé.

— Tout, oui, sauf les galettes… le jeune roi a trouvé meilleur pâtissier que le mien, rue des Oubloyers. C'est là que Valine va les acheter, sur son ordre, chaque matin.

Montfort se troubla. La rue des Oubloyers n'était qu'à quelques foulées de Glatigny. Or, il avait seulement appris hier que Mahaut y vivait.

Coïncidence ? Oui, oui, sans doute. Pourtant Beaujeu et Nesle ont raison. Comment ne pas voir un lien entre la mort du Lion, l'attentat contre son fils et cette foutue carte ? Mais qui, si ce n'est eux, pourrait y avoir autant d'intérêt que moi ? L'Église ? Cela fait bien longtemps qu'elle croit la carte perdue, mon père y a veillé. Non, vraiment, je ne vois pas.

— Où est cette Valine ? demanda-t-il espérant d'elle un détail, insignifiant pour un autre, mais suffisant pour l'amener, lui, au coupable.

— Ah çà, je voudrais bien le savoir ! Elle était choquée par la mort du garde. Deux des hâteurs de rôt l'ont vue ramasser ses affaires et filer par la porte de service peu de temps après que je l'ai houspillée.

Imbécile ! songea Montfort dont le regard venait d'être attiré vers la fenêtre qui donnait sur le jardin.

Un frisson détestable le parcourut en reconnaissant le roi en compagnie d'Humbert de Beaujeu et de Jean de Nesle.

Je suis certain qu'ils se sont entretenus de la carte, s'agaça-t-il, même si la proche arrivée du cardinal avait dû interrompre leur conversation.

— Où habite Valine ? s'enquit-il auprès du maître d'hôtel.

— En bord de Seine, tout au bout de la venelle de la Petite-Orberie. Sa mère travaille aux bains de Marguerite

Potier... Croyez-vous que l'assassin aurait pu s'en prendre à elle ? Pour la faire taire ? s'étrangla-t-il, en proie à un méchant doute.

Montfort le foudroya du regard.

— Priez pour que ce ne soit pas le cas...

Le gros homme fut parcouru d'un long tremblement. Il le chassa en redressant un front trop court.

— Sa fuite pourrait aussi signifier que c'est elle, l'empoisonneuse... Depuis le temps qu'elle se rend chez ce pâtissier, jolie comme elle est, elle aurait pu...

— Merci, je n'y aurais pas songé, le coupa Montfort avec cynisme. Je me charge de la retrouver. Jusque-là, je ne fais plus confiance à personne et encore moins aux goûteurs. J'en ai connu un qui par crainte de la mort prenait moult contrepoisons.

— Mais... mais... comment faire alors ? s'étrangla maître Timier.

— Je veux que tout ce qui sera présenté à la régente et à ses enfants soit également testé par des personnes prises au hasard. Et hors de question qu'à un quelconque moment vous soyez l'une d'entre elles, ajouta-t-il en lui agitant un index sous le nez. Parce que s'il arrivait quoi que ce soit à l'un des membres de la famille royale, je veux vous éviscérer moi-même.

Le maître d'hôtel blêmit, recula d'un pas, servile.

— Cela n'arrivera pas, vous pouvez me croire.

— Je crois ce que je vois et, pour l'heure, ce que je vois ne me satisfait pas ! acheva de le terrifier Montfort avant de tourner les talons.

Il devait agir. Vite.

31.

— Bien le bonjour, mes fils, susurra le cardinal de Saint-Ange en arrivant sur Humbert de Beaujeu et Jean de Nesle.

Pas plus qu'eux, Louis ne fut dupe : le ton de sa voix indiquait clairement qu'il n'appréciait pas leur aparté.

Tant pis…

Il n'entendait pas lui accorder le privilège de décider à sa place qui il pouvait voir ou consulter.

Tandis que les deux hommes répondaient poliment au salut du prélat, Louis se tourna vers le chanoine, visiblement content de son importance.

— Point n'était besoin de déranger Son Éminence. Ces messieurs et moi allions justement lui rendre visite.

— Ah ? tiqua le cardinal, pris de court. À quel sujet ?

Louis soutint le regard de frère Étienne jusqu'à ce qu'il le baisse, puis planta le sien dans celui de Saint-Ange.

— Au sujet des funérailles de mon père, bien sûr. Nous n'avons pas encore dressé la liste des porteurs de son cercueil, que ce soit au moment de le charger dans le charroi ou à celui de le descendre et de le conduire jusqu'au chœur de la basilique Saint-Denis. Or, ces messieurs aimeraient avoir cet honneur, comme d'autres que je voudrais vous soumettre, jeta-t-il avec un aplomb qui suscita l'admiration des deux chevaliers, la surprise du chanoine et l'embarras du cardinal.

— Ma foi… c'est…

Il s'éclaircit la gorge dans un raclement détestable, suffisant pour lui permettre de se reprendre.

— Dieu est le père des coïncidences, mon fils. Car frère Étienne a eu la même idée, le poussant à me venir chercher.

Menteur ! Ton cireur de bénitier a plus sûrement dû croire que Jean et Humbert voulaient me convaincre de vous renvoyer tous deux à Rome sitôt la cérémonie achevée, s'amusa-t-il.

— Peut-être pourriez-vous me suivre, afin que nous affinions ces détails ensemble, ajouta le cardinal en lui prenant le coude.

— Que faites-vous de ces messieurs ? insista Louis, ravi de l'indisposer encore.

— Puisque l'affaire est conclue les concernant…

Le reste de sa phrase se perdit dans un sourire condescendant.

Louis se tourna vers les chevaliers, qui oscillaient entre l'envie de rire devant son jeu et celle de dire ouvertement au cardinal tout le bien qu'ils pensaient de ses manœuvres. Il prit le parti de répondre à leur place.

— Son Éminence a raison, ma foi. Les occupations ne manquent pas en ces jours de peine. Je suis certain que vous avez les vôtres.

— En effet, Majesté. Nous y retournons de ce pas, affirma Humbert de Beaujeu dans un sourire entendu.

Ils saluèrent le cardinal d'un hochement de tête, ignorèrent frère Étienne et partirent devant.

— Éminence, l'invita Louis en avançant à son tour en direction du porche.

Il attendit d'arriver près des deux gardes pour apostropher le chanoine qui les suivait en trottinant.

— La protection de ces hommes ajoutée à celle du cardinal me suffit. Et je suis certain qu'il y a encore beaucoup à faire pour que tout soit parfait demain…

Le clerc se décomposa.

— C'est-à-dire que… Votre Éminence…

— Vaquez, frère Étienne, le congédia Saint-Ange, voyant qu'il avait perdu la partie.

Louis traversa rapidement la cour du palais en direction de la chapelle Saint-Nicolas, obligeant le cardinal, trop gras, à maintenir son allure dans un premier temps, puis à perdre de la distance.

Non qu'il eût envie de le semer, juste de le fatiguer un peu. Pour le simple plaisir de se venger de son intervention intempestive. Et aussi parce que, malgré tout le respect qu'il éprouvait pour les pères de la foi, celui-ci avait le don de le crisper.

Soudain, le cardinal pila dans un ultime crissement de graviers, suspendant le pas des soldats dans son sillage.

Forcé d'en faire autant, Louis pivota, faussement marri.

— Un souci, Éminence ?

— Oui, mon fils. Vous, lui rétorqua-t-il sans le moindre essoufflement dans la voix.

Avalé par l'ombre de la grosse tour-prison que Philippe Auguste avait fait bâtir au centre de la cour intérieure du palais, le cardinal venait de regagner sa superbe.

Une chape de plomb, celle de cette Église qu'on l'avait toujours forcé à respecter, tomba sur les épaules de Louis tandis que le cardinal parcourait les quelques coudées qui les séparaient.

— Je crains que vous ne preniez à la légère la menace qui pèse sur vous, lui asséna-t-il une fois parvenu à sa hauteur.

— Bien sûr que non, se défendit Louis, qui avait craint, un instant, de voir son attitude désobligeante assimilée à un blasphème.

— Pourtant, c'est l'impression que vous donnez.

Louis prit un air contrit.

— Parce que j'ai considéré votre protection meilleure que celle de frère Étienne ?

— Parce que vous l'avez sciemment écarté pour, à la première occasion, quitter ce palais selon vos habitudes et vous égarer dans Paris.

Louis soutint son regard efféminé. S'il acceptait que sa mère l'ait percé à jour, le fait de devoir rendre des comptes à ce fornicateur invétéré lui coûtait profondément. Dieu n'ayant jamais châtié l'immonde prélat, pourquoi aurait-il pris ombrage de ce que, lui, éprouvait pour sa voleuse ?

Il se drapa dans une dignité meurtrie.

— Les habitudes d'un prince ne peuvent être celles d'un roi. Or, Éminence, par la volonté de Dieu, c'est un roi qui s'est levé ce matin. Un roi que l'on cherche déjà à évincer du trône. Qui ? Pourquoi ? Vous comprendrez que les réponses à ces questions me soient plus urgentes que les doléances du peuple de Paris. Alors, non. Je ne cherche aucune occasion qui puisse m'en distraire, tout au contraire. Qui peut m'apporter la moindre information me permettant de rester en vie est le bienvenu. Maintenant que vous voici rassuré, occupons-nous de ce qui vous a si vite conduit près de moi : le nom des porteurs du cercueil de mon père.

Évitant un chien qui coursait une volaille égarée, il reprit sa marche, accordant cette fois son rythme à celui du religieux.

Pendant quelques secondes, le mutisme du cardinal lui donna à penser qu'il l'avait cru.

Parvenu devant le portail de la chapelle, Romain de Saint-Ange le retint par le bras et se planta devant lui, l'œil sévère.

— À l'intérieur, sous la protection du Christ, dort un roi qui n'a jamais trahi l'Église et ses commandements. Ensemble, nous allons nous agenouiller devant lui et prier. Prier pour qu'il soit toujours fier de vous, de vos choix, de vos engagements envers cette même Église. Ensuite, mon fils, et avant que nous ne réglions les derniers détails de ses obsèques, je vous entendrai en confession…

Louis blêmit, soulevant un sourire de satisfaction sur les lèvres charnues du cardinal. Ces lèvres qui se hâtèrent d'ajouter, perfides :

— … J'espère qu'alors vous vous souviendrez qu'aucun mensonge, dans ce champ clos, ne peut trouver l'aval de Dieu.

32.

L'établissement de bains publics de l'île de la Cité, situé au départ de la rue de la Petite-Orberie, était tenu par Marguerite Potier, une femme d'une quarantaine d'années à la longue chevelure rousse, parfaitement soignée et huilée. Elle ne regardait ni qui entrait ni qui sortait. Seulement les trois deniers qu'on lui remettait pour une personne seule ou les cinq pour un couple, avant de croquer dans chacun d'eux, s'assurant ainsi qu'ils étaient vrais.

Or, ces cinq deniers, Griffonelle et Triboulet les cherchaient encore à deux rues de là, tapis dans un renfoncement, surveillant les passants et la grosseur des bourses qui pendaient à leur ceinture. Et, jusqu'à présent, aucune ne leur avait semblé assez replète et facile à emporter.

Griffonelle poussa un soupir à fendre l'âme. Elle n'en pouvait plus de ce sang séché qui empoissait ses cheveux et l'intérieur de ses narines. D'autant que s'y conjuguait désormais l'odeur forte du moine qu'ils avaient abandonné, inconscient, dans les combles. Même si elle avait réussi, à force de frottements, à atténuer les traces sur son visage, depuis qu'elle avait quitté la cathédrale, elle avait l'impression de n'être que pestilence et abjection.

— Et si on gagnait plutôt les bords du fleuve ? essaya-t-elle.

Triboulet se tourna vers elle, une pointe de tristesse dans son œil unique.

— On s'est toujours baigné chez la Marguerite. Dans de l'eau chaude, avec un vrai pain de savon. Aurions-nous cessé de le mériter ?

Elle s'adossa au mur de pierres sèches, les mains croisées dans le dos.

— Bien sûr que non. Mais on avait toujours de quoi payer…

Il se mit à rire.

— Oui… dans la poche d'un autre.

Elle s'agaça, lui jeta un regard fatigué.

— C'était différent, Triboulet. Je servais d'appât. Qui veux-tu donc que je séduise dans cette défroque ? Avec ce fumet ?

Il haussa les épaules, peu décidé à lui céder.

— Tu oublies que les curés rançonnent en pleine rue aussi bien que les putains ! Alors une nonne ! Allez ! Montre un peu de cœur à l'ouvrage. Je suis persuadé que, dans cette tenue, sermon vaudra autant qu'un baiser.

Il examina de nouveau le flux des passants.

— Tiens, justement… avec celui-là qui s'en vient, le ventre en avant, tu as toutes tes chances.

Elle se pencha à son tour, scruta les visages. Ne tarda pas à voir celui qu'avait repéré Triboulet. L'individu affichait, dans sa tenue et son arrogance, l'allure d'un être fier de son importance.

— C'est bon, je me lance, décida-t-elle, pressée d'en terminer.

— À la bonne heure !

— Ne plastronne pas ! Il va falloir que tu dégrafes sa ceinture. La bourse y est enfilée.

— Facile, estima Triboulet après avoir vérifié. Immobilise-le. Je me charge du reste. Et emporte notre paquetage. Il m'encombrerait au moment de fuir.

Elle ramassa leur baluchon et le sac des victuailles. Le parfum des châtaignes que le nain y avait déposées avant de plaquer le maraud chatouilla ses narines. Elle s'en imprégna, puis, se convainquant qu'il masquerait les autres, entra dans la foule.

Tu sais faire, Griffonelle. Tu as toujours su improviser, s'encouragea-t-elle.

Elle repéra un bel encorbellement, s'assura que ceux qui passaient dessous gardaient les traits dans l'ombre et régla son allure afin d'y croiser son gibier. Puis elle baissa le nez pour donner l'illusion de ne pas voir plus loin que celui-ci.

Proche du palais royal, la rue était marchande, emplie d'étals qui se touchaient et de vendeurs qui se concurrençaient à grand renfort de cris et de réclames. On y trouvait de tout : épices, vins, huile, batteries de volailles dans des paniers grillagés, ustensiles de cuisine, sellerie…

Depuis que les chevaliers du Temple avaient rapporté d'Orient la mode des souks, Paris, le matin, ressemblait à Jérusalem. Il fallait parfois enjamber des piles de vaisselle et de tapis roulés pour passer.

Et encore, songea Griffonelle en se rapprochant de sa cible, *cette venelle est interdite aux charrois ! Sans quoi je me demande comment, avec cette bure trop large et longue, je pourrais m'échapper une fois que j'aurai plumé ce coq !*

Il arrivait, se pavanant, ses souliers de prix n'en écrasant pas moins que les autres les excréments des animaux de bouche.

Il est chez lui, ici, devina-t-elle en voyant qu'on le saluait et qu'il s'en rengorgeait.

Elle avait toujours éprouvé du mépris pour les parvenus. *Hypocrite et gras ! Comme ce foutu vicieux de moine.*

Elle le percuta sans hésiter.

— Vous ne pourriez pas regarder devant vous ? s'indigna-t-elle haut et fort, l'obligeant à s'étrangler avec la bordée de jurons qu'il s'apprêtait à lâcher.

L'homme vira au rouge puis au vert.

— Ma sœur... Je suis confus... vraiment... Je ne vous avais pas vue !

Elle recula, le foudroya d'un œil terrible.

— Pas vue ? Moi ! Une fille de Dieu ! Bonté divine, mon fils ! Êtes-vous donc si pressé de goûter du purgatoire ?

Il se décomposa un peu plus.

— Oh... c'est... ben... je... que... bahhh..., bafouilla-t-il, pris de court.

— Pardon, pardon, pardon, pardon, pardon ! claironnait Triboulet dans la course folle qu'il avait entamée, forçant les gens à se rejeter en arrière, à bousculer les étals, les vendeurs, les poules, les canards.

— Et voilà ! Voilà le diable qui arrive ! lança Griffonelle avec un tel sérieux que le bourgeois porta la main à son cou comme si déjà Satan l'étranglait.

Elle s'écarta et Triboulet le heurta en plein ventre, l'envoyant s'étaler les quatre fers en l'air au milieu de paniers garnis de pelotes de laine.

Donnant l'illusion d'être emporté par son élan, il lui tomba dessus en hurlant :

— Qu'on m'aide ! Qu'on m'aide ! Il ne veut pas me lâcher !

Griffonelle le tira en arrière, écrasant de son autre main le nez du bourgeois qui couinait.

— Mais allez-vous donc cesser de retenir ce garçon, fol dépravé que vous êtes ? le sermonna-t-elle vertement tandis que, d'un geste leste, Triboulet empochait les deniers.

Personne ne s'en aperçut.

Le désordre qu'il avait semé dans sa course occupait ceux qui étaient loin. Et l'incident qu'il avait provoqué réjouissait les autres. Ils riaient aux larmes.

Il fila entre eux sitôt relevé, tandis que Griffonelle et quelques âmes charitables remettaient le notable debout. Avant que ce dernier n'ait pu reprendre son souffle et ses esprits, elle le toisa d'un air furibond.

— Ah çà, mon fils ! On m'avait dit grand bien de vous ! Me voici en proie au plus méchant doute quant à votre moralité ! Comme s'il ne suffisait que vous ayez si peu de manières !

Décomposé, vexé par les moqueries de ceux-là même qu'il avait méprisés, il tenta de retrouver une contenance en tirant sur son surcot de samit[1]. Il s'aperçut aussitôt que sa ceinture bâillait.

— Ma bourse ! J'ai perdu ma bourse ! hoqueta-t-il.

— Eh bien, cherchez-la ! lui rétorqua Griffonelle en lui tournant le dos d'un air exaspéré.

— Mais… mais…

Elle pivota brutalement, marcha sur lui, les yeux exorbités, jusqu'à lui pointer un index comminatoire sur la poitrine.

— Et que je ne vous y prenne pas à accuser qui que ce soit ! Priez plutôt pour que le Seigneur vous pardonne et vous aide à la regagner ! Allez !

Le laissant se jeter sur les paniers renversés et houspiller les petits gueux qui avaient fait de même, elle récupéra ses deux sacs qu'un honnête homme avait ramassés, puis s'éloigna le plus dignement possible.

1. Étoffe luxueuse de soie sergée.

À la première intersection, elle inspecta ses arrières. Un cercle rieur s'était formé autour de sa victime.

Farce amuse toujours autant, se réjouit-elle.

Elle bifurqua, releva haut cette bure qui empêtrait ses jambes, et courut aussi vite que le lui permettait le poids sur ses épaules. Elle ne s'arrêta que devant la porte des bains de Marguerite Potier.

Triboulet l'y attendait, adossé au chambranle, une jambe repliée en arrière.

C'est à son air narquois et à son œil pétillant qu'elle mesura soudain ce qu'il venait de lui rendre, au prétexte de ce gain qu'il faisait sauter dans sa main : cette part d'elle-même, de légèreté et d'insouciance que la mort et le chagrin avaient tenté de lui dérober.

33.

La maison que partageait la servante du roi avec ses parents ressemblait en tout point à ses voisines, petite, trapue, nantie d'une seule fenêtre en façade.

À cette exception près qu'elle était la dernière, qu'elle avançait sur la berge et avait, de ce fait, été bâtie sur pilotis pour protéger ses occupants des crues de la Seine.

Arrivé à son pied, Amaury de Montfort s'immobilisa, les sourcils froncés.

Les marches qui permettaient d'accéder à la porte étaient maculées de fientes de mouettes. Il recula dans la boue, leva les yeux vers la toiture. Les tuiles étaient usées, tout comme les planches de construction. Il inspecta le bas. Un volet bâillait, détaché d'un gond que la rouille avait emporté. Et l'épaisseur de la mousse sur les piliers de soutènement montrait qu'ils n'étaient pas entretenus comme ils l'auraient dû pour assurer la solidité de l'ensemble.

Tout révèle la misère…

Or, d'après le maître d'hôtel, la mère travaillait à l'établissement de bains situé à l'autre bout de la venelle. Deux barques en bon état logeaient sous la plate-forme, le cul dans la vase, qu'ils pouvaient louer à la demande. Et de ce qu'il en savait, la plupart des hommes de la paroisse travaillaient pour les tonneliers dont les maisons cossues et les ateliers s'ouvraient de l'autre côté, face aux murailles antiques du palais et de l'église Saint-Michel.

À cela s'ajoutait le salaire de Valine. Pour peu qu'elle ait des frères et sœurs employés à de petites tâches, cette famille aurait dû vivre correctement.

Laissant de côté toutes les hypothèses qui eussent pu expliquer le contraire, il ne retint que ce constat :

Cet idiot de maître d'hôtel a peut-être vu juste. S'ils manquent d'argent, Valine a pu accepter d'empoisonner les galettes en échange d'une jolie somme. Reste à savoir qui la lui aurait versée.

Il grimpa l'escalier, observa alentour.

Personne.

À cette heure de la journée, l'activité battait son plein dans les rues voisines. On ne devait rentrer là que le soir, son labeur achevé.

Avec un peu de chance, elle sera seule, espéra-t-il en frappant au battant.

— Je suis le comte Amaury de Montfort. Je viens au nom du roi, cria-t-il en entendant bouger à l'intérieur, mais personne se précipiter pour ouvrir.

Il insista. Plusieurs coups, brefs, puissants. Il n'obtint pas davantage de réponse.

De nouveau ce sentiment de perdre un temps précieux…

Il se pinça le front, regagné par cette pulsion colérique que, depuis la mort de son père, il ne parvenait que rarement à contrôler.

Il serra le poing, l'abattit violemment cette fois.

— Ouvre, Valine. Sans quoi je demande à des gardes de défoncer cette porte ! Et toi ensuite !

La menace fit son effet. Le visage marbré de larmes de la jouvencelle parut dans l'entrebâillement.

Peu enclin à l'empathie, il poussa le battant d'une main ferme, l'obligeant à se retrancher dans la pièce mal éclairée. Elle recula, buta contre un tabouret, se mit à trembler, l'œil rivé sur sa cicatrice.

Il avait l'habitude. Quand ce trait grossier n'inspirait pas la crainte chez une honnête femme, c'était de l'écœurement. Il n'y avait que son épouse qui l'avait accepté. Par obligation. Mais elle détournait toujours la tête ou fermait les yeux quand il se couchait sur elle.

— De quoi as-tu peur ? De moi ? Ou de mon estafilade ? demanda-t-il en verrouillant la porte.

Le menton de la servante se mit à trembler, mais elle ne chercha pas à mentir.

— Je ne sais pas trop, messire.

La crainte est le commencement de la sagesse. Elle parlera.

Il s'assit puis ramena la gaine de son épée sur le haut de sa cuisse. Ensuite seulement, ayant vu l'effroi de la fille s'amplifier, il consentit à se calmer.

— Donne-moi à boire. J'ai le gosier sec.

Elle se précipita vers un tonneau posé à même le sol, sous un fenestron ouvert sur le fleuve. Il la regarda desserrer le petit robinet, emplir un hanap qu'elle avait récupéré sur une étagère branlante.

L'intérieur était propre, mais une fois de plus trahissait la misère.

— Vis-tu seule ? demanda-t-il en désignant un lit à baldaquin de taille modeste dont les rideaux décolorés avaient été maintes fois rapiécés.

Le tremblement de la servante s'accentua, lui faisant verser un peu de cervoise à terre.

— Avec ma mère, répondit-elle en s'efforçant de ne pas en perdre davantage.

— Ton père ?

— Mort avec mes frères. L'année dernière. Leur barque s'est retournée dans le fleuve.

Tout s'explique donc...

Il la débarrassa du gobelet qu'elle lui tendait, le vida d'un trait et le posa sur la table derrière laquelle, aussitôt, elle s'était réfugiée.

Comme si ce mince plateau pouvait m'interdire de te culbuter s'il m'en prenait l'envie, s'en amusa Montfort en lui décochant un sourire cynique.

Elle dut l'interpréter pour tel, car soudain, reprenant le contrôle sur sa terreur, elle croisa ses mains derrière son dos et redressa le buste.

— Je suppose que vous êtes ici à cause de ce matin, lâcha-t-elle d'un timbre à peine maîtrisé.

— Tu supposes bien.

Elle déglutit.

— J'ai dit tout ce que je savais.

Montfort s'attarda sur ses traits, les trouva gracieux et francs.

Comme Mahaut autrefois, se souvint-il, regagné d'amertume.

On ne pouvait faire confiance à une femme. Il l'avait assez cher payé. Son visage se durcit, drapant celui de la jouvencelle d'un voile d'angoisse.

— Pas tout à fait, ma jolie.

Elle blêmit.

— Ah ? Qu'aurais-je omis ?

Montfort se gratta le menton qu'il portait glabre, comme la plupart des chevaliers depuis le règne de Philippe Auguste.

— Que tu prenais chaque matin les galettes du jeune roi rue des Oubloyers.

Elle s'embarrassa.

— Oh… cela… Puis-je savoir qui vous l'a dit ?

— Le maître d'hôtel.

Elle se détendit.

— Alors, si c'est lui, je peux le confirmer.

Montfort fronça les sourcils.

— Explique-toi.

— Je n'ai pas grand-chose à ajouter, messire. Le jeune roi Louis ne veut que ces galettes-là, à l'anis. Alors maître Timier m'a fait jurer, comme à son pâtissier, de ne révéler à personne d'où elles proviennent.

Soucieux de sa réputation… Évidemment…

— Et ce matin ?

— Je me suis rendue chez maître Ysembart, il m'a tendu le sachet, comme d'habitude. Je suis revenue au palais, j'ai disposé les galettes dans une coupelle et je suis montée aussitôt.

— Donc, personne d'autre que toi n'y a eu accès.

Elle renifla, mais ne put empêcher une larme de rouler sur sa joue.

— Non, messire. Et je l'ai confirmé au roi. Et au sire de Beaujeu. Et à maître Timier.

Elle rassembla ses paumes, les noua l'une à l'autre, implorante.

— Je le jure sur la Très Sainte Bible. J'ignorais qu'elles étaient empoisonnées.

Il se leva, marcha de long en large dans l'unique pièce trop sobrement meublée. Puis s'arrêta devant la table. Valine n'avait pas bougé. Il scruta ses traits. Ils n'affichaient que crainte et désarroi.

— Ysembart, dis-tu ?

— Oui. Sa boutique est très renommée. Et pas seulement au goût du jeune roi.

Elle détourna les yeux, ajouta en rougissant :

— J'y ai souvent croisé le cardinal de Saint-Ange lors de ses séjours parisiens.

Montfort se figea, alerté.

— Et ce matin ?

Elle secoua la tête.

— Non, pas ce matin...

Voyant son air déçu, elle se reprit aussitôt.

— Mais il m'a semblé reconnaître son bras droit sur le trajet.

Montfort sentit un sang mauvais lui battre les tempes.

Frère Étienne !

Carcassonnais de naissance, le chanoine avait été recommandé à Rome par l'archevêque de Narbonne, lequel voulait que le pape puisse avoir une compréhension rapide et totale des avancées de la croisade comme du comportement des seigneurs occitans. Frère Étienne s'était vite rendu indispensable au Vatican comme sur le terrain. Indispensable et discret. L'existence de la mine d'or de la Montagne Noire n'avait pas pu lui échapper.

Pourquoi n'y ai-je pas pensé avant ? se fustigea-t-il. *Il était dans la cité quand Trencavel a été retrouvé mort dans sa geôle. Il a donc très bien pu entendre mon père parler de Mahaut et de son rôle dans la disparition de la carte. Dix-sept ans. Cela fait dix-sept longues années. Et au moins dix qu'il est le larbin de Saint-Ange.*

Il se mit à transpirer, refusant d'imaginer un seul instant qu'il ait pu prendre ses ordres de ce dernier.

Impossible. L'Église ne ferait pas assassiner un roi de droit divin, pas plus qu'elle ne tenterait de tuer son héritier direct. Ce fourbe a forcément agi pour son propre compte. Espérait-il que désorganiser le royaume lui donnerait le temps de retrouver la carte, alors même que, hier encore, j'ignorais, moi, où la chercher ?

Il se remémora ce faciès fuyant, ces mains moites, ces yeux serviles et globuleux, ces courtes jambes trottinant en permanence derrière le cardinal, ombre fétide dont celui-ci semblait ne pas pouvoir se passer, même quand il troussait.

Il se serait activé sans que le cardinal soupçonne quoi que ce soit ? Rahhh ! C'est tout aussi improbable ! Je dois me rendre chez maître Ysembart, tenter d'en apprendre davantage sur leurs habitudes à tous deux dans la maison. Et découvrir au plus vite la vérité.

— Ai-je aidé à votre enquête, messire ? demanda Valine, l'arrachant à sa réflexion.

Il sursauta, la fixa. Et l'évidence fut là, froide, déshumanisée : cette fille ne devait plus partager cette information avec personne.

34.

Griffonelle poussa un soupir de contentement en léchant scrupuleusement ses doigts.

— Et tu prétendais ne pas avoir faim..., se moqua Triboulet qui venait de rejeter l'os d'une aile de poulet dans la Seine.

Elle ne répondit pas, refusant de perdre une goutte du jus savoureux dont elle s'était couverte.

Triboulet s'étira, puis, mains croisées derrière la nuque, se cala contre l'un des piliers du Grand Pont. Dessus, entre les deux rangées de boutiques, on avançait en râlant, se croisant à l'étroit dans un embouteillage permanent provoqué par le péage du Grand Châtelet, de l'autre côté du fleuve. Un vacarme perpétuel auquel ils ne prêtaient plus attention.

— Je me sens mieux, oui. Grâce à toi, lui retourna la jouvencelle dans un sourire.

Il le lui rendit.

— Grâce surtout aux deniers de ce prétentieux...

L'image du bedonnant, verdissant sous son sermon, ranima une pointe mutine dans l'œil de Griffonelle. Rien ne lui plaisait plus que de détrousser les fanfarons.

Dire que j'ai failli l'oublier ces dernières heures.

Si se laver et se changer lui avait rendu son apparence, cela lui avait surtout permis de se détendre. Devant la générosité de Triboulet, Marguerite leur avait octroyé une alcôve. Celle qu'elle réservait aux bourgeois. À l'intérieur, sous une charpente d'un bleu vif, ils avaient découvert trois baquets, deux simples et un double, dégageant une vapeur parfumée, bienveillante. Les premiers leur avaient servi à se décrasser de la tête aux pieds, le dernier à se rincer, l'un face à l'autre, savourant l'effet relaxant de l'eau chaude.

Natter ses longs cheveux, en retrouver le soyeux, enfiler des vêtements propres avait fini de la rendre au présent. Un présent dans lequel son cœur restait émietté, mais un présent qui avait réveillé sa faim.

Elle plongea la main dans le sac de victuailles et en ressortit les châtaignes achetées par Triboulet. Elle en tendit une au nain avant de mordre dans la sienne.

Une mouette cria au-dessus de leurs têtes au passage d'une embarcation. Le sourire de Griffonelle grandit : le bateleur fredonnait une vieille chanson en plongeant sa rame en cadence. Une chanson que le vent frais s'amusait à enrouler autour d'elle.

— Ta mère la chantait souvent celle-là, se souvint Triboulet.

— Oui… C'était l'une de ses préférées. Elle adorait la proximité du fleuve. Comme moi… Je n'ai pas l'intention de quitter Paris, Triboulet. Pas l'intention de vivre en me cachant…

Elle se tourna vers lui. Il avait pris un air résigné.

— Tu sais ce que cela implique, n'est-ce pas ? ajouta-t-elle devant son mutisme.

— Aller se jeter dans la gueule du loup pour mieux la lui percer…

Elle fronça les sourcils.

— Tu n'essaies pas de m'en dissuader ?

— Arrête-t-on une tornade ?

Elle rit.

— Alors, c'est ainsi que tu me vois ! Comme une catastrophe !

Il s'empara de la bouteille de vin qui trônait entre eux, sur une pierre plate.

— Non, comme un vent joyeux qui bouscule tout pour que chaque chose trouve sa place.

Envahie de tendresse, elle ne sut quoi répondre. Il ne l'avait pas habituée à de telles envolées.

Il ôta le bouchon, avala une gorgée, ajouta :

— Mais certaines mériteraient qu'on les laisse où elles sont.

Là je te retrouve…

Elle hocha la tête.

— Tel cet homme, je suppose.

— Tel le passé de ta mère. Si elle ne t'en a jamais parlé, c'est qu'elle avait ses raisons.

Elle mordit dans une autre châtaigne, la laissa se déliter sur sa langue.

Les yeux fermés, Triboulet attendit qu'elle poursuive, certain qu'elle ne s'en tiendrait pas là.

Cela ne manqua pas.

— Le passé de ma mère est aussi le mien. Et une foule de questions me hantent. Des questions sans importance avant : qui est mon père ? À quoi ressemble Cabaret, ce village d'où venait maman ? À quoi mène cette carte que son assassin recherche ? À qui appartient-elle ? À cet homme ? À ma famille ? En ai-je une là-bas ? Une que la croisade n'a pas décimée ?

— Dans ce cas, il faudrait partir pour que tu puisses y répondre, insista Triboulet en décollant sa nuque du pilier qui vibrait sous le passage des charrettes et des cavaliers.

Elle secoua la tête.

— Non. C'est ici chez moi. Ici que sont les réponses. Dans la violence du balafré. Dans son impunité. Dans cette fortune qu'il dépense pour me retrouver.

— Encore faudrait-il découvrir qui il est, mentit-il.

Elle contempla les eaux vertes, mouvantes et encombrées du fleuve.

— Je trouverai, Triboulet…

Elle hésita soudain à lui révéler qu'elle avait l'intention, pour cela, de faire appel au jouvenceau de la taverne. *Je le lui dirai après… quand ce sera fait*, décida-t-elle, certaine qu'il en repousserait fortement l'idée.

Elle se leva, épousseta son surcot sur lequel quelques miettes de pain s'étaient accrochées.

— L'heure des funérailles approche. Il est temps d'y aller.

Il sauta sur ses jambes, l'aida à remballer leurs victuailles, ramassa leur ballot puis jeta les deux sacs sur son épaule. La minute suivante, ils suivaient l'un derrière l'autre un étroit sentier qui zigzaguait entre de petites maisons de bois.

— As-tu une idée de l'endroit où l'on peut se réfugier ce soir ? demanda-t-elle en rabattant le capuchon de sa mante sur son front à l'approche du tumulte de la Cité.

Le chemin s'élargissant, il se hissa à sa hauteur.

— Une vieille bâtisse à l'abandon.

— Celle de la rue Saint-Père-a-Beu ?

— Je me suis glissé dans son jardin hier soir avant de comprendre que le maraud était retourné sur ses pas. L'endroit est discret. Personne ne pensera à nous y chercher.

Elle resta quelques secondes pensive.

— Notre nouveau repaire… Il me plaît, approuva-t-elle en revoyant la façade de moellons, les volets épais, les branches d'un tilleul qui bâillait au-dessus d'un vieux mur de clôture.

Ils parvinrent au bout de la venelle ouverte sur la Grand-Rue. En face d'elle, de l'autre côté, prenant ses fondations dans la berge, se trouvait l'enclos des frères de la Chartre.

Elle n'avait plus qu'à rejoindre le port et gagner la rue Saint-Landry. Avec le monde qui circulait, son front et son capuchon baissés, personne ne ferait vraiment attention à elle. Ce, d'autant moins que Triboulet avait choisi un autre itinéraire pour mieux tromper ceux qui guetteraient la récompense.

— Courage. N'oublie pas que depuis les toits je peux assurer tes arrières, lui glissa-t-il à l'oreille avant de déposer un baiser sur sa joue.

Griffonelle attendit qu'il ait disparu dans la foule puis sortit de l'ombre.

Une fois devant l'église, sous la protection du curé, de Gaïa, d'Altéric et des ribaudes, elle s'en était persuadée : elle ne risquerait plus rien.

35.

Cela faisait quelques minutes déjà qu'Amaury de Montfort s'était posté en embuscade, surveillant le va-et-vient des clients de maître Ysembart.

Le dernier venant de sortir, il poussa la porte du pâtissier.

— Je n'ai plus grand-chose, mon bon monsieur, l'accueillit une dame rondelette aux traits avenants, retranchée derrière un comptoir sur lequel dormaient quelques mistembecs[1] et tranches de pain d'épices.

Le reste des étals témoignait, par une fine poussière autour d'emplacements vides, de ce qu'elle affirmait.

Amaury de Montfort lui retourna son sourire. D'une part parce qu'elle n'avait marqué aucun temps d'arrêt devant son affreuse cicatrice, d'autre part parce qu'il devait se montrer sous son meilleur jour pour ne pas la brusquer.

— À la vérité, ce sont vos galettes à l'anis que j'espérais trouver. Celles dont notre tout jeune roi raffole.

Elle rosit de plaisir et de fierté.

— Ma foi, mon bon monsieur, c'est un tel honneur pour nous qu'elles s'arrachent. Mon époux ne les tient guère plus d'une heure. Et pourtant il en fait cuire davantage chaque jour. Au point qu'il en est épuisé. Si je vous

1. Beignets au miel.

disais que, malgré tout, l'on envisage d'acheter la bâtisse voisine qui est à vendre pour agrandir notre enseigne et la rebaptiser…

Amaury de Montfort la vit battre des cils, dans l'espoir qu'il devine. Il joua le jeu.

— J'imagine sans peine que ce serait « Aux galettes du roi Louis ».

Ses yeux pétillèrent.

— Vous lisez dans mes pensées, mon bon messire. Vous lisez dans mes pensées.

— Une bien belle idée, ma foi. Cela m'éviterait de me présenter devant un panier vide. Ne vous en reste-t-il pas en arrière-boutique ? Ne fût-ce qu'une seule ? insista-t-il en portant la main au gousset suspendu à sa ceinture.

Le tintement des pièces, ajouté à l'aspect rebondi du cuir, la fit se tortiller derrière son comptoir, en proie visiblement à un cas de conscience.

Elle lissa les pans de son tablier et lâcha finalement, dans un petit rire coupable :

— Une ou deux, peut-être…

— Que vous gardiez pour votre propre gourmandise, je gage… à moins que ce ne soit pour le cardinal de Saint-Ange. Ce grigou prône l'abstinence chez les autres, mais en ce qui le concerne, il sait jouir de ce qui est bon.

Elle baissa les yeux, troublée.

— Vous le connaissez bien, ma foi.

Amaury de Montfort se colla au comptoir, la main en direction de ce corsage qui palpitait.

— Et vous aussi, de ce qu'il m'en a dit.

Elle devint écarlate sous sa caresse mais ne chercha pas à s'en vexer.

Il jubila intérieurement.

Intuition fondée. Ce gros lard l'a vue peu farouche et l'a troussée pour avoir ses entrées. Plus qu'à assurer les miennes.

Il pinça un téton par-delà le tissu, le sentit durcir et elle, lutter pour ne pas se pâmer.

Garce... tu m'asticotes pour que je te chatouille longtemps avant de te culbuter. Tu n'imagines pas à quel point j'aime ménager mes effets...

Il remonta le long de sa gorge et du rutilant bijou qui la mettait en valeur. À peine lui effleura-t-il les lèvres qu'elles s'entrouvrirent. Il les pénétra délicatement.

— Et ton époux ? Est-il toujours au four à cette heure ? demanda-t-il pressé de vérifier ses théories.

— Il est monté se reposer, susurra-t-elle, la langue caressée par son majeur.

Amaury de Montfort le retira de sa bouche, recula jusqu'à la porte sans la quitter des yeux, tâtonna derrière lui. Quand la clef joua dans la serrure, les joues de l'épouse volage s'embrasèrent d'excitation.

Il lui retourna un sourire carnassier.

— Et si tu me montrais où tu caches ces galettes, ma coquine ?

Elle pivota et disparut aussitôt derrière une courtine.

Amaury de Montfort porta la main à son entrecuisse. La peur qu'il avait lue dans le regard de la servante l'avait excité. Mais elle était trop sèche à son goût.

Avec toi, je vais prendre mon temps, ma belle, se promit-il en passant derrière le comptoir.

Si l'arrière-boutique était mal éclairée, le souffle rauque de l'épouse du pâtissier le guida jusqu'à un renfoncement discret. Il l'attira sans ménagement contre lui, lui arrachant cette fois un gémissement de plaisir.

— Est-ce ici que le cardinal te relève tes jupons, qu'il te lèche comme une gourmandise ? demanda-t-il sur ses lèvres.

— Doit-on parler de lui ? frémit-elle.

Il la retourna, dénuda ses seins. Après les avoir empoignés, il en pinça délicatement les pointes.

— Réponds...

Elle se liquéfia sous la voluptueuse torture.

— Oui, c'est ici.

— Et le chanoine qu'il promène derrière lui, il te lutine lui aussi ?

Il la plaqua contre le mur qui leur faisait face, se frotta contre ses fesses charnues, lui mordilla le lobe de l'oreille.

— Avoue... Avoue si tu veux mon ardillon.

— J'avoue, messire. Je suis une gourmande et mon époux me délaisse par trop de travail.

Il abandonna son téton, se pencha de côté pour passer une main sous l'accumulation des tissus que formaient la cotte, le surcot et le tablier.

— L'imbécile...

Elle écarta les jambes, s'affola.

— Oui... oui... C'est ce que dit Son Éminence. Est-ce lui qui vous envoie ?

Éludant la question, il lui enroba le bouton de rose, pressa délicatement.

— Était-il là ce matin ?

— Oui... oui, répéta-t-elle dans les aigus, fouettée de désir.

Il glissa un doigt dans sa mousson. Elle ondula aussitôt dessus, fébrile.

— Son Éminence est du genre à guigner[1], je parie. Il t'a finie après le chanoine ?

— Mmmmmm....

— Alors que s'est-il passé ? Ton époux est arrivé avant qu'il ne le puisse ?

1. Regarder.

— Ohhh… je…

Il retira ses doigts, la laissant pantelante.

Elle se hâta de répondre.

— Il est parti avant que l'autre n'ait joui.

L'excitation du comte culmina.

Cette fois il ne pouvait avoir de doute : Saint-Ange était venu avant l'ouverture. Il avait chargé le chanoine de distraire la garce pendant qu'il versait le poison sur les galettes destinées au roi. Après quoi, le pâtissier était descendu, avait ouvert boutique tandis que sa dame vaquait en bonne épouse, le cul frustré. Et le brave homme avait remis le sachet à Valine sans se douter de rien.

Encore une fois il peina à imaginer le pape commanditer l'assassinat du roi de France et de son fils, même si, depuis le début de la croisade, l'un des objectifs de l'Église était de faire main basse sur le fabuleux filon de cette mine d'or.

Saint-Ange est bien capable d'agir pour son propre compte. La luxure coûte cher, s'acheter des indulgences aussi, admit-il en revoyant les éclairs libidineux qui dansaient dans les yeux du prélat une fois que, vin bu, il avisait le cul d'une jouvencelle.

— Vous n'allez pas me laisser aussi, dites ? s'affola dame Ysembart.

— Remonte ton jupon.

Elle s'empressa dans un froissement de tissu.

Il dégrafa ses chausses, la pénétra d'un coup de reins et la paya à hauteur de ce que ses informations valaient.

36.

Griffonelle s'immobilisa à l'angle de la rue Saint-Landry, frappée de voir autant de monde à proximité de l'église de sa paroisse.

Elle n'y était pas préparée.

Gaïa, ses tantes, Altéric et les enfants de la maisonnée se tenaient sur le haut des marches. En dessous se trouvaient les trois autres maquerelles, leurs ribaudes et leurs bâtards.

Venaient ensuite le maître tonnelier, dont l'allure ressemblait à ses barriques, et les six aubergistes de la rue voisine pleurant leur confrère autant que Mahaut. Ils étaient accompagnés par leurs épouses, lesquelles peinaient à faire tenir tranquille leur progéniture dont les âges s'étageaient du jouvenceau au nouveau-né. Un peu plus bas, quelques pêcheurs et passeurs de fleuve trituraient leurs bonnets, la mine sombre, échangeant quelques mots avec le propriétaire de l'écurie et ses employés.

Ce dernier secouait sa longue chevelure poivre et sel, comme s'il ne parvenait toujours pas à y croire. Le marchand de vin affichait la même incrédulité. Amoureux de Mahaut depuis longtemps, il avait toujours craint l'opprobre et n'avait jamais osé lui demander de l'épouser. Aujourd'hui sans doute le regrettait-il plus qu'aucun autre.

Quant aux poivrots notoires, ils s'épaulaient près de la façade en pleurant à chaudes larmes. Ceux qui, la veille, l'avaient prise pour le diable ne cessaient de regarder en l'air, comme si c'était de là que la menace était descendue sur la Cité, de là qu'elle allait retomber.

L'émotion lui étreignit la gorge. Tous témoignaient d'un chagrin qu'elle savait sincère.

Même le sieur de Glatigny s'était déplacé. Il se tenait au seuil de l'édifice, près du curé, dans ses vêtements de deuil qu'il ne quittait plus depuis la mort de sa femme, survenue trois mois plus tôt. Griffonelle l'avait vu en compagnie de sa mère quelques jours auparavant. Il l'avait remerciée de l'avoir écouté, de lui avoir permis de s'épancher. Un parmi tant d'autres à qui Mahaut avait offert son oreille attentive, ses conseils avisés et sa tendresse sans jamais compter son temps ou sa patience. Sans jamais les monnayer.

Ils s'en souviennent. Oui, ils s'en souviennent. C'est pour cela qu'ils sont là, devina-t-elle, touchée.

Sans doute espéraient-ils qu'elle se montre, car ils tournèrent la tête dans sa direction quand elle rejeta son capuchon en arrière.

Il lui sembla entendre la voix de Triboulet :

« Tu ne devrais pas. Ce n'est pas prudent. »

Mais elle n'avait plus envie de composer avec le destin. Cette paroisse était la sienne et elle voulut croire que ce jourd'hui, eu égard pour sa mère, aucun ne quitterait l'église pour rameuter son assassin. Fût-ce pour une aussi belle fortune.

Et puis tu veilles depuis les toits, mon Triboulet, se réconforta-t-elle.

Il n'était pas le seul : dévalant les degrés, Altéric vint à sa rencontre, les vêtements, les cheveux, les ongles propres. Il avait même mis des souliers. Et Griffonelle le trouva beau dans cette tenue, dans cette lumière qui caressait la rue, sous ce soleil d'automne que la mort ne parvenait à étouffer.

Beau... Mais pas assez pour en tomber amoureuse, regretta-t-elle comme il s'arrêtait devant elle.

— On s'est tous concertés. Tous ceux qui sont là. Aucun ne te vendra. Ni aujourd'hui ni demain. Mais si l'un d'eux s'avisait de manquer à son serment, je me chargerais de le lui rappeler, tu peux me croire.

Elle hocha la tête, les yeux humides. Le curé faisait entrer ses ouailles. La petite cloche sonna, agitée par le bedeau depuis le plancher du beffroi.

Altéric inspecta les faîtages qui faisaient face à l'édifice. Le nain était invisible, mais Griffonelle sut qu'il avait deviné sa présence.

— Je suppose que Triboulet nous préviendra si les sbires du balafré approchent...

Elle hocha la tête. Elle aurait pu, en quelques mots, lui dire qu'ils s'étaient débarrassés de cette menace-là, du moins pour un temps. Mais ce n'était pas le moment.

— Je peux le remplacer si tu préfères qu'il soit à tes côtés.

Elle lui sourit tristement.

— Et abîmer ta belle allure ? Non. Nous nous sommes entendus. Il est dans mon cœur et maman dans le sien. Cela lui suffit et à moi aussi.

— Et puis ce n'est pas comme si cette cérémonie avait du sens pour ta mère, murmura-t-il.

Balayée de nouveau par la douleur, elle s'accrocha à son bras pour prévenir un malaise, puis avança en direction de l'église où le prêtre l'attendait.

Elle ne put pourtant s'empêcher de demander :

— Toi aussi tu savais ?

— Non. J'ai juste entendu ma mère en parler avec Gaïa hier. Et j'ai demandé des explications. Cela m'est égal, tu sais. Cathare ou catholique, c'est le même Dieu qui juge, qui accueille quand l'heure vient de passer de vie à trépas...

Elle tourna la tête vers lui. Ses prunelles s'étaient embrasées et elle comprit ce qu'il sous-entendait : il serait ce qu'elle déciderait d'être maintenant qu'elle connaissait la vérité. Cathare ou catholique. Pourvu qu'elle l'accepte à ses côtés le restant de leur vie.

Elle aurait voulu pouvoir lui dire oui. Mais ce qui lui restait de cœur intact, de cœur qui ne soit pas voué au chagrin, à la vérité, à la vengeance, à l'affection ou à l'amitié, c'était au jouvenceau de la taverne qu'elle l'avait déjà donné.

Et cela, elle ne pouvait pas le lui avouer.

— Ma chère, chère enfant. C'est un bien triste jour, la salua le curé en la prenant paternellement dans ses bras.

— Vous accueillez ma mère malgré ce qu'elle était. Merci pour elle, lui dit-elle, soulageant par cette feinte une partie de son mensonge.

Le curé s'écarta, la maintint aux épaules, plongea son regard d'un gris d'acier dans le sien, bouleversé.

— Mahaut était une bonne personne. Comme le fut Marie-Madeleine que Jésus releva du pêché. Ta mère n'y a jamais sombré par goût de la luxure. Et pour l'avoir bien connue et reçue en confession malgré ses réticences, je sais qu'elle ressentait pour sa paroisse, pour son église et pour son prêtre, une sincère affection. Et du respect, Griffonelle. Beaucoup de respect.

Tandis qu'Altéric fermait la marche, il lui posa une main entre les omoplates et l'escorta en direction de l'autel.

Un cercueil de bois blanc, sobre, entouré de cierges flamboyants était posé devant et Griffonelle sentit son chagrin culminer.

— Dieu n'est pas sélectif. Nous sommes tous ses enfants et plus encore lorsque nous prions. Peu lui importe l'endroit, peu lui importe la manière… Et ta mère savait prier. Tout comme elle savait, et moi aussi, que le sentiment d'hérésie est politique, pas divin, reprit le religieux après s'être penché à son oreille.

Elle tourna ses traits ravagés vers lui. Les siens, lumineux malgré le poids de l'âge, n'exprimaient que bonté et humanité.

— Alors elle n'a pas trahi ses convictions… vous les aviez acceptées, bredouilla-t-elle, bouleversée.

Il hocha la tête, la couvrit d'un œil et d'un sourire bienveillants.

Lors elle sut pourquoi sa mère avait fait d'elle une bonne catholique : parce que tous n'allumaient pas des bûchers.

37.

Louis quitta la chapelle Saint-Nicolas dans le pas du cardinal, conscient d'avoir été habilement manipulé durant l'heure qui avait précédé.

Ce fourbe avait usé des plus viles manœuvres pour arriver à ses fins : il s'était agenouillé à ses côtés devant le cercueil, lui interdisant par sa présence de s'abandonner au chagrin qui, par vagues, était revenu le submerger.

Lorsque la porte avait grincé à l'autre bout de la travée, Louis avait cru pouvoir échapper à la menace du confessionnal. Tout au contraire, à peine relevé, il s'était retrouvé face au chancelier Guérin.

Or, ce dernier avait suppléé Blanche de Castille dans son éducation. Louis lui devait une grande partie de ses connaissances : les rigueurs et les controverses de la théologie, le poids du serment, celui des commandements divins, la pratique de la vertu et de la sagesse, seules garanties d'une âme pure…

Sourcils froncés, agitant un index déformé, le vieil ecclésiastique les lui avait remémorés.

— Ne vous ai-je pas aussi inculqué le respect des Saintes Écritures et celui des représentants de l'Église ? De tous ses représentants, dont frère Étienne qui est venu me quérir et envers lequel vous avez montré beaucoup, oui, beaucoup de légèreté !

Comme si cela ne suffisait pas à le condamner, là, à quelques pas de la dépouille de son père et sous le regard réjoui du chanoine, le chancelier avait martelé :

— Faut-il vous rappeler, Louis, que bientôt, dans la cathédrale de Reims, vous recevrez l'onction tirée de la Sainte Ampoule comme vos illustres prédécesseurs ? Qu'à ce titre, c'est d'un droit divin que vous serez investi pour gouverner le royaume de France ? Que vous devrez alors faire preuve de la plus haute moralité ? Jusque-là, vous étiez irréprochable ! En tout ! Mais enfin, mon fils, que vous arrive-t-il pour que je ne vous reconnaisse plus ?

Et Louis s'était senti si coupable de s'être abandonné la veille à l'éveil de l'amour qu'il était entré dans la sacristie la tête basse, derrière le cardinal, laissant frère Étienne en garder la porte et le chancelier retourner aux occupations auxquelles son « inconséquence » l'avait arraché.

Sommé sur la Bible de ne rien omettre, il avait avoué sa rencontre avec sa voleuse et les sentiments qui en avaient découlé. Par contre, il avait gardé secrète l'existence de la mine et ce qui y était rattaché, puisque c'était affaire du royaume et non de sa conscience. N'avouant que le crime de Montfort sur la ribaude, puisqu'il y était.

Sa seule consolation avait été de voir le cardinal se couvrir de sueur au point de devoir se tamponner le visage en bredouillant :

— Vous a-t-il reconnu ?

Louis avait dû masquer son trouble devant ce qu'il sous-entendait : si Montfort l'avait vu, cela pouvait expliquer sa tentative d'assassinat du matin.

Si Saint-Ange s'en mêle, Montfort sera sur ses gardes et ma voleuse plus encore en danger... Trop tôt, avait-il conclu.

— Non. Je le puis jurer, Votre Éminence, avait-il affirmé.

— Ah non ! Non ! Ne jurez pas ! Ne jurez plus ! s'était écrié le prélat, si fort que Louis avait reçu ses postillons sur la joue.

Finalement, en plus de reprendre une vie monastique dans le respect des heures canoniales, il avait dû s'engager à ne plus emprunter le passage secret dont sa chambre actuelle était pourvue, de respecter la dévouée surveillance du chanoine et de renouer avec la compagnie des pères de l'Église.

Rien d'insurmontable au regard de l'échappatoire qu'il avait eu le temps d'envisager avant l'arrivée des deux chevaliers.

Il s'y était donc engagé solennellement.

Soulagé, le cardinal avait promis qu'il ne dirait rien à la reine concernant Griffonelle.

— Elle qui a mis toute sa dévotion et sa ferveur à vous inculquer la plus stricte moralité ! Dans les circonstances actuelles, cela la tuerait !

Il n'avait pas répondu, certain que sa mère était plus forte que ne l'affirmait le cardinal, et sa remarque, seulement destinée à le culpabiliser.

Au moins, s'était-il apaisé en entrant dans l'*aula regis*, *puis-je encore conserver mon secret.*

Il trouva sa mère attablée en compagnie des proches de son père. Seul manquait Amaury de Montfort, mais l'enquête qu'il menait pour retrouver le meurtrier l'en excusait.

À l'exception de Blanche de Castille, visiblement nerveuse, tous se levèrent pour l'accueillir.

— Rasseyez-vous, les enjoignit-il. Mon père avait coutume de dire qu'attendre empêche de manger mais que manger n'empêche pas d'attendre. J'ai à cœur que vous continuiez à suivre ses préceptes, lança-t-il pour tenter de dérider sa mère.

Elle était pâle.

Les chevaliers reprirent sièges et conversations mais elle garda un sourire crispé tandis qu'il s'approchait du trône, descendu de l'estrade.

Mal à l'aise soudain, devinant que sa contrariété n'était que l'expression de son angoisse et de son chagrin, il s'assit près d'elle, en bout de cette longue table dressée pour la circonstance sous les chandeliers ronds du plafond voûté.

Le maître d'hôtel claqua dans ses mains. Deux valets firent leur entrée, les bras chargés de poulardes recomposées sur un lit de légumes. Lors, profitant de ce qu'on les découpait, elle se fit sévère.

— Certains principes sont judicieux en temps de guerre et dans un bouge, beaucoup moins entre gens de qualité. Ne faites pas une habitude de celui-ci ! Je n'admettrai plus le moindre retard ou manquement à vos responsabilités, Louis.

Aussitôt le cardinal, qui avait pris place à côté, lui posa une main sur le bras pour la ramener vers lui.

— Ne l'accablez pas, Votre Majesté. C'est moi qui ai accaparé notre jeune roi plus que de raison. Les commandements de Dieu sont parfois impérieux, vous le savez mieux que quiconque.

Elle baissa les yeux.

— En effet, Éminence. Qui suis-je pour m'indigner de ce que Dieu exige ? Prenez à Louis tout le temps nécessaire à l'usage de sa vertu.

Et Louis eut soudain envie de bondir et de gifler le prélat qui se rengorgeait.

Votre intervention ne change rien, Éminence. Vous pensez avoir repris l'ascendant sur moi comme visiblement vous l'avez sur elle. Mais je n'ai de comptes à rendre qu'à Dieu. Et plus d'un tour dans mon sac.

Il enveloppa sa mère d'un regard aimant.

— Me permettez-vous de chanter le bénédicité ?

— Avec joie, lui répondit-elle, d'une voix lissée déjà par les convenances.

Il se leva, porta la main sur sa poitrine, appelant les autres à en faire de même, puis lança d'un timbre pur, mélodieux :

— *Benedic, Domine, nos et cibum capere, et ad bonum usum, ut gratiam nobis de vestra gloria, et pro nostra salute*[1].

— *Aaaamenn…*, entonna d'un seul chœur la tablée.

Le silence retomba.

Tandis que les serviteurs s'affairaient dans des odeurs d'épices et de rôt, qui tranchant, qui goûtant, qui servant viande et vin, il se pencha vers sa mère de nouveau happée par le cardinal au sujet des derniers préparatifs de la cérémonie funèbre et de la protection du convoi mortuaire.

Cela les préoccupait tous, compte tenu du peu de temps qui leur restait et de la menace que sa tentative d'assassinat faisait peser sur sa famille.

— M'autoriserez-vous à m'enfermer dans l'oratoire une fois ce repas achevé ? Charles va mieux, c'est un fait, mais en ces heures sombres, je voudrais prier pour lui sans vous priver de veiller père en toute intimité.

Elle s'attendrit.

— Bien sûr, Louis.

1. « Bénissez-nous, Seigneur, nous et la nourriture que nous allons prendre, et faites-nous-en la grâce d'en bien user pour Votre Gloire et pour notre salut. »

— Frère Étienne n'aura qu'à s'assurer, derrière la porte, que je ne sois pas dérangé.

— Voici qui me ravit, mon fils, l'en félicita le cardinal qui avait prêté l'oreille.

Louis prit une mine contrite. À peine feinte. Se servir du prétexte de son cadet pour arriver à ses fins lui déplaisait autant que de duper sa mère dont la bienveillance restait évidente. Mais il n'avait pas le choix.

Le passage dérobé de sa chambre ne lui permettant plus de rejoindre le cœur de Paris et sa voleuse, il lui fallait utiliser celui que Louis le septième avait fait construire en même temps que l'oratoire.

Dans le soubassement de la statue de la Vierge.

38.

— Laisse-moi te raccompagner, insista Altéric lorsque le bedeau commença à recouvrir le cercueil de terre.

Griffonelle ne répondit pas. Bouleversée, elle n'arrivait pas à détacher les yeux de ce couvercle de bois qui peu à peu disparaissait sous les pelletées.

Après lui avoir présenté leurs condoléances, tous lui avaient renouvelé leur affection, l'assurant de la protéger de la convoitise du balafré. Certains lui avaient demandé si elle savait pourquoi il avait commis ce meurtre, ce qu'il lui voulait, à elle.

Balayant ses larmes d'un revers de manche, elle leur avait répondu la même chose :

— Vous me connaissez depuis le berceau, vous m'avez vue grandir. Qu'aurais-je pu cacher ? Cet homme est fou. Il a pris maman pour une autre.

— Il a pourtant affirmé qu'il lui devait sa cicatrice, lui avait glissé le marchand de vin en aparté.

Elle avait senti son cœur s'emballer à l'idée de détenir enfin un fragment du passé de sa mère. Elle avait soutenu le regard du quinquagénaire dans lequel se lisait une tristesse profonde, refusa qu'il emporte un souvenir faussé de la défunte.

— Avez-vous connu ma mère autrement que douce et généreuse, vous qui l'avez aimée au-delà des apparences ?

— Ma foi, en avait-il convenu, la larme à l'œil.

— Vous voyez bien, maître Vincent. Cet homme s'est trompé. Sans doute préfère-t-il terminer ce qu'il a commencé que le reconnaître. Je ne le permettrai pas.

— C'est que je ne vois pas comment l'arrêter, ma pauvre petite ! s'était étranglée la veuve du tavernier en la prenant dans ses bras.

Griffonelle l'avait étreinte avec d'autant plus d'émotion que, en s'interposant entre elle et l'assassin, son époux lui avait sauvé la vie. Il ne laissait pas seulement cette jolie blonde de trente-quatre ans derrière lui, mais aussi six enfants, dont le dernier n'avait que quelques mois. Griffonelle aurait compris qu'elle lui en veuille.

Au lieu de cela, elle s'était écartée et avait ajouté, écœurée :

— Mon frère et moi sommes allés trouver le prévôt pour réclamer justice. Mais quand nous avons décrit le criminel, raconté la réserve des gardes à son sujet et annoncé le montant de la récompense qu'il avait promise pour toi, il nous a renvoyés en disant qu'il ne manquait ni de ribaudes ni de taverniers au port Saint-Landry et que deux de plus ou de moins ne feraient pas la différence !

— Il est puissant, oui, était intervenue Gaïa qui jusque-là réglait quelques détails avec le curé. Pour autant nous sommes une communauté. Et nous devons nous protéger les uns les autres.

— Pour sûr qu'on ne te laissera pas tomber, petiote, avait affirmé le propriétaire des écuries en l'accolant à son tour.

Griffonelle les avait sentis soudés autour d'elle et une douce chaleur avait submergé sa peine. Malgré tout, sa décision était prise.

Elle avait fièrement relevé le nez.

– Je ne courrai pas le risque de mettre encore quelqu'un en danger. Triboulet veille sur moi. Et Paris ne manque pas de refuges. Quand j'aurai trouvé assez de preuves pour convaincre cet homme de son erreur, quand il se sera tourné vers d'autres occupations que ma traque, je reviendrai, leur avait-elle promis.

Se prenant à l'espérer, ils avaient peu à peu quitté le cimetière par le portillon qu'elle avait forcé la veille avec Triboulet.

Ne restaient plus à présent auprès d'elle que Gaïa, ses tantes, Altéric, le curé et le bedeau qui enchaînait les pelletées.

La pression d'une main sur son avant-bras l'arracha enfin à ses douloureuses pensées. Elle tourna la tête, reçut l'œil inquiet d'Altéric dans le sien, se souvint brusquement de l'avoir entendu lui parler.

– Pardon. Que disais-tu ?

– Je proposais de te raccompagner. C'est maintenant que le danger rôde. Maintenant que tous se sont éparpillés. Nous avons été discrets quant à l'heure de ces funérailles, mais nul doute que l'espion du balafré a dû nous voir porter le cercueil jusqu'à l'église. Et l'office a duré assez longtemps pour qu'il ait pu prévenir son maître. Il se peut bien que ce dernier essaie de te cueillir à la sortie du cimetière. Nous ne serons pas trop de deux avec Triboulet pour nous interposer.

Elle hocha la tête. Elle aurait le temps, durant le trajet jusqu'à leur nouveau repaire, de lui rapporter l'épisode de la cathédrale. Mais auparavant, elle tenait à remercier à nouveau le prêtre.

Elle se dirigea vers lui, pressa avec chaleur les mains qu'il lui tendait.

– Vous lui avez rendu un bel hommage, mon père.

— Je te l'ai dit, Griffonelle, ta mère était généreuse et attentive aux autres. Il était bon de le rappeler. M'accorderais-tu quelques minutes en aparté ? J'ai quelque chose pour toi.

Elle se laissa entraîner en direction de la sacristie.

— Je vous dois des excuses, mon père.

— À quel propos ?

— L'échelle. C'était moi. Et Triboulet.

Il émit un petit rire, la couvrit d'un regard complice.

— Je m'en doutais bien. Surtout après avoir entendu quatre poivrots m'assurer que le diable suspendu au-dessus de la rue leur avait tiré la langue.

Elle lui sourit.

— Vous ne m'en voulez pas ?

— Et de quoi donc, mon enfant, d'avoir déjoué la surveillance d'un méchant homme ? D'avoir voulu dire adieu à ta mère ?

— Vu comme cela.

Il poussa la porte, l'invita à entrer. Un parfum d'encens enveloppait la petite pièce, survivance de celui qu'il avait diffusé autour du cercueil pendant la cérémonie.

— Là, c'est ici…, dit-il en s'arrêtant devant un meuble ouvragé. Ta mère m'a confié un objet il y a quelques années. Un objet précieux qu'elle craignait de voir disparaître dans la poche d'un client. Je pense qu'il te revient de droit.

Elle sentit les battements de son cœur se suspendre tandis qu'il déverrouillait la serrure.

Il sortit un petit coffret, plongea la main dedans et revint vers elle, déconcertée : quoi qu'il tînt dans sa main, cela lui sembla trop petit pour être cette carte que lui avait réclamée le balafré.

Il écarta les doigts, révélant un médaillon suspendu à une chaîne.

Elle s'en saisit en tremblant.

— Il est magnifique, murmura-t-elle, troublée par la gravure qui ornait sa face : trois châteaux bordant la crête d'une montagne.

— C'est de l'or, un or rare, d'une grande pureté. D'où l'inquiétude de ta mère de s'en voir détrousser.

— Elle aurait pu le vendre…, s'étonna-t-elle.

— Ce qu'il représente devait avoir plus de valeur pour elle que tout ce que l'on aurait pu lui en donner. Il y a une inscription au dos.

Elle fit jouer le bijou dans sa main.

— Na Loba, lut-elle à voix haute.

Elle leva les yeux vers le prêtre.

— Savez-vous ce que cela signifie ?

Il lui sourit avec tendresse.

— La Louve, en occitan. Quant à ce que cela voulait dire pour ta mère, ma foi, mon enfant, je ne le lui ai jamais demandé.

39.

Humbert de Beaujeu en était à sa septième taverne quand il entra dans celle-ci, proche de Glatigny. Elle ressemblait à s'y méprendre aux précédentes, avec sa salle aveugle, longue et étroite, ses lambourdes à la peinture écaillée qui soutenaient un plafond bas et ses solives piquées de crochets à proximité des murs sales.

Occupé à remplir les chopes de terre, le tenancier était aussi gras que son tablier, noué à une nuque recouverte de cheveux filasse. Il le salua d'un hochement de tête avant de lui désigner une table.

À peine s'y installa-t-il qu'une brune vulgaire aux formes alourdies lui plaça un giron bombé sous le nez.

— Qu'est-ce tu veux prend', joli cœur ? lui susurra-t-elle de ses lèvres outrancièrement peintes.

Il recula sur son siège, frappé davantage par l'odeur fétide qui se dégageait de ses aisselles que par ses attraits, déjà fanés.

— Cervoise, répondit-il, même s'il savait qu'ici aussi il n'en boirait qu'une gorgée.

Elle se détourna en soupirant, cria sa commande pardessus le tumulte, puis se déplaça sans grâce vers trois hommes, occupés à jouer aux dés.

À cette heure, les estaminets accueillaient tous la même engeance : des désœuvrés en quête de compagnie, des voleurs et des coupe-jarrets cherchant la plus mauvaise association possible, parfois des bourgeois ou des clercs souhaitant monnayer un inavouable service.

Prenant une allure négligée pour mieux se fondre à la masse et observer ce qui l'entourait, Humbert de Beaujeu s'adossa au mur, croisa les mains sur son ventre et noua ses chevilles sur un second tabouret.

Après avoir quitté Louis dans les jardins du palais, Jean et lui s'étaient concentrés sur les moyens qu'Amaury de Montfort aurait mis en œuvre pour tuer le roi et son fils. En Occitanie, servi par le changement incessant de lieu et de situation, il avait pu verser lui-même de petites doses de poison quotidiennes dans un hanap tendu au Lion, jusqu'à la dernière, mortelle. Mais au palais, ils l'imaginaient mal avoir pris le risque qu'on le surprenne au-dessus des galettes. Ce, d'autant plus que, arrivé la veille, il ne pouvait savoir qu'on les destinait à Louis.

Il avait probablement préparé son coup en amont, chargeant un maraud de récolter insidieusement des informations sur les habitudes de Louis auprès de sa servante. Puis, le Lion trépassé, il n'avait plus eu qu'à dépêcher un coursier pour le prévenir d'être prêt à frapper.

Fort de cette hypothèse, Humbert de Beaujeu s'était rendu chez Valine pour l'interroger sur ses nouvelles fréquentations, mais il ne l'y avait pas plus trouvée que chez les commerçants de la paroisse. Il avait alors rencontré sa mère à son travail. Selon elle, Valine était amoureuse depuis peu, mais elle n'en savait pas davantage. Lors, il avait fait le tour des tavernes de la cité, espérant l'y voir avec le maraud. Ou à défaut de rencontrer quelqu'un qui se souvienne d'eux ou de Montfort en sinistre compagnie.

Un rire gras éclata à la tablée voisine. La brune vulgaire avait changé de décor, délacé son amigaut[1] et trempé un téton ramolli dans la chope du barbon qui l'avait accueillie sur ses genoux.

Humbert détourna les yeux. Une rouquine sensuelle zigzaguait jusqu'à lui, un hanap à la main. Jeune, souriante, elle était davantage à son goût.

Les autres ne s'y trompaient pas non plus. Il en repéra deux qui profitaient de son passage pour lui toucher les fesses.

Il attendit qu'elle soit devant lui pour sortir sa bourse et déposer une poignée de sols sur la table.

— C'est beaucoup trop, messire, assura-t-elle en écarquillant les yeux.

— Pas pour ta compagnie.

Elle lui retourna un sourire franc, piqueté de taches de rousseur sur des dents fraîches et blanches.

— Ma chambrette est dans les combles. Mais faudra faire vite. Il n'aime pas qu'on soit absentes trop longtemps, expliqua-t-elle en désignant le tavernier qui n'avait rien perdu de la scène.

— Ça me va, assura Humbert.

Elle possédait un charme indéfinissable qui le troublait vraiment. Qu'elle puisse le renseigner ou non, il y trouverait son content.

Il repoussa le tabouret, enleva la chope d'une main, noua l'autre autour de sa taille fine, puis se dirigea avec elle vers l'escalier.

1. Ouverture dans un corsage pour permettre le passage de la tête.

40.

— C'est l'heure, Triboulet, l'appela Griffonelle en lui pressant l'épaule.

Le nain ouvrit aussitôt son œil unique et s'assit sur un vieux matelas trouvé dans la maison abandonnée de la rue Saint-Père-a-Beu.

— T'es sûre ? Bougre de bougre, j'aurais bien dormi encore.

Elle acheva de tresser sa longue chevelure, un sourire aux lèvres.

— Sûre. Le soleil décline. Si nous voulons détrousser le joli cœur de la taverne, c'est maintenant.

Il bâilla dans son poing fermé.

— S'il est assez fou pour se montrer encore…

— Il viendra. Je te l'ai dit, il est amoureux de moi. Et je ne vois pas de meilleure manne dans l'état où nous nous trouvons.

Le nain s'étira, faisant vaciller la flamme de la chandelle. Le curé leur en avait donné plusieurs pour qu'ils puissent s'éclairer dans leur nouveau repaire : une largesse qui trahissait sa bonté.

— Il suffirait d'attendre demain et l'enterrement du roi. Nobles et bourgeois seront là, entassés au plus près pour voir passer le cortège. À trois, puisque Altéric se propose de nous accompagner, nous n'aurons pas assez de nos poches pour enfouir butin.

Elle soupira à fendre l'âme. Fallait-il encore qu'elle bataille ? Alors que l'heure tournait et que son galant devait déjà l'espérer devant son bol ? Elle ne voulait pas le manquer. Elle ne devait pas le manquer.

— Nous en avons déjà discuté, Triboulet. Dans ces habits nous ne ferons pas un pas au milieu de la foule sans qu'un soldat nous repère. Il nous faut de belles tenues, propres à laisser croire que nous sommes de bonnes gens. Comme nous l'avons fait il y a trois ans quand Philippe Auguste est mort.

Triboulet défroissa sa tignasse, la bouche tordue sur un rictus contrarié.

— C'est ma foi vrai. Mais le moine a dû se réveiller dans les combles et le sang répandu l'aura forcément conduit au cadavre du maraud. Or, qui ne le savait à notre recherche ? Franchement, Griffonelle, nous ne serions pas coupables que nous serions quand même les premiers suspects du prévôt. Sans compter que le balafré a dû lancer d'autres sbires à nos trousses. Circuler est devenu dangereux. Détrousser dans l'île plus encore.

Elle s'accroupit devant lui.

— C'est pour cela que nous devons nous contenter d'un seul coup. Un coup qui nous rapportera assez pour courir chez un fripier, acheter ce qu'il nous faut et revenir nous terrer ici jusqu'à ce que sonne l'heure des obsèques à Saint-Denis.

Il pencha la tête, suspicieux, grimaça :

— Avoue plutôt que tu rêves de le revoir...

Elle haussa les épaules, le sourire enjôleur.

— Et quand bien même ? Une dernière fois et dans notre intérêt à tous les deux ?

Il lui pinça la joue.

— Une dernière fois et dans notre intérêt à tous les deux. Vraiment ?

Elle se mit à rire.

— Promesse de brigand... J'ai pas mieux.

Il lui bisa le front, vaincu.

Elle lissa son surcot puis ses tresses du plat de sa main, pirouetta.

— Comment suis-je ?

— Assez belle pour tourner la tête de ce crétin, affirma-t-il dans un soupir avant de moucher la chandelle.

La minute suivante, ils se retrouvaient dans la rue.

Elle n'avait pas fait dix pas que l'un des chatons habitant la venelle lui sauta, joueur, sur le pied.

— N'y pense même pas, lâcha Triboulet devant son œil attendri.

Elle prit l'air innocent.

— À quoi ?

— À en ramener un dans la couche. Aussi mignon soit-il, il n'a rien à y faire. Et ses puces encore moins !

Elle ne put s'empêcher de rire.

— Toujours aussi rabat-joie.

— Mais réaliste...

Elle n'insista pas. Même si, l'espace d'un instant, l'idée de ce contact chaud et ronronnant lui avait semblé séduisante.

Pour compenser, elle porta la main à son giron, là où dormait le médaillon et sa chaîne qu'elle s'était retenue de passer autour de son cou pour ne pas attirer l'attention.

Elle ne s'était pas encore décidée à lui en parler.

Le fait que Gaïa n'ait pas mentionné le lien entre sa mère et la cicatrice de son assassin lui avait donné à penser que la maquerelle en savait plus qu'elle ne le prétendait. Et elle soupçonnait à présent le nain de s'accrocher lui aussi à quelque obscure promesse.

Capuchon rabattu sur son front, il avançait à pas vifs devant elle pour rattraper la Grand-Rue et son bourdonnement.

Quand j'aurai réuni assez d'éléments, tu ne pourras faire autrement que me révéler ce que tu sais, décida-t-elle.

Pourtant, son cœur se brisa.

Elle avait beau fouiller dans sa mémoire depuis la veille, elle était bien certaine de n'avoir jamais vu de près ou de loin le moindre rouleau de cuir, le moindre parchemin, quoi que ce soit qui puisse ressembler à une carte chez Gaïa.

En vérité, elle en revenait toujours au même point. Elle n'avait rien à échanger contre sa vie.

41.

Comme l'avait appris Philippe Auguste à Louis, l'oratoire de l'Estoile avait été construit en même temps que l'aile royale à laquelle il était rattaché, sous l'impulsion du premier époux[1] d'Aliénor.

C'était une petite chapelle terminée en arc de cercle vitré autour de la Sainte Vierge. Bien que blancs sous une voûte étoilée, les murs ruisselaient de couleurs et de scènes bibliques toutes en transparence lorsque le soleil frappait les morceaux de verre enchâssés dans le plomb. La statue s'auréolait alors, donnant l'impression que la mère de Jésus dégageait elle-même la lumière, jusqu'en ses joues délicatement rosées. Le miracle appartenait à un homme, celui qui avait conçu ce lieu de prière en même temps que la cathédrale : Maurice de Sully[2].

D'ordinaire, Louis y pénétrait avec respect et émotion. Ce jourd'hui pourtant, il était trop perturbé pour s'en imprégner.

N'espérant plus que retrouver sa voleuse, il se hâta de boucler la porte, laissant le chanoine dans la chambre contiguë.

De ce qu'il en savait, son père n'avait jamais utilisé le passage que dissimulait cette pièce, probablement même

---

1. Louis VII.
2. Évêque de Paris de 1160 à 1196.

en avait-il oublié l'existence, peu enclin, lui, à se fondre, seul, dans le bas peuple.

Et mère ignore que, de là, je peux rallier Notre-Dame. Me voici donc tranquille jusqu'à ce que je décide d'en sortir pour assister aux vêpres.

Dans le silence qui nimbait l'espace, il prit une profonde inspiration face à la Vierge. La joue sur l'épaule, elle regardait avec tendresse l'enfant Jésus qui dormait dans le repli de son coude. Il s'agenouilla devant elle, joignit les mains et s'accorda quelques secondes pour lui demander protection et soutien, mais aussi pardon pour la trahison qu'il s'apprêtait à commettre à l'égard de sa mère et de son frère souffrant.

Ensuite, il prit un cierge, contourna le piédestal puis actionna le mécanisme que son grand-père lui avait autrefois révélé dans un repli du drapé.

Comme dans ses souvenirs, une trappe s'ouvrit, libérant un relent d'humidité. Il approcha la flamme du départ de l'escalier qui s'enfonçait dans l'obscurité, la vit vaciller puis diminuer.

Un sursaut d'inquiétude le rattrapa.

Jusque-là ses échappées souterraines n'avaient guère duré que le temps de traverser la cour du palais, temps qu'il mettait pour se rendre de sa propre chambre dans l'aile ancienne jusqu'en l'église Saint-Michel située hors de l'enceinte.

Là, c'était différent. Bien qu'il connût l'existence de cette galerie, il ne s'y était jamais aventuré.

Bah, le tunnel ne doit pas couvrir plus de mille deux cents coudées[1]*. J'y trouverai peut-être quelques infiltrations d'eau mais je doute qu'il se soit effondré. Les bâtisseurs auront veillé à sa solidité.*

1. 550 mètres.

Il descendit les marches d'un pas prudent puis avança, la gorge nouée, sous ces voûtes en plein cintre que la lueur du candélabre sortait délicatement de l'ombre.

Peu à peu, dans le silence que seul troublait le battement régulier de ses semelles sur le sol, il fut regagné par cette sérénité que la fraîcheur et l'écho des églises lui avaient toujours apportée.

Dommage que Louis VII n'ait fait bâtir ce souterrain qu'après sa séparation d'avec Aliénor. Je suis sûr qu'elle aurait adoré l'utiliser pour échapper à la surveillance de l'abbé Suger[1]*, comme moi à celle du cardinal*, pensa-t-il en souriant.

Avec le souvenir de cette femme brillante, lumineuse et conquérante dont sa mère lui avait si souvent brossé le portrait, lui revint celui d'Eloïn Rudel qu'il avait connue dans les premiers temps de son enfance. Il gardait d'elle l'image d'un être hors du temps, tiraillé entre d'anciens savoirs et ceux imposés par l'Église.

« Je ne suis plus de ce monde où l'on ne communie pas avec les arbres, avec les pierres, avec le vent et la pluie. Si puissantes que soient ta ferveur et ta croyance, le sacré est devenu froid, Blanche. Froid et vide », l'avait-il entendue dire à sa mère à sa dernière visite.

Elle était morte peu de temps après, et même sa fille, Anne, avait espacé ses séjours à la cour de France, préférant chanter ailleurs, en des châteaux moins austères, l'amour et la beauté.

Tout ce que Blanche avait choisi de lui apprendre, à lui, au travers des chastes chants liturgiques.

Il n'empêche, mère, vous l'avez dit vous-même : c'est à Aliénor que je ressemble le plus. Une Aliénor qui faisait

1. Conseiller de Louis VI puis de Louis VII, fondateur de la basilique Saint-Denis. Il s'opposa farouchement à Aliénor d'Aquitaine dans sa pratique du pouvoir royal, à l'époque où elle était reine de France.

confiance à la descendante de Merlin pour la guider. Comme hier encore vous avez fait confiance à la prophétie d'Eloïn pour soutenir avec Jean et Humbert que mon père avait été assassiné. L'avez-vous confessé ? Je ne le crois pas, non. Et pourtant, vous êtes la femme la plus pieuse que je connaisse. Preuve que Dieu est dans le souffle de chacun et pas seulement dans celui de l'Église. Je respecterai celle-ci, je me dévouerai corps et âme à elle, à vous, au royaume, à mon peuple, j'en fais le serment. Mais pas avant d'avoir arrêté Amaury de Montfort, pas avant d'avoir sauvé ma voleuse et découvert l'émotion d'être un homme. Seulement un homme…

Il se retrouva bientôt devant une nouvelle volée de marches. Il les grimpa lestement puis chercha le levier d'ouverture de la trappe. Ensuite seulement, ayant posé une main ferme dessus, il éteignit.

Le cœur suspendu, il attendit que se découpe le passage devant lui.

Plus qu'à espérer que personne ne soit sur les tribunes quand je vais sortir.

Trouées par de belles voûtes en croisées d'ogive, elles avaient été placées par Maurice de Sully au-dessus des déambulatoires qui ceinturaient le chœur. Louis s'y était déjà promené en compagnie de ses parents et de l'évêque de Paris. Il savait donc quelle vue l'on avait sur la statue.

Il rabattit son capuchon sur son front, puis se dépêcha de gagner l'ombre d'un pilier voisin. Oppressé, il observa les alentours. Ne vit que des visages baissés, n'entendit aucun pas pressé, aucun cri d'alerte.

Lors, rassuré, prenant l'air d'un pénitent, il remonta à pas lents l'une des travées latérales en direction du parvis.

Quelques minutes plus tard, il poussait la porte du *Coq hardi* situé à quelques rues de la cathédrale.

Il venait à peine d'être installé et servi lorsqu'il eut la sensation d'être observé depuis l'une des fenêtres qui s'ouvraient sur la rue.

C'est elle, devina-t-il aux battements fous et joyeux qui éclatèrent aussitôt dans sa poitrine.

Comme les jours précédents, il fit mine de ne s'apercevoir de rien, rassuré de la savoir vive et entreprenante malgré son chagrin. Et tout à la fois inquiet que quelqu'un l'ait dénoncée à Montfort et que ce dernier ne surgisse, là, maintenant, pour l'assassiner.

Je n'ai qu'un seul moyen pour empêcher cela ! M'assurer qu'elle est bien l'héritière de la carte et la récupérer avant lui.

Mais à peine l'eut-il décidé qu'il en fut terrassé.

Je ne peux pas. Pas tout de suite.

Avant il voulait lui réclamer un nom qu'il pourrait chérir le restant de ses jours sans déplaire à Dieu, puis l'embrasser.

Tout à cette image, il manqua s'étrangler en avalant sa soupe de travers.

Devinant un rire moqueur derrière le vitrage, il sentit monter un peu plus sa température, ses mains devenir moites, ses joues carmin. Il toussa, se racla la gorge, toussa encore, s'essuya le front. Puis, sa superbe regagnée, il recula le tabouret.

Il se leva en essayant de ne rien changer à ses habitudes, celles qu'il avait installées au fil de ses escapades. D'un pas lent et digne, il quitta la table accolée au mur de torchis.

Son émoi était tel pourtant qu'il fut soudain certain que les autres habitués avaient les yeux braqués sur lui.

À croire qu'ils savent tous à quel point elle m'a corrompu avec son sourire et ses œillades. À quel point je suis devenu gourd et stupide.

Il osa un regard autour de lui, comprit qu'il se faisait des idées. Personne ne s'occupait de lui.

Il avait eu l'impression que le silence était tombé. Mais l'auberge résonnait toujours de rires gras, de tintements de hanaps, de discussions enflammées. Même le chien de l'aubergiste se désintéressait de lui, quémandant un os de rouelle à coups de patte sur la cuisse d'un charpentier.

Il reprit dans les narines les odeurs mêlées d'hypocras, de cervoise et de brouet, de fumée et de charcutaille.

Subitement, il fut rasséréné :

Vivant. Je suis vivant. Comme elle. Comme Paris… Mère, comment pouvez-vous croire que Dieu puisse me condamner de vouloir écouter battre tout ce qui constitue mon royaume ? Y compris ce cœur que ma voleuse rend plus fort, plus vibrant, plus ouvert ?

Il inspecta la fenêtre. Elle en était descendue.

Elle m'attend. Moi, bien plus que ma bourse, fut-il convaincu, même si, par un passage discret dans sa chambre, il l'avait mieux garnie encore que d'ordinaire.

Je viens, belle. Je viens tout savoir de toi pour mieux te sauver.

Lors, d'un pas plus sûr, il marcha vers la porte.

42.

Griffonelle ne tenait plus en place depuis qu'elle avait reconnu son galant à sa table.

Tout à son attente, elle dansait d'un pied sur l'autre, Triboulet à quelques pas d'elle, adossé au mur à colombages de la taverne.

Il avait renoncé à jongler, convaincu que l'homme savait maintenant à quoi s'attendre.

Pourvu qu'elle ne se trompe pas. Que cet idiot soit véritablement épris. Qu'il se laisse détrousser en échange de quelques secondes avec elle.

Au moins avait-il pu s'assurer, tandis que Griffonelle collait son nez à la fenêtre, qu'aucun soldat du prévôt ne se trouvait dans les parages.

De fait, si la venelle était étroite et l'établissement pris entre des maisons bourgeoises, pas moins de trois rues permettaient de s'en échapper.

La porte s'ouvrit enfin.

— Bien le bonjour, mon joli ! claironna aussitôt Griffonelle en lui barrant le passage.

Le cœur fou, Louis la laissa virevolter puis lui nouer les bras autour du cou.

— Tu ne dis rien aujourd'hui ? demanda-t-elle presque sur ses lèvres.

Il l'enlaça pour l'empêcher de s'éloigner. Malgré les circonstances, il était heureux.

— Je dis que tu ne manques pas de toupet.

— Moins que toi puisque de nouveau ta bourse est pleine. Me trompè-je ?

Elle planta un œil enjôleur dans le sien, fit marcher ses doigts le long de son surcot de cuir.

Résolu à profiter de sa compagnie, il lui bloqua le poignet à hauteur de sa ceinture.

— Pas cette fois, ma belle…

Il tourna la tête vers Triboulet qui s'était décollé de la façade.

— Et dis à ton complice de rester où il est. Je lui jetterai moi-même ces pièces.

Griffonelle se troubla.

— Est-ce donc que tu veuilles quelque chose en échange ?

— Toi, lui répondit-il sans la moindre hésitation.

Elle éclata de rire.

— Aussi riche sois-tu, je ne suis pas à vendre.

Le sourire de Louis grandit sur ses lèvres.

— Alors je vais devoir te gagner, dit-il en la lâchant.

— Tu as presque failli, hier.

— Recommençons ?

Elle s'écarta de quelques pas, laissa passer entre eux un garçonnet qui courait après son cerceau puis le défia à nouveau d'un regard ardent.

— Chiche…

Il détacha sa bourse, la lança à Triboulet qui la rattrapa au vol. Le temps qu'il se tourne à nouveau vers elle, elle avait pris ses jambes à son cou et zigzaguait entre les passants de la rue d'en face.

Durant quelques minutes, ils se poursuivirent, jouant d'œillades furtives, elle par-dessus son épaule, lui vérifiant que Triboulet ne les suivait pas.

Comme la veille, elle prit soin de créer des obstacles, mais derrière chacun d'eux, elle réduisait sa vitesse, brûlant d'être rattrapée.

Elle finit par tourner l'angle d'une venelle. Elle savait pouvoir y trouver l'abri d'un porche fermé par un lourd portail. L'entrée d'un vieil hôtel particulier que la lumière n'éclairait jamais. Elle s'immobilisa dans cette alcôve et attendit, le cœur suspendu, en surveillant le haut de la rue.

Te voici, s'emballa-t-elle en le voyant dévaler les pavés, éviter une petite marchande de fagots puis un pourceau, le groin dans un caniveau.

Elle attendit qu'il arrive à portée pour lui agripper solidement le bras, l'obligeant à piler et à regarder par côté.

Elle l'attira aussitôt par la manche.

— Trouvée, murmura-t-elle, fiévreuse en se collant à lui.

Il ne réfléchit plus. Il la prit dans ses bras et l'embrassa. Chastement.

Bougre de bougre. Ne sais-tu mieux faire ? se désola-t-elle.

Toute pucelle qu'elle fût, elle en avait assez vu au bors-d'eau pour deviner que les jeux de l'amour étaient bien plus ardents. Elle entrouvrit les lèvres, lui caressa les siennes du pointu de sa langue jusqu'à ce qu'il consente à en faire de même.

Enfin ! se pâma-t-elle en s'abandonnant à la brûlure d'un baiser de plus en plus profond, de plus en plus passionné.

Il finit par leur faire oublier l'endroit, bruyant et passant, où ils se trouvaient. Jusqu'à ce qu'ils manquent de souffle et soient contraints de s'écarter pour le reprendre.

— Ton nom..., trembla Louis, bouleversé de désir et d'émotion. Quel est ton nom ?

— Griffonelle, répondit-elle le nez dans son col aux senteurs de musc et de rose.

Un parfum enivrant, bouleversant.

Étonnamment familier.

Il lâcha un petit rire joyeux.

— J'espérais qu'il te ressemble, qu'il soit à nul autre pareil, que je ne puisse jamais l'oublier... il est parfait, murmura-t-il en cherchant de nouveau sa bouche.

Elle s'abandonna à ce second baiser, plus fougueux encore. Il les laissa pantelants, éprouvés de la même manière.

— Et toi, mon galant ? Toi ? s'enquit-elle, brûlant d'une même attente.

Le sentant hésiter, elle lui posa une main sur le cœur, puis soupira, tristement résignée.

— Non. Ne dis rien. C'est sans importance. Je ne suis qu'une fille de rue et toi...

Moi le roi de France... hélas..., se tordit le cœur de Louis. *Mais tôt ou tard je devrai me découvrir. Alors autant commencer...*

— Louis... Louis de Poissy.

C'était l'appellation qu'il se donnait souvent. Inspirée de son lieu de baptême.

— Louis... Cela convient à ton rang.

Il la serra un peu plus fort dans ses bras, caressa ses cheveux au parfum discret de savon. Prit une grande inspiration.

— Ne dénigre pas le tien, Griffonelle. Il ne m'a pas empêché de te chérir dès le premier regard. Et dans l'espoir de te le dire, de te suivre discrètement hier soir jusqu'à la rue de Glatigny.

Griffonelle s'emballa, rattrapée par ses rêves les plus fous, ceux dans lesquels cet homme l'aidait.

— Et qu'as-tu vu exactement ? demanda-t-elle sans quitter la douceur de son cou.

Il devait lui arracher des confidences. Même si en cet instant il n'avait envie que de la serrer contre lui et de l'embrasser encore et encore.

Reprenant le contrôle sur lui-même, il avoua.

— Un corps à terre. Et toi, me bousculant dans ta fuite.

43.

Je l'ai bousculé en fuyant ? Moi ? se troubla Griffonelle.

Elle se revit remonter en courant la rue Saint-Denis-de-la-Chartre, un rideau de larmes devant les yeux, la terreur et le désespoir au ventre, certaine que le balafré s'était déjà élancé derrière elle.

Où ? Quand ? Comment ?

Brusquement, le choc lui revint en mémoire.

Une silhouette. Qui sortait de la rue derrière l'église Saint-Landry.

Elle l'avait percutée, oui. Violemment. Avant de continuer sa course sans s'excuser.

Elle s'écarta légèrement de lui. Dans ce renfoncement qu'offrait la porte cochère de l'hôtel particulier, l'ombre régnait en maîtresse.

Elle ne put voir ses yeux, mais ce parfum dont elle se nourrissait depuis quelques minutes lui explosa au visage, comme la veille, au moment de l'impact.

Voilà pourquoi il me semblait si familier…

Cet effluve s'était imprégné dans le tissu de sa cotte, l'avait enveloppée à son insu à chacun de ses mouvements et jusqu'à ce que l'odeur du sang ne l'efface.

— C'était toi… Je t'avais semé pourtant, murmura-t-elle, bouleversée, en lui prenant le visage entre ses mains.

— Oui, sur le moment. Mais je n'ai eu qu'à poser quelques questions pour que l'on me dirige sur Glatigny.

Elle se blottit à nouveau contre lui, frissonna sous le joug de cette coïncidence qui servait à la fois son bonheur et ses intentions les plus sombres.

— J'ai fui devant l'assassin de ma mère et d'un des taverniers de la rue, expliqua-t-elle. As-tu vu ce monstre ?

Il préféra mentir pour l'obliger à se confier davantage.

— J'avoue n'avoir jeté qu'un regard vers la foule. On hurlait, on courait. Et toi tu filais. Or c'était toi que je voulais. Je me suis lancé à ta poursuite. Las, tu avais pris trop d'avance. Du coup, je suis revenu sur mes pas pour tenter d'en apprendre davantage sur toi. J'ai bien croisé un cavalier, mais il n'a pas retenu mon attention. Et ce sont les badauds qui m'ont renseigné sur ce qui venait de se passer.

Un cavalier, oui, c'est bien lui, enragea-t-elle en se rappelant l'avoir vu à proximité d'un cheval tandis qu'il parlait encore avec sa mère.

— Il porte une odieuse balafre sur le visage et a prétendu qu'on pouvait le trouver au palais de la Cité. As-tu une idée de qui il pourrait être ?

— Pas la moindre. Mais je peux me renseigner, proposa-t-il.

Elle soupira de soulagement.

— Merci. Je dois savoir à qui j'ai réellement affaire. Il a offert une grosse récompense pour ma capture mais en réalité il me veut morte, comme ma mère.

Louis l'attira de nouveau contre lui, la sentit frémir, s'émut.

— Je ne le laisserai pas te faire du mal, sois sans crainte.

— Vrai ? demanda-t-elle en levant un visage embrasé vers lui.

— Vrai. Ne suis-je pas ici alors qu'après hier soir j'aurais dû te fuir ?

Elle chercha ses lèvres, les trouva aussitôt, brûlantes.

— Alors j'avais raison. Tu m'aimes..., murmura-t-elle dessus.

— Inconsidérément.

Ils s'embrassèrent à nouveau, indifférents aux passants qui les frôlaient, les écrasaient parfois contre le bois du portail pour permettre le passage d'un cavalier ou d'une charrette.

Louis aurait voulu continuer de penser qu'en cet instant ils étaient seuls au monde, mais l'ombre malfaisante d'Amaury de Montfort planait au-dessus de leurs têtes.

— Je t'aime, Griffonelle, mais je ne peux t'aider si tu ne m'en dis pas davantage. Si cet homme est puissant, il obéit à un code d'honneur et de moralité. Or ce code exclut l'assassinat.

Elle se figea, étranglée par un sursaut de colère.

— Pourtant il a percé ma mère de part en part, parderrière, comme un vulgaire brigand ! Avant de trancher la gorge du tavernier qui voulait s'interposer !

— Ne te fâche pas. Je ne réfute pas ce qui s'est passé. Je dis seulement que cela s'apparente davantage à une exécution.

Elle fronça les sourcils, saisie.

Une exécution. Oui. Il a raison. C'était une exécution.

— Qui dit exécution dit condamnation. Ta mère aurait-elle commis un acte répréhensible ? Un crime pour lequel elle aurait été jugée ? Un crime qui aurait appelé une telle sentence et à laquelle elle aurait échappé ?

Elle resta quelques secondes interdite. Elle n'avait pas imaginé les faits sous cet angle.

Une cathare. C'était une cathare qui a défiguré un chevalier français. Voilà son crime...

Mais elle ne pouvait pas l'avouer.

Elle s'accrocha à lui.

— ... Et quand bien même, que lui ai-je fait, moi ? Rien. Rien, je le jure. Je ne l'avais jamais vu auparavant.

Il la pressa contre lui.

— Je te crois. Oui, je te crois. N'a-t-il rien dit ? Laissé derrière lui un indice qui me permette de chercher la vérité de mon côté ?

Elle colla son front à son torse musculeux, soupira, amère.

— Il m'a réclamé une carte en échange de ma vie.

Un frisson balaya Louis. Son intuition ne l'avait pas trompé. Tout était bien lié. Mais il aurait du mal à lui faire croire que c'était par amour qu'il voulait la délester de ce que sa mère lui avait légué.

D'autant que, déjà, elle s'emportait.

— Si seulement je savais ce qu'elle représente et où elle est ! Je la lui remettrais sans hésiter ! Mais ma mère n'en a jamais possédé l'ombre d'une seule. J'en suis certaine.

Fauché dans ses convictions, il se raidit contre elle, insista.

— Ta mère pourrait l'avoir dissimulée.

Elle secoua la tête.

— Non. Ma mère n'avait que moi.

Elle fouilla dans son corsage, lui brandit la chaîne sous le nez.

— Moi et ce médaillon. Il était sa seule fortune. Et la mienne désormais.

— Puis-je le voir ? Il détient peut-être un indice pour retrouver cette fameuse carte.

Soulagée de sentir qu'il la croyait et cherchait vraiment à l'aider, elle sortit du couvert du porche et le lui tendit.

Servi par la lueur fauve qui déchirait le ciel au bout de la rue, il le retourna entre ses doigts, s'efforça de ne pas trahir son émotion devant l'inscription au verso.

Na Loba... Le nom de la femme qui a dérobé la carte à Carcassonne. Plus de doute cette fois.

Il allait le lui rendre, cherchant quoi lui dire pour la forcer à fouiller ses souvenirs, lorsqu'un hurlement explosa.

— Là ! Là, voyez ! Des flammes ! Ce sont des flammes !

Louis et Griffonelle se figèrent au milieu des passants, brusquement tendus dans la direction que cette belle femme mûre, toute vêtue de vert indiquait.

Au travers de cette lueur qu'ils avaient prise pour les vapeurs du couchant dansait à présent de la fumée, une colonne de fumée transpercée de langues ardentes.

— Jésus, Marie, Joseph ! Notre-Dame ! C'est Notre-Dame qui brûle ! renchérit un homme depuis sa fenêtre en s'écrasant les tempes.

Louis sentit tout son être s'embraser avec la cathédrale tandis que le visage de sa mère devant l'oratoire vide s'imposait à lui, lui interdisant à jamais tout espoir de sauver Griffonelle, toute autre échappée.

Le passage secret ! Je dois l'atteindre tant que c'est encore possible !

Abandonnant son aimée, pétrifiée au milieu de la rue, il prit ses jambes à son cou et disparut au milieu des gens affolés.

44.

Humbert de Beaujeu se laissa retomber sur le côté. Essoufflé, comme la ribaude, par une longue chevauchée qui avait largement dépassé le périmètre étroit de sa maigre paillasse.

Convaincu qu'il serait mieux à même, ensuite, d'évaluer les choses, de les poser et d'y faire face, il l'avait bélinée ardemment, épuisant cette tension extrême qui alourdissait ses épaules et son cœur depuis la mort du Lion.

À un moment, le tavernier s'était fait entendre depuis la porte des combles, par un tonitruant :

— Alors quoi ?

— Facturez ! lui avait-il répondu, agacé, les lèvres au creux des reins de la rouquine.

L'homme avait bougonné mais s'était retiré. Lui, non. Ce corps musculeux sous le sien ne demandait qu'à s'offrir encore. Il avait embrassé les fesses charnues sensuellement cambrées, glissé deux doigts dans la fente d'une amande délicatement humide avant d'y enfoncer de nouveau son vit électrisé. Il ne s'était rendu qu'au terme d'une bataille charnelle dont la jouvencelle avait épuisé les armes à grand renfort de râles, de gémissements et de cris.

La crinière en bataille, le corps nu, perlé de transpiration, elle vint se nicher dans le creux de son épaule. Un instant, se berçant des dernières vagues de plaisir, ils restèrent ainsi, à regarder le halo de la chandelle danser sur le haut de la charpente.

Puis elle pivota sur le côté, se redressa sur son coude et soupira.

— Faut que je redescende.

Il enroula une boucle cuivrée autour de son index.

— Reste. J'ai les moyens de te garder encore un peu.

Ses yeux pétillèrent de reconnaissance.

— Tu es généreux et doux. Et beau aussi. Pas comme l'autre chevalier, le balafré.

Humbert se tendit comme la corde d'un arc. Elle se méprit, baissa la tête et se mit à trembler.

— Pardon. C'est peut-être lui qui m'a recommandée. Je n'aurais pas dû le dénigrer. Pardon…

Humbert lui releva le menton, plongea dans ses yeux anxieux.

— Ne t'inquiète pas. Ce n'est pas un ami. Au contraire. Tu me rendrais service en m'en disant davantage sur lui…

Elle s'allégea, retrouva son sourire éclatant.

— Comme quoi ?

— Est-ce un de tes clients réguliers ?

— Oh oui. Il est venu au moins deux fois par semaine ces deux dernières années. Il s'installait à une table, me commandait une cervoise et puis on montait.

Il a dû commencer peu après avoir remis ses fiefs occitans au roi. Étonnant. Son comté est tout de même à deux heures d'ici…

Il se concentra sur son petit nez retroussé piqué de taches de son, tandis qu'elle poursuivait.

— Il disait que je lui rappelais une femme qu'il avait aimée plus jeune. Je crois qu'elle lui a fait du mal parce qu'il me bousculait, chaque fois.

Voilà donc l'explication à sa régularité.

Même si à son sens rien ne justifiait que l'on brutalise une femme.

— Jolie comme tu es, tu aurais pu refuser.

Elle baissa les yeux, sourit tristement.

— Le patron m'aurait battue plus méchamment encore. Alors à prendre une volée, autant être payée. J'avoue que j'ai été soulagée quand il a disparu en début d'année.

Au moment du départ de l'ost, en conclut Humbert.

— L'as-tu revu récemment ?

— Il était là hier soir. Mais pas pour moi.

Le voyant intrigué, elle tordit la bouche.

— À peine entré il a rejoint quelqu'un à une table. J'ai cru que c'était pour qu'il se joigne à nous, alors je suis restée pas loin, mais il n'a même pas remarqué que je l'observais.

— Cet homme, pourrais-tu me le décrire ?

— Une trentaine d'années, je dirais, gros et blond. Avec des mains de troubadour, une manière un peu précieuse de parler, des vêtements de prix et une épée ouvragée.

Humbert se tendit.

— As-tu entendu son nom ?

Elle pencha la tête sur le côté, posa un doigt sur ses lèvres, fouilla dans ses souvenirs.

— Thibault, je crois, mais je ne le jurerais pas.

Humbert, lui, le pouvait. Tout, jusqu'à ce portrait, indiquait clairement que Montfort avait rejoint Thibault de Champagne. Thibault de Champagne qui avait tourné le dos au Lion en Occitanie, appelant son courroux, et qui connaissait par cœur la prophétie d'Eloïn Rudel. Thibault de Champagne que ce matin encore la reine soupçonnait.

Un bruit de course remonta de l'étage inférieur. Humbert fronça le sourcil, alerté. Il fit pourtant taire son instinct et se recentra sur les informations, précieuses, que la ribaude pouvait encore lui apporter.

— Sais-tu de quoi ils parlaient ?

— Non, mais le balafré était crispé et sur la réserve à son arrivée. Finalement ils ont dû s'entendre, car l'homme s'est levé pour partir et le balafré l'a accolé avant de se rasseoir. J'allais m'avancer quand un autre des habitués, un jeune, plutôt joli garçon, est venu le trouver avec deux cervoises. Ils ont discuté. Deux, trois minutes, à peine. Puis le balafré a bondi comme si une guêpe l'avait piqué. Il a jeté une bourse sur la table et il a filé. Maintenant que je sais pourquoi, j'aime autant ne plus le rev…

Elle ne put terminer. Humbert lui avait plaqué un doigt en travers de la bouche.

Cette fois tout son être s'était mis aux aguets.

Dans le silence revenu, ils perçurent des cris, mais ce n'étaient pas ceux, étouffés, de la Cité qui en plus du roucoulement d'un pigeon s'étaient infiltrés sous la toiture tandis qu'ils s'aimaient.

On hurlait. Dehors. Dedans.

Il se passe quelque chose. Quelque chose de grave, comprit-il aussitôt, en habitué des champs de bataille, des cités assiégées.

En habitué du danger.

— Rhabille-toi, vite ! ordonna-t-il en se levant précipitamment pour en faire autant.

Elle s'activa, le cœur suspendu, l'oreille tendue.

Il leur sembla percevoir un grondement sourd, l'écho d'un mouvement de panique dans le ventre même de la taverne, dans la rue qui en desservait l'accès.

Il se tourna vers la ribaude, la saisit aux épaules.

— Prends ce qui t'est nécessaire.

— Mais pourquoi ? Qu'y a-t-il ? s'affola-t-elle.

— Je l'ignore, alors fais ce que je te dis.

Elle hocha la tête, rassembla quelques hardes à la hâte puis le rejoignit au bord de l'échelle.

Il descendit rapidement, avança dans le couloir qui desservait les chambres, la jouvencelle, fébrile, derrière lui.

Un regard par l'escalier lui montra la salle basse vide, la porte ouverte sur la rue emplie de gens qui couraient.

Il entendit le tavernier qui beuglait dans les aigus, surexcité :

— Mais vite, Germaine ! Vite ! Faut filer, j'te dis ! Faut filer !

— Pas avant qu'cette garc' soit r'venue !

À ces mots, le plantant là, elle dévala les marches.

Humbert, lui, courut jusqu'à la fenêtre qui donnait en façade. Il l'ouvrit en grand pour avoir une idée d'ensemble de la situation, convaincu que ce qui provoquait le mouvement de panique était extérieur à la taverne.

La vision de la cathédrale en flammes au-dessus des habitations qui bordaient l'autre côté de la rue le cisailla. Deux cent vingt coudées[1] tout au plus le séparaient de Notre-Dame. Il pouvait presque respirer le souffle de l'incendie, sentir la chaleur démente dégagée par cette langue ardente qui léchait le ciel au milieu d'une épaisse colonne de fumée blanche.

Il entendit galoper derrière lui, se retourna et trouva la ribaude, terrifiée et essoufflée, sur le palier. Elle était remontée en courant, arborait une joue marbrée par une trace de phalanges.

— Elle veut son dû, s'excusa-t-elle.

Humbert s'empourpra.

1. Un peu plus de cent mètres.

— Dis-lui que j'arrive et attends-moi dehors.

Il se remit à la fenêtre, scruta les alentours. Ne voyant plus sa monture, il en déduisit amèrement que l'un des fuyards s'en était emparé.

Tant pis. On fera sans, décida-t-il, refusant d'abandonner la jouvencelle avant de l'avoir escortée au port.

Enfin, il la vit sortir. Il siffla pour attirer son attention et, tandis qu'elle levait les yeux, grimpa sur le rebord de la fenêtre.

Bousculée par les gens qui couraient elle recula, porta les mains à ses lèvres lorsqu'il sauta, avant de sourire lorsqu'il se réceptionna à ses pieds.

La seconde suivante, il lui prenait la main et l'entraînait à la course au milieu des charrois abandonnés.

45.

— Viens ! Il ne faut pas rester là ! entendit brusquement Griffonelle.

Toujours sidérée, elle mit quelques secondes avant de se rendre compte qu'on lui secouait le bras avec violence. Puis une fraction de plus pour comprendre que ce timbre familier n'était pas celui de Louis.

Elle tourna la tête, hagarde, rencontra le regard angoissé d'Altéric.

Au même instant, un choc lui emporta l'épaule, lui arrachant un cri de douleur, la replaçant dans la réalité.

Et la réalité, c'étaient ces langues ardentes qui transperçaient une fumée de plus en plus épaisse montant à la verticale des toits, la rue envahie de gens incrédules se précipitant vers la cathédrale, d'autres qui fuyaient en sens inverse, terrifiés, bousculant tout sur leur passage.

Et elle.

Elle au milieu de ce tumulte, risquant à tout instant de se faire renverser, piétiner, écraser, heurter brutalement comme à l'instant.

Elle sans Louis.

Louis dont elle se souvint de l'avoir vu filer à toutes jambes vers Notre-Dame, alors que les siennes se dérobaient sous elle. Avait-il seulement remarqué, dans cette cohue, qu'elle ne l'avait pas suivi ? Qu'ils s'étaient perdus ?

Un cheval hennit dans son dos, la faisant sursauter. Réagissant aussitôt, Altéric la poussa sans ménagement sous le couvert du porche.

Bien lui en prit.

Affolé par les hurlements et la panique de ceux qui l'encerclaient, le percheron se cabra, jetant ses sabots en avant à l'endroit même où ils s'étaient trouvés.

— Holà ! Ho ! Ho ! hurla le cavalier malmené tandis que le contenu de ses paniers se déversait sur les pavés.

L'animal retomba sur ses jambes au milieu des pommes et de la cohue, forçant son maître à renoncer à son bien et à avancer.

— Ça va ? Tu n'as rien ? demanda Altéric, plaqué contre Griffonelle, le dos labouré à intervalles réguliers par les passants qui couraient.

— Oui... non... je ne sais pas, se troubla-t-elle en faisant jouer son omoplate meurtrie.

Quelques minutes plus tôt, elle se trouvait à la même place, dans le parfum de Louis.

Elle n'arrivait pas à croire que tout soit allé si vite, qu'ils aient été séparés sans même une promesse, un dernier baiser. Pas à croire non plus que Notre-Dame soit la proie des flammes.

Ce grand vaisseau de pierre... Impossible, hurlait sa raison.

— C'est la toiture, entendit-elle hurler par-dessus l'épaule d'Altéric. Les combles qui brûlent !

— Au moins tu n'es plus dedans. Si ça se trouve, c'est le dépravé que vous y avez laissé qui a fichu le feu, ricana Altéric contre son oreille.

Elle se décomposa. Revit le moine étendu à côté de sa lanterne. Une lanterne posée sur la paille, près des vêtements tachés de sang dont elle s'était dépouillée.

Il a raison. Il aurait pu la renverser en se redressant. Ne pas s'en apercevoir s'il était encore à moitié estourbi. N'avoir pensé qu'à redescendre au plus vite pour reprendre une tenue décente.

— Tu trembles… Moi aussi, tu sais, murmura Altéric, le souffle raccourci.

Toute à son hypothèse, elle n'y prêta garde.

Huit heures… Cela fait bien huit heures…

Combien en fallait-il pour que la chaleur grossisse, finisse par embraser les chevrons, les poutres ?

— J'ai envie de toi. Maintenant. Là…, gémit-il.

À cet instant seulement, elle prit conscience de ces lèvres dans son cou, de cette main qui, détachée du panneau de bois derrière elle, était venue chercher l'arrondi d'un sein.

— Arrête ! Ce n'est pas le moment, s'affola-t-elle.

— Moi je crois que si… Ne sens-tu pas ?

Il se frotta contre elle.

Elle paniqua.

— Non, Altéric, s'il te plaît. Je ne suis pas prête à cela.

Il suspendit son geste.

— À cela ou avec moi ? grinça-t-il méchamment. Tu crois que je ne t'ai pas vue te cacher là tout à l'heure, y attirer l'homme qui a payé pour t'avoir ? C'est ça que tu veux ? Que je paye moi aussi ? Tout c'que j'ai que j'mets à tes pieds, ma ribaude… Tout c'que j'ai…, se brisa sa voix.

Sa détresse, sa jalousie l'émurent plus qu'elle ne le pensait. Elle noua ses bras autour de son cou.

— Ne confonds pas tout, imbécile. Il est riche, puissant. Il se laisse détrousser sans se plaindre au moment où nous en avons le plus besoin. Cela méritait bien un baiser, non ?

Comme il ne répondait pas, elle insista :

— Que crois-tu donc ? Qu'il veuille m'épouser ?

Il ricana.

— Ça non. Ça ne risque pas d'arriver !

Elle lui battit l'épaule, soulagée de retrouver son cynisme. Soulagée qu'il soit parvenu à dominer son désir d'elle.

— Cesse de te faire des idées. Je t'ai demandé du temps, Altéric Gauthier. Et pas plus tard que ce matin. Le reste, c'est de la bonne fortune.

Il recula, espérant trouver son regard, mais l'ombre était trop dense.

— Tu me jures qu'il n'y a rien d'autre ?

— Rien d'autre, mentit-elle.

— Alors, c'était quoi ce bijou que tu lui as donné ?

Elle se tétanisa, projetée soudain en arrière. Revit Louis partir à la course.

Le médaillon. Il a gardé le médaillon...

Elle se sentit défaillir, se raccrocha à Altéric.

— Des idées, hein ? grinça-t-il amèrement.

Je dois lui confier une partie de la vérité. Sinon sa jalousie va l'emporter, comprit-elle.

— Tu as raison. Je ne l'ai pas seulement attiré ici pour un baiser.

— Je le savais ! rugit-il, mauvais.

— Tu ne sais rien du tout ! s'emporta-t-elle sur son souffle raccourci. Je lui ai demandé son aide pour identifier le balafré. Quant à ce bijou, c'est le curé qui me l'a remis tout à l'heure dans la sacristie. Tu n'auras qu'à vérifier ! Il appartenait à ma mère. J'ai voulu le lui montrer, c'est tout, espérant... espérant... Je ne sais pas trop quoi !... Que peut-être le dessin de sa gravure lui évoquerait quelque chose, quelque chose qui me mènerait à cette foutue carte. Mais il y a eu cet incendie et il a filé avec. Voilà !

Il resta un moment silencieux, tendu, puis l'attira dans ses bras.

— Pardon… Pardon, Griff… Triboulet m'a demandé de vous suivre discrètement jusqu'à la taverne. Il avait peur pour toi. Peur que tu ne tombes dans un piège. Et moi aussi. J'ai pris le relais quand il s'est enfui. Alors te découvrir si entreprenante… Pardon, répéta-t-il.

Elle soupira, toujours sur la défensive.

— N'en parlons plus… Parce qu'il va falloir que je revoie ce Louis de Poissy.

— Pour récupérer le bijou de ta mère…

— Oui. Pour récupérer le bijou de ma mère. Et les informations qu'il aura recueillies pour moi. Il faut que tu comprennes, Altéric… Je ne suis que souffrance et besoin de vengeance. Mais plus que tout je dois trouver le moyen de convaincre le balafré de me laisser en paix, avec ou sans cette carte.

Il l'embrassa dans le cou, délicatement.

— Je comprends. Plus que tu ne le crois. Promets-moi juste qu'un jour tu seras mienne.

Elle prit une profonde inspiration. Comprit qu'elle ne regagnerait sa confiance qu'à ce prix-là.

— Oui. Un jour je serai tienne. Mais c'est moi qui déciderai quand. Pas toi.

Satisfait, il lui libéra le passage.

Elle fut de nouveau au cœur du mouvement de panique.

— Ne restons pas là, décida-t-il en la prenant par la main.

Jouant des coudes, ils se mirent à courir en direction de leur repaire, bien plus proche de la cathédrale qu'il ne l'aurait fallu en pareilles circonstances.

Enveloppés par cette chaleur anormale, tous étaient aux abois, le moindre incendie pouvant se répercuter de toit en toit et générer des dizaines de victimes. Pourtant, en arrivant en face de la rue Neuve, Griffonelle ne put s'empêcher d'être subjuguée par la beauté terrifiante du spectacle qui s'offrait à elle.

Les flammes s'élevaient en hautes volutes, griffant le pourpre du couchant. Tandis que quelque part devant elle s'ébranlait une cloche, le ciel tout entier s'embrasait.

Aussi ardemment que la forêt de Notre-Dame.

46.

Après avoir quitté dame Ysembart, Amaury de Montfort était retourné au palais. Il s'était renseigné sur l'endroit où se trouvait le cardinal puis avait marché d'un pas résolu vers la chapelle Saint-Nicolas.

Il avait poussé le battant en essayant de tempérer sa colère à l'idée qu'un représentant de Dieu ait pu s'en prendre au roi de France, mais la vision du cercueil au bout de la travée n'avait fait que l'augmenter.

La reine n'est pas là. Tant mieux. Je vais pouvoir confondre Saint-Ange à mon gré, s'était-il réjoui.

Il avait même envisagé de ne rien dire à leurs majestés s'il parvenait à arracher un accord à ce criminel ; accord qui, à la fois, lui permettrait de partager avec lui et lui seul les ressources de la mine et de préserver la vie du jeune Louis. Il suffisait pour cela de prendre Beaujeu et Nesle de vitesse dans leur course à la carte, ce dont il ne doutait pas, ses mercenaires battant Paris à la recherche de la garcette de Mahaut.

La porte de la sacristie qui jouxtait le chœur était ouverte. Au bruit qui s'en échappait, il avait conclu que le cardinal s'y tenait.

Il le vit penché au-dessus d'une petite table, occupé à remettre du charbon dans l'encensoir, comme un simple moinillon.

C'est toi que je ferais bien roussir dessus, honte de l'Église, bourdon cupide et libidineux, songea-t-il en faisant volontairement claquer la porte dans son dos.

Le cardinal pivota dans un sursaut.

— Un peu de respect, comte, l'accueillit-il, vivement courroucé.

— Lequel de nous est le plus irrespectueux, Votre Éminence ? Celui qui, d'un battement, trouble le repos du roi ? Ou celui qui l'empoisonna ?

Le cardinal manqua suffoquer.

— Plaît-il ? s'étrangla-t-il, les yeux exorbités.

— Non, cardinal. Il ne me plaît pas. Il ne me plaît pas que vous ayez assassiné notre sire. Il ne me plaît pas que, ce matin même, vous ayez tenté de recommencer avec son fils, accusa-t-il.

— Comment osez-vous ? trembla Saint-Ange en lâchant de saisissement les grains de benjoin qu'il s'apprêtait à verser dans la coupole de cuivre.

Amaury de Montfort ne se laissa pas troubler par son teint cramoisi et son œil fulminant.

— Si je ne peux rien prouver concernant le roi, j'ai deux témoins à ma disposition pour le reste.

Le cardinal s'empourpra plus encore. Il bomba le torse sous ses vêtements sacerdotaux.

— Ah çà ! Je voudrais bien voir qui !

Amaury de Montfort dut admettre qu'il jouait bien les vierges effarouchées, ce qui, dans son cas, s'apparentait à l'hypocrisie la plus abjecte.

Il resta droit dans ses bottes, les mains croisées au dos tel qu'il s'était planté devant lui.

— Valine, la servante qui porta son matinel au jeune Louis. Et l'épouse de maître Ysembart chez qui elle va acheter ses galettes à l'anis. Galettes qui ont été empoisonnées. Par vous. Là-bas. À l'aube.

— Des femmes ! Vous accordez crédit à des femmes ! s'étouffa le cardinal en se signant.

Il sembla à Montfort qu'il grandissait d'un coup tant il s'étira pour chercher de l'air. Il ne réussit qu'à en trouver un, de suffisance.

— Vous qui n'hésitez pas, devant les habitants d'une rue entière, à assassiner froidement une ribaude et un tavernier ! C'est un monde !

Amaury de Montfort accepta l'accusation sans sourciller. Il fallait bien que tôt ou tard l'information pénètre l'enceinte du palais. Il s'y était préparé.

— J'avais des raisons légitimes. Vous, en revanche... j'attends les vôtres !

Le cardinal suspendit son souffle, gonfla les joues et, l'espace d'un instant, Amaury de Montfort eut l'impression qu'il allait exploser. Il se contenta de monter dans les aigus.

— Mais enfin ! Mais enfin ! Savez-vous bien à qui vous parlez ?

Amaury de Montfort le cueillit d'un sourire méprisant.

— À un légat du pape. Ce qui rend votre crime plus abominable encore.

— C'est insensé ! Vous marchez sur la tête...

Le cardinal se mit à arpenter la petite pièce de long en large, tira sur les pans de sa mozette[1]. Leva les bras au ciel. Prit à témoin un crucifix suspendu au mur entre deux petits vitraux.

— Il marche sur la tête ! Moi ! Un criminel ! Sur la personne du roi ! Et sur son fils !

Il rajusta sa calotte, revint, les yeux exorbités.

— Fou ! Je ne vois que cela ! Vous êtes devenu fou !

Amaury de Monfort s'exaspéra.

1. Manteau court couvrant les épaules des ecclésiastiques lors des cérémonies rituelles.

Ces Italiens et leur emphase !

— Niez-vous entretenir des relations charnelles avec l'épouse Ysembart ? Être allé la voir, ce matin, avec frère Étienne ? Ainsi qu'elle l'affirme ?

Le cardinal se figea. Blême cette fois.

— Ce matin ? Avec frère Étienne ? Mais enfin, dès l'aube, lui comme moi étions en compagnie du chancelier et de l'abbé de Saint-Denis, attachés à tout mettre en œuvre pour répondre aux exigences de la reine et aux dernières volontés du roi !

— Et avant ? insista Montfort, calculant l'heure à laquelle la servante avait dû récupérer les galettes.

— Avant ? Par tous les saints, mais je donnais la messe en la cathédrale, comme chaque fois que je me trouve à Paris ! Deux témoins dites-vous ? J'en ai bien davantage à vous opposer ! Et si vous croyez encore que j'aie pu m'esquiver entre Notre-Dame et le palais, sachez que je n'étais pas seul non plus sur le trajet, l'évêque de Chartres et l'archevêque de Sens m'escortaient ! Quant à frère Étienne, il ne nous a pas quittés !

Amaury de Montfort se décomposa, fouetté brutalement par la réalité.

Posant théâtralement une main baguée de rubis à côté de l'encensoir, le cardinal se rengorgea.

— Vous devriez avoir honte, mon fils ! Honte de calomnier ainsi un des plus ardents fils de Dieu !

Mais Amaury de Montfort n'entendit pas. Son cerveau s'était perdu en détestables conjectures.

Je n'ai tout de même pas rêvé. Valine a bien affirmé avoir croisé le chanoine ce matin quand elle repartait de chez Ysembart. Et cette friponne de pâtissière, elle-même, a convenu avoir tenté de jouir de lui sous l'œil du cardinal.

Et pourtant, en convint-il, Romain de Saint-Ange ne pouvait être pris en défaut.

Les deux femmes ont menti. Mais dans quel but ? Pour couvrir qui ? Forcément quelqu'un qui connaît à la fois les habitudes de Louis et les turpitudes du cardinal, s'affola-t-il avant de chercher à remettre ses idées en place.

Quelqu'un d'astucieux puisque j'ai réussi à perdre toute retenue. Mais pas assez malin pour que son stratagème puisse durer. Sauf s'il voulait juste gagner du temps…

Une vague de froid le doucha. Lui qui n'avait jamais détourné les yeux d'un bûcher ardent, lui qui avait moult fois prêté son épée et son cœur à la Très Sainte Église catholique, voici qu'il avait manqué du plus total discernement et sali effrontément l'intégrité d'un cardinal !

Il recula, tomba à genoux devant le prélat, baissa un front repentant et joignit ses paumes, aussi honteux que confus.

— Pardonnez-moi, Votre Éminence. Le diable s'est posé sur mon épaule et je n'ai rien fait pour l'empêcher de ricaner. S'il y a un coupable ici, que je sois jugé comme tel.

Le cardinal fronça les sourcils sur sa déconvenue. Face à ce retournement inattendu, il hésita quelques secondes avant de considérer qu'il n'avait, jusque-là, rien eu à reprocher à Amaury de Montfort. Tout au contraire. Sa famille comme lui-même avaient davantage œuvré au nom de Dieu que n'importe lequel des seigneurs de France.

Un profond soupir de soulagement relâcha ses traits tendus.

— Relevez-vous… Relevez-vous, voyons. Si Dieu devait condamner les êtres chaque fois qu'il leur prend un moment d'égarement…

Comprenant qu'il parlait aussi pour lui-même, Amaury de Montfort se redressa. En plus d'être profondément embarrassé, il était furieux de la somme replète qu'il avait versée à Valine pour prix de son silence.

Cette garce a été payée deux fois ! L'une pour me parler, l'autre pour se taire ! Elle ne perd rien pour attendre ! se promit-il.

Le cardinal lui tapota l'omoplate, le front perlé.

— Par tous les saints du paradis ! Vous m'avez tout de même donné des sueurs froides.

— C'est que je vous ai déjà vu béliner, Éminence, s'excusa Amaury de Montfort au souvenir d'une paire de grelots battant vigoureusement l'amande d'une servante renversée sur une table.

Le cardinal se laissa choir sur l'un des bancs qui meublaient la petite sacristie.

Son indignation l'avait épuisé.

— Cela est vrai, je le confesse. Ces créatures me bouleversent, et dame Ysembart tout particulièrement. Sachez que je m'en punis autant que nécessaire. Mais là, mon fils ! En ces heures effroyables ! Comment aurais-je eu l'idée ou même l'envie de la rejoindre ? Pris entre les préparatifs de l'enterrement à Saint-Denis, de la cérémonie du sacre à venir, mon soutien à la reine, cette tentative d'empoisonnement et à présent les tribulations amoureuses du jeune roi ! Tribulations que vous n'avez pas arrangées, d'ailleurs ! lui reprocha-t-il.

Amaury de Montfort fronça les sourcils.

— De quoi parlez-vous ?

Le cardinal s'éventa de sa main boudinée.

— De cette gueuse que vous recherchez avec force récompense. C'est d'elle dont notre jeune Louis est épris. Il a la fâcheuse manie, aux dires de la régente, de se fondre parmi son peuple en se servant d'un souterrain qui part de sa chambre. Par conséquent, il vous a reconnu, hier, tandis que vous vous acharniez sur la ribaude. Notez bien que je ne me suis pas, moi, précipité pour vous condamner. Ni même pour vous demander les raisons de ce double meurtre ou de cette traque…

Le sang d'Amaury de Montfort s'était accéléré dans ses veines.

Louis était là. Voilà pourquoi il m'a commis, moi, à cette enquête après avoir découvert l'existence de la mine ! Pour m'écarter tandis qu'il rejoignait la jouvencelle !

— Savez-vous où il se trouve en ce moment ? s'enquit-il, tendu à l'idée qu'il ait déjà récupéré la carte et attiré sur lui, hors les murs du palais et de toute protection, le véritable meurtrier.

— Dans l'oratoire, à prier pour la guérison de son cadet. Depuis deux bonnes heures.

— Seul ?

— Sous la garde de frère Étienne. Lequel, croyez-moi, ne le laissera pas filer.

— C'est au moins cela ! se rassura Amaury de Montfort avant d'ajouter : Êtes-vous sûr qu'avant il n'a pas quitté le palais ?

Son état d'anxiété rendit sa superbe au cardinal.

— Certain. J'y ai veillé. Pourquoi ?

— Cette ribaude que j'ai occise s'appelait Mahaut. Mahaut de Cabaret.

Il vit le cardinal blêmir.

— Cabaret, comme…

— Comme le château du même nom. Elle était la sœur naturelle de ses seigneurs. Une cathare. À qui je dois cette cicatrice.

Un soupir, entre le soulagement et la résignation.

— Justice, donc. La vôtre et celle de Dieu. Je suppose que, par elle, vous espériez aussi retrouver la mine d'or. Je doute que vous y ayez renoncé un jour.

— Rome non plus, de ce que j'en sais.

Le cardinal repiqua un fard avant de battre l'air, devenu pesant, d'une main lasse.

— Je comprends mieux pourquoi vous étiez autant pressé de m'écarter.

— Sauf que je n'y suis pour rien, Votre Éminence. Quelqu'un, quelque part, s'est arrangé pour que les soupçons portent sur vous. Pour me faire perdre un temps précieux.

Le cardinal se frotta le menton, réfléchit, lâcha :

— Beaujeu ou Nesle ?

— Non. S'ils en ont eux aussi après la mine, c'est pour le compte de la Couronne. Or, si l'on a tenté d'assassiner Louis après son père, c'est parce qu'en fréquentant cette jouvencelle, il se rapprochait de la carte qui y mène. La bonne nouvelle c'est qu'ayant été retenu ici, pour l'instant, il ne l'a toujours pas. La mauvaise, c'est que si le meurtrier vise lui aussi la carte, je lui ai laissé le champ libre.

— Je vois, grimaça le cardinal. Que comptez-vous faire ?

— Continuer mon enquête et espérer mettre la main au collet de la fille avant lui.

— Et pour la mine ? Vous vous doutez bien que l'Église ne saurait vous laisser l'exploiter pour vous-même. Si tant est que vous le puissiez. Dois-je vous rappeler que vous n'avez plus aucun droit sur le Carcasses[1] ?

Montfort lui décocha un sourire cynique.

1. Fiefs et terres dépendant de la vicomté de Carcassonne.

— Le pape non plus. Cela étant, vous savez comme moi que la Montagne Noire est seule gardienne de ses secrets. Si j'accède à ce filon, je l'exploiterai sans rien en dire au roi. En ce qui concerne Rome, à vous de décider si votre goût du lucre est plus important que votre conscience.

Comme il s'y attendait, l'œil de Saint-Ange se remit à briller.

— Moitié, moitié ?

— Moitié, moitié, conclut-il, bien décidé à réviser cet accord le moment venu.

À cet instant, un bruit de course transperça le silence de la chapelle, de l'autre côté de la cloison.

Qui trouble ainsi le repos du roi ? pensèrent-ils d'un même élan courroucé.

En face d'eux, la porte s'ouvrit brutalement, révélant à Montfort le visage sale et disgracieux de l'un de ses sbires. Il n'eut pas le temps de sc réjouir à l'idée qu'il ait mis la main sur Griffonelle.

Au moment où, perçant l'épaisseur des murs, l'appel des cloches de la cité se répandait, l'homme lâcha, essoufflé :

— La cathédrale… elle brûle… avec le jeune roi dedans.

47.

Ce qui avait le plus saisi Louis, une fois arrêté au pied de la cathédrale, avait été la chaleur. Une chaleur rayonnante, si intense, qu'en une fraction de seconde il s'était retrouvé inondé de sueur.

À cela s'ajoutait le souffle. Un souffle de forge géante au milieu du craquement des poutres, du gémissement des solives, du pétillement du plomb fondu et du sifflement des vitraux déformés.

Les trois rosaces situées au-dessus de la galerie des rois de Jérusalem reflétaient l'enfer, tant les flammes dansaient au travers du verre.

Elles ne vont pas tarder à exploser, avait-il compris avant de tourner sur lui-même, hésitant brusquement à se précipiter sous ce chapiteau de flammes.

Certains ne songeaient qu'à le fuir en hurlant de terreur. Il les voyait s'éparpiller dans les rues adjacentes, chercher un asile qu'ils ne trouvaient pas. Quelques moines couraient vers le fleuve en réclamant des seaux. D'autres geignaient, désorientés, mains sur la tête. Là, des étudiants appelaient à l'aide, ici, un marchand reculait, hébété, jusqu'à buter sur l'un des contreforts de l'église Saint-Christophe. Beaucoup, chassés de la nef par l'alerte, s'étaient pétrifiés, prenant de plein fouet ce qu'ils avaient à peine mesuré depuis l'intérieur.

C'était effarant. La panique régnait en maîtresse, désorganisant tout. Clercs et laïcs s'égaillaient, telles des fourmis privées de guide, certains que le diable lui-même s'était mesuré à Dieu et l'avait emporté. Évacuant ce qui leur importait le plus : enfants, femmes et vieillards, bibles, oripeaux, missels, vaisselle, couvertures, chandelles, ouvrages saints… les entassant pêle-mêle sur leurs épaules, au dos des mules, dans des brouettes dont les roues vrombissaient sur les pavés, ajoutant au vacarme.

Immobile au milieu de tous, le visage tendu vers le brasier, Louis s'était fait bousculer plusieurs fois avant de se décider : il mettrait trop de temps à rentrer au palais par un autre moyen. Un temps durant lequel sa mère serait rongée de terreur et d'angoisse derrière la porte close de l'oratoire, imaginant le pire à son sujet.

Il ne pouvait le lui infliger.

Sans plus réfléchir, le cœur battant à tout rompre, il s'était jeté à l'intérieur, avait aussitôt été saisi par le contraste entre ce qu'il venait de vivre et ce qui l'enveloppait.

Le ronflement était atténué par la hauteur et l'épaisseur des voûtes. Si ce n'était qu'une question d'heures avant qu'elles ne cèdent, que le parterre, les bancs, les statues ne disparaissent sous un monceau de pierres brisées et de bois calciné, pour le moment encore, la cathédrale ressemblait à une arche.

Une arche sublime et abandonnée dans laquelle régnait, à contretemps, une douce chaleur.

Il avait ralenti son pas, respectueux et bouleversé par l'injustice de cette agonie.

Puis un craquement s'était élevé, une plainte lente, presque majestueuse, comme si la nef tout entière se vrillait pour tendre les bras vers le ciel et prier.

À peine achevée et déjà à reconstruire... Je me voulais roi bâtisseur. Qu'ai-je demandé, Seigneur ? s'était-il déchiré.

Saisi d'un vertige, il avait dû attendre qu'il s'atténue avant de se remettre à courir en direction du chœur, le bruit de ses talons se répercutant comme un glas dans le silence figé.

Il s'était jeté dans le souterrain tel un naufragé sur une terre espérée.

Avant de se rendre compte, la trappe close, qu'il avait oublié de prendre un cierge allumé sur l'un des piquoirs. Pourtant son poing gauche était fermé, presque crispé, comme s'il tenait quelque chose. Quelque chose de précieux.

Le médaillon ! Le médaillon de Griffonelle.

Dans cette fraîche obscurité qui l'encerclait, son cœur s'était emballé au souvenir de la jouvencelle et de l'étreinte voluptueuse qu'ils avaient échangée ; puis, doublement, à la pensée de ce bijou dont elle lui avait confié le secret. Il avait dû s'adosser à la paroi pour ne pas chuter en travers des marches.

L'incendie s'est déclaré quand je m'en suis emparé... comme un avertissement.

Une structure de cette envergure ne pouvait partir en fumée pour un simple avertissement.

L'or cathare serait-il maudit ?

Brusquement lui était revenu en mémoire le récit de la mort de Simon de Montfort, fier sur son destrier, montant à l'assaut des murailles de Toulouse en 1218. Et fauché par un tir de catapulte. Une mort stupide, dans laquelle certains n'avaient pas tardé à voir la vengeance posthume de tous ces cathares qu'il avait menés au bûcher.

Il s'était signé.

Et si cette quête allait me consumer ? Moi et le royaume ? À moins que ce ne soit mon amour pour toi, Griffonelle...

Il avait dû se faire violence pour descendre, la respiration saccadée. Puis, défiant l'étau qui lui broyait la poitrine, il avait repris sa course folle dans le tunnel en serrant ce précieux talisman sur son cœur.

Pour tout ce qu'il représentait de bon ou de mauvais.

48.

Griffonelle entra avec soulagement dans leur nouveau repaire, rue Saint-Père-a-Beu. En quelques minutes, l'air était devenu irrespirable. Rabattue par un vent d'est vers le cœur de l'île, la fumée s'était infiltrée partout, enveloppant les toits, les recoins, pénétrant les yeux, les nez, les gorges, ajoutant à la terreur ambiante que l'appel des cloches n'avait fait qu'amplifier.

Altéric et elle n'avaient pas été épargnés.

Ils se frottaient encore les paupières, lorsque Triboulet déboula de l'étage.

— Je commençais à m'inquiéter. Tout va bien ?

— À part cet incendie et la furie qu'il génère, oui, le rassura Altéric en repoussant une mèche qui lui barrait le visage.

— C'est insensé. Je tourne et retourne les faits dans tous les sens depuis que ce feu s'est déclaré et je ne vois toujours pas comment cela a pu arriver.

— La lanterne du moine, lança Griffonelle d'une voix étranglée, avant de partir dans une violente quinte de toux.

Tandis qu'Altéric se précipitait vers un pichet trônant sur une table bancale, Triboulet se laissa choir sur un vieux banc, aussi délabré que le reste de la demeure abandonnée.

— Tout de même… après si longtemps…

Griffonelle se rinça la gorge avec le claret, soupira, larmoyante.

— Je sais…

— Vous ne pouvez pas rester ici. C'est trop près…, lança Altéric après avoir collé son œil à la fenêtre.

Les flammes se voyaient de là, malgré la saleté et l'épaisseur du papier huilé, la hauteur des toitures environnantes et la fumée qui tourbillonnait.

— Et où veux-tu que l'on aille cette fois ? se désola Griffonelle qui, leur course durant, n'avait cessé de se le demander.

Altéric se tourna vers elle, le visage dur.

— Hors les murs de la Cité. Et y rester. Définitivement.

Elle avala une autre gorgée. Si le vin lui rendit un peu d'allant après toutes ces émotions, cette idée lui sembla insurmontable.

Elle n'eut pas le temps de chercher une parade que Triboulet renchérissait.

— Il a raison, Griffonelle. J'ai vu quelqu'un d'embusqué aux abords de la taverne. Ce n'était peut-être qu'un gueux. Il n'était plus là quand j'ai déguerpi. Mais il faut se rendre à l'évidence. Même sans cet incendie, rester ici est devenu trop dangereux. Partons dès ce soir, d'autant que les meilleurs fripiers sont aux Halles[1]. Nous pourrons nous y arrêter puis sortir de l'enceinte de Philippe Auguste avant que les portes ne soient fermées.

— Parce que passer une nuit à la belle étoile, avec le froid et le risque de se faire croquer par un loup, serait moins risqué à ton avis ? Sans compter le fait qu'en quelques minutes tout a changé. Comment le balafré pourrait-il me retrouver dans cette cohue ? Qui sait

1. Établies par Philippe Auguste et situées rive gauche de la Seine.

combien de temps cet incendie va durer ? Les dégâts qu'il va occasionner ? Les Parisiens voudront peut-être sauver leurs maisons plutôt qu'enterrer le roi demain. Est-il toujours judicieux, dans ce cas, de dépenser notre pécule dans des vêtements coûteux ? De se rendre à Saint-Denis ? lui opposa-t-elle après une profonde inspiration.

Altéric soutint son regard, un sourire narquois aux lèvres.

— Tu sais bien qu'il y aura toujours assez de nobles soucieux de se lamenter en public pour que l'on puisse se remplir les poches. Et pour ce qui est de dormir à l'abri, il y a cette auberge près de la porte Saint-Martin. J'ai de quoi payer pour nous trois, si le fripier vide l'escarcelle de ton galant. Faut juste que je repasse chez Gaïa.

— Alors, voilà, c'est réglé ! s'enthousiasma Triboulet, que les allégations de la jouvencelle avaient fait douter un instant.

Elle comprit qu'il ne servirait à rien d'insister.

Je suis sûre qu'Altéric ne songe qu'à m'éloigner de Louis maintenant qu'il sait que j'ai une bonne raison pour le revoir… Il ne me fait pas confiance. Malgré ce que je lui ai raconté.

Tout ce qu'elle pouvait encore espérer était que son galant se rende aux funérailles et qu'Altéric regarde ailleurs quand elle le trouverait. Parce que, sinon, elle aurait toutes les peines du monde à convaincre les deux garçons de la laisser revenir ici, à la taverne, dans la Cité.

La mort dans l'âme, elle se leva et gagna l'escalier. Une main sur la rampe branlante, elle se retourna vers eux.

— Quitte à partir, autant que ce soit maintenant, tant qu'il reste des passeurs de fleuve. Je rassemble mes affaires.

Elle grimpa les marches d'un pas qui ne lui ressemblait pas.

— Sais-tu ce qu'elle a ? s'inquiéta Triboulet en fronçant les sourcils.

— Je suppose qu'elle s'inquiète pour son médaillon. Votre victime s'est enfuie avec, sans doute pour se rembourser de tout ce qu'il vous avait laissé jusque-là, grinça Altéric.

Triboulet sursauta :

— Quel médaillon ?

— Toi non plus, elle ne t'a rien dit ?

Comme le nain ne répondait pas, il ajouta dans un haussement d'épaules :

— Un bijou qui appartenait à sa mère et que le curé lui a remis après l'enterrement. Elle l'a montré à cet homme dans l'espoir qu'il puisse interpréter sa gravure et la conduise à un indice. Un indice qui la mènerait à cette fameuse carte. C'était stupide. Et je crois bien qu'elle s'en veut maintenant.

Triboulet se ferma un peu plus.

— File devant. On se retrouve au port.

— J'ai dit quelque chose qu'il ne fallait pas ?

Triboulet se leva, ennuyé.

— Non. C'est cette histoire de médaillon. Apparemment, Griffonelle y voit un secret de plus à arracher au passé de sa mère. Et à mon avis, ce n'est bon pour personne.

— T'inquiète pas. Je ne la laisserai pas faire de bêtises. Encore moins avec ce joli cœur, assura Altéric en se dirigeant vers la porte.

Le pas de Triboulet dans l'escalier rejeta Griffonelle dans l'ombre.

S'ils croient qu'ils vont m'empêcher d'avoir des réponses ! trembla-t-elle de fureur contenue.

Elle se précipita dans la chambre, s'empara de la couverture de sa mère pour la rouler. Entendit Triboulet s'arrêter sur le seuil.

— Pourquoi ne m'en as-tu pas parlé ? demanda-t-il.

Elle sut aussitôt qu'il n'avait pas été dupe de sa présence sur le palier. Oscillant entre la tristesse et la colère, elle se retourna, pressa le tissu sur son cœur et lâcha d'un trait :

— Parce que je crois que tu me mens, comme Gaïa. Je suis sûre que tu sais qui est le balafré, pourquoi il a tué maman et ce que cette carte représente pour lui. Tu penses me protéger par ton silence, comme maman qui m'a demandé de fuir. Mais tu te trompes. Vous vous trompez tous ! Cela me ronge, Triboulet. Cela me ronge de l'intérieur…

Ses yeux s'embuèrent. Soulevant un nuage de poussière, elle se laissa choir sur le matelas, frotta ses paupières rageusement.

— … Et tu sais quoi ? Je préférerais qu'il m'attrape ! Je préférerais mourir en sachant pourquoi, que vivre sans jamais rien savoir !

Bouleversé, Triboulet se précipita vers elle. Elle éclata en sanglots dans ses bras.

Lors, il décida qu'il devait lui dire la vérité. Pas toute. L'acceptable. Celle qui lui permettrait de ne plus se mettre en danger. Pour quoi que ce soit.

49.

Par mesure de prudence, Louis abandonna son mantel dans le tunnel, s'épousseta soigneusement, puis, toujours poussé par l'urgence, s'empressa d'entrer dans l'oratoire.

Comme il le craignait, on tambourinait déjà à la porte.

Il reconnut le timbre discrètement rocailleux de sa mère derrière :

— Louis ! Louis ! Ouvrez, de grâce !

Il se précipita vers le battant tout en lissant sa chevelure en arrière.

— Louis !

La voix était étranglée, paniquée.

Il s'y était préparé, mais cela le brisa.

Il passa une manche sur son front baigné de sueur, inspira profondément pour tenter d'apaiser les battements désordonnés de son cœur, puis déverrouilla.

Blanche de Castille était livide. Elle lâcha un soupir de soulagement qui acheva de la rendre diaphane.

— Je vous l'avais bien dit, Majesté, que rien n'avait pu lui arriver, plaida le chanoine pour sa propre cause.

— Pardonnez-moi, mère, si je vous ai inquiétée, s'excusa-t-il en l'attirant dans la petite pièce dominée par le sourire bienveillant de la Sainte Vierge.

Peinant à faire face au déferlement tragique des événements, Blanche de Castille le prit dans ses bras en gémissant.

— Pourquoi avez-vous tardé ? Vous savez pourtant quelle angoisse m'étreint depuis que l'on a tenté de vous assassiner !

Louis prit une profonde inspiration, lâcha la seule idée qui lui était venue tandis qu'il courait dans le tunnel et préparait son mensonge. Si insensé et irresponsable soit-il.

— Oui, je le sais. Mais j'étais comme en transe, emprisonné dans une vision cauchemardesque et improbable. Imaginez-vous : Notre-Dame était en flammes. Cela semblait si réel que j'entendais des hurlements et des craquements. Même mes narines ne respiraient plus que cette odeur de brûlé. J'ai mis du temps à m'en extraire.

Blanche de Castille fut secouée par un long tremblement. Elle recula, les yeux exorbités, lac d'émeraude dans la lumière vacillante des cierges à demi consumés.

— C'est ma foi vrai que vous sentez la fumée.

Elle chancela, au point qu'il doive la soutenir.

— Un siège ! Apportez un siège, hurla-t-il en direction du chanoine resté, ahuri, dans l'encadrement de la porte.

Tandis qu'il se précipitait, Blanche de Castille s'agrippa à son bras, le regard tendu vers la Vierge de marbre.

— C'est elle… Notre Très Sainte Mère… C'est elle… Forcément…

Louis blêmit à son tour.

— De quoi parlez-vous, mère ?

Le chanoine revenait avec un tabouret. Elle se laissa gracieusement tomber dessus, comme un pétale de rose que le vent aurait soufflé. Une larme roula sur sa joue.

— Cet oratoire. La cathédrale. Tous deux dédiés à la Vierge. Tous deux liés. En priant dans l'un, c'est l'autre que votre ferveur a ressenti. Tout est vrai, Louis. Ce que vous avez vu et respiré dans la communion d'âme et de pensée avec Notre Très Sainte Mère. Notre-Dame flambe à une vitesse inimaginable. Le ciel de Paris en est déjà illuminé.

Ne trouvant rien à répondre, Louis tomba à ses pieds et posa sa tête sur ses genoux pour lui masquer son trouble. De nouveau le doute, puissant, terrifiant, le cisaillait.

Et si elle avait raison ? Si en utilisant la statue de la Vierge Marie pour rejoindre la fille d'une cathare j'avais éveillé la colère divine ?

Il avait déjà exclu l'idée d'un avertissement, refusé celle d'une malédiction liée à cet or. Pouvait-il nier encore l'évidence ?

La Vierge ne voulait plus qu'il revoie Griffonelle. Elle se dressait entre lui et sa vertu vacillante comme l'avait fait Blanche de Castille. Une mère au secours d'une autre mère.

Il se mit à trembler. L'espace d'une seconde, sous cette main qui, bienveillante, aimante, était venue se poser sur sa tête, il fut prêt à confesser sa faute.

Mais il se retint.

Je n'ai rien fait de mal, Seigneur. J'ai menti, oui. Mais par amour, seulement par amour. Un amour pur. Qui connaît ses limites. Celles d'un royaume que je vais recevoir de vos mains. Mais les Parisiens n'y sont pour rien. Ma mère non plus. De grâce, sauvez ce qu'il reste de mon âme égarée, de la cathédrale, de l'île ! Sauvez ce qu'il reste et je serai à vous à jamais, promit-il, sincère.

À cet instant l'accent italien du cardinal de Saint-Ange creva le silence dans lequel Blanche de Castille reprenait vigueur.

— Dieu soit loué, Sire ! Vous êtes là !

Louis redressa la tête, vit deux paires de jambes plantées à une toise de lui. Il reconnut les bottes d'Amaury de Montfort près des souliers de corde du prélat.

Et malgré ses résolutions, malgré sa promesse, il ne put s'interdire de le haïr. De vouloir l'empêcher, encore et toujours, de s'en prendre à Griffonelle.

Je serai à vous, Seigneur. Corps et âme. J'en fais le serment. Mais ne me demandez pas d'abandonner une innocente aux griffes cupides et meurtrières de cet homme.

Il se releva, opposa à l'œil suspicieux de Montfort et à l'angoisse du cardinal un sourire d'ange.

— Où vouliez-vous donc que je sois ?

— Dehors, Sire. On vous a vu entrer dans la cathédrale en flammes, bafouilla le cardinal.

Blanche de Castille se signa puis, soutenue par le bras du chanoine, se leva courageusement.

— Il y était, Votre Éminence. En pensée et par la volonté de la Vierge Marie. Quand bien même il n'aura pas bougé d'ici.

Le cardinal fronça les sourcils.

— Je ne vous suis pas, Votre Majesté.

Blanche de Castille balaya l'air d'une main lasse.

— C'est sans importance.

Elle se tourna vers Louis, immobile, les mains jointes, les traits refermés sur sa faute, mais suffisamment empreints de la gravité des événements pour s'auréoler d'innocence.

— Avant de vous rejoindre, j'ai ordonné à tous les compagnons de votre père ainsi qu'à nos soldats d'entourer la cathédrale et de coordonner le travail des porteurs d'eau.

— Tous, mère ? se troubla Louis.

Elle lui caressa la joue, un triste sourire aux lèvres.

— Ne vous inquiétez pas pour moi. J'applique à ma personne les recommandations que j'exige de vous. Jean de Nesle est dans le couloir. Je lui ai demandé de nous servir d'escorte. À moins, comte, que vous n'ayez déjà arrêté ce meurtrier qui nous tourmente, ajouta-t-elle en direction d'Amaury de Montfort.

Il s'inclina devant elle, la mine pincée.

— Hélas, non, Votre Majesté. Mon enquête piétine.

Et pour cause, chacal. Tu ne risquerais pas de t'accuser toi-même, s'agaça Louis en espérant que de son côté Humbert de Beaujeu ait réussi à accumuler des preuves contre lui.

— Retournez-y, le somma la reine. Le royaume compte aujourd'hui assez de malheurs pour que nous y ajoutions ma mort et celle de mon fils. Quant à vous, Louis, accompagnez-moi sur les remparts, face à Notre-Dame. Je veux l'avoir devant les yeux pour prier.

— Oui, mère. Prier. Prier est la seule chose que nous puissions faire, approuva-t-il.

— Je vous y encourage en effet, Sire. On ne prie jamais assez… ou au bon endroit…, rebondit Amaury de Montfort.

Il sembla à Louis que son regard lui transperçait l'âme.

Il n'est pas dupe, comprit-il.

Son cœur se suspendit.

Aurait-il pu découvrir mon lien avec Griffonelle ?

Tout aussitôt les paroles du cardinal lui frappèrent la mémoire.

On m'a vu entrer dans Notre-Dame… « On »… Quelqu'un qui la surveillait, elle, et m'aura reconnu…

Il s'efforça de sortir sans trahir son trouble, s'immobilisa en voyant sa mère suspendre son pas et se retourner.

— Nous accompagnez-vous, Éminence ?

— Pas encore, Votre Majesté. J'ai quelques points à éclaircir en compagnie de messire de Montfort avant qu'il ne s'éclipse. Mais je vous rejoindrai, ajouta-t-il en déposant sur Louis un œil sévère.

Cette fois Louis n'eut plus de doute. Ces deux-là étaient alliés et allaient tenter de découvrir par quel endroit il s'était échappé.

50.

La foule était si nombreuse que Griffonelle et Triboulet peinaient à progresser au milieu des embouteillages de chariots, de cavaliers, de piétons et d'animaux. Paniqués, surexcités à la limite de la violence, tous tentaient de quitter l'île. Outre le danger sous-jacent, s'ils persistaient dans cette nasse, ils mettraient des heures avant de pouvoir traverser le fleuve, et le fripier, aux Halles, serait fermé.

Fort de cette conclusion, le nain rattrapa Griffonelle qui zigzaguait devant lui, la retint par le bras et lui désigna la venelle par laquelle ils espéraient rejoindre le port. Elle était complètement bouchée.

— Le mieux serait de redescendre à l'autre bout, lui cria-t-il pour dominer le vacarme.

Elle approuva d'un hochement de tête. Ils se faufilèrent entre le cul d'une charrette et le nez d'un bœuf, jouèrent des coudes mais finirent par atteindre un escalier étroit pris entre deux bâtisses.

Ils grimpèrent l'un derrière l'autre, mais il nota qu'elle continuait de serrer son baluchon sur sa poitrine et, comme tout à l'heure, son cœur s'étrangla.

Elle connaissait désormais l'existence de l'or. Elle savait que la mine dans laquelle il affleurait appartenait autrefois à sa mère et à ses oncles, les seigneurs de Cabaret. Qu'en épousant la religion cathare et son vœu de pauvreté, ils avaient choisi de la fermer puis d'en dissimuler l'accès, ainsi que d'autres de fer, d'argent et de cuivre qu'ils possédaient. Que Mahaut avait demandé à son amie d'enfance, Na Loba, de faire disparaître de Carcassonne toutes les traces permettant de remonter aux gisements et de les lui rapporter. Que les Montfort père et fils avaient fini par le comprendre. Qu'Amaury avait essayé de reprendre ces documents à Mahaut, mais qu'elle lui avait échappé, lui laissant cette griffure au visage.

Elle savait aussi que Mahaut avait brûlé la carte originelle, avant d'en tisser une autre quelques années plus tard, plus discrète.

— Une autre qui ne t'a jamais quittée et que tu serres en ce moment même sur ton cœur, Griff..., avait-il avoué dans cette chambre qui avait accueilli ses aveux.

Elle s'était mise à trembler en baissant les yeux sur sa couverture.

Alors il avait seulement ajouté :

— Elle est ce que ta mère t'a légué de plus précieux, avec ce médaillon qui marque le point de départ de la carte. Il te suffit de bien le placer sur l'étoffe pour qu'elle prenne un sens. Ta mère ne voulait pas que je t'en parle. Pour que cette couverture reste ce qu'elle est : un symbole. Le symbole du renoncement de toute richesse au profit de la chaleur et de l'amour. Cet amour immense, fait d'abnégation et de dépassement de soi, qu'elle te portait.

Griffonelle avait éclaté en sanglots, bouleversée.

Mais il se sentait misérable. Misérable d'avoir failli, pour une partie, à sa promesse à Mahaut.

Bah... elle ignore toujours que Mahaut n'est pas sa mère et les raisons qui l'ont conduite à l'enlever. Là est l'essentiel. Oui... là est l'essentiel. Pour le reste, j'ai fait ce qu'il fallait, s'était-il réconforté avant qu'elle ne bondisse et éructe.

— Montfort ne l'aura jamais ! Plutôt mourir que de la lui donner ! avait-elle rugi en fourrant sa couverture dans son baluchon.

Comment aurait-elle pu s'en séparer désormais, l'échanger contre sa vie ? avait conclu Triboulet. Ce n'était pas un simple bout de parchemin griffé de signes. C'était tout ce qui lui restait de son enfance joyeuse. Un grand carré de laine que Mahaut lui déposait sur les épaules le soir pendant les veillées, qu'elle lui ajoutait par-dessus le drap au moment du coucher, juste avant de l'embrasser, ou dans lequel elle se glissait elle-même avant de l'attirer sur ses genoux pour la bercer. En grandissant, Griffonelle ne s'en était pas détachée, au contraire. S'y enrouler lui était resté essentiel, indispensable. Même si suivre de son index les courbes, les lignes, le dessin des sapins, des roches et des cours d'eau était devenu automatique quand elle élaborait un nouveau plan de rapines. Ou, comme ces jours derniers, quand son cœur rejoignait en pensée l'inconnu de la taverne. Lorsqu'ils s'étaient installés dans les combles de la cathédrale, Griffonelle avait fait de cette couverture un refuge contre son chagrin. Parce qu'en plus de tous les souvenirs qu'elle protégeait, le parfum de sa mère s'en échappait chaque fois qu'elle la brassait ou la portait à ses narines.

Qui mieux que lui aurait pu comprendre son revirement ?

Il s'arrêta devant un mur aveugle qui leur barrait le passage, jaugea l'épaisseur des poutres intercalées entre les pierres sèches. Elles saillaient suffisamment pour qu'un pied et une main puissent y prendre appui.

— Je vais grimper le premier, décida-t-il.

Sans attendre de réponse, il se hissa avec souplesse puis incrusta ses doigts dans les aspérités.

Quelques secondes plus tard, il s'allongeait sur le pignon et, bien calé, laissait pendre son torse dans le vide.

Griffonelle lui balança le baluchon, puis le sac des victuailles. Il les récupéra facilement l'un après l'autre.

— À toi, maintenant.

Elle tordit la bouche en le voyant de nouveau tendre les bras vers elle.

— Tu es sûr ?

Il souffla pour repousser l'épaisse chevelure qui lui recouvrait le visage.

— Sûr ! Je ne te laisserai jamais choir, tu le sais bien. Souviens-toi juste de ce que je t'ai appris.

Des picotements d'excitation dans les mains et les jambes, elle hocha la tête. Elle avait toujours aimé ces moments de voltige où ils se jouaient de la pesanteur. Même si là, le risque qu'elle se brise en contrebas était moindre que lorsqu'ils défiaient les sculptures infernales de la cathédrale.

Elle s'envola.

À peine fut-elle à ses côtés que le souffle lui manqua.

Le vent avait tourné, chassant la fumée et les flammèches vers la rive droite, protégeant les habitations, mais révélant crûment les ravages de la bâtisse.

— Bougre de bougre, vu d'ici, c'est encore plus…

— Oui…, dit-il, manquant lui aussi de mots pour décrire l'émotion qui venait de les emporter.

Incapable soudain de détourner les yeux, elle s'assit près de lui, les pieds ballants dans le vide, face à ce foyer géant qui pétillait à moins de trois cents coudées[1] d'eux. Si haut et dense dans la nuit qui s'avançait que sa chaleur les irradiait.

Confiant en ce temps qu'ils allaient rattraper à chevaucher les toitures, Triboulet lui enroula les épaules. Elle se colla à lui. Alors que les habitants continuaient de se

1. Environ 137 mètres.

bousculer dans le dédale des ruelles, une vague de paix déferla en elle.

Elle attira son baluchon, le tassa sur ses genoux.

Ce gouffre créé par le manque de réponses se comblait peu à peu. Elle inspira profondément. Si terrifiant que soit cet incendie, il charriait l'odeur d'un feu de cheminée, réconfortant et chaleureux, un de ceux qu'ils allumaient dans la cuisine du bors-d'eau. Quand ils se réunissaient tous pour contempler la danse subtile des flammes, quand ses tantes chantaient et que tremblaient les chansons de geste dans la voix profonde de Triboulet.

Elle ne lui en voulait pas, non. En quelques mots, le nain l'avait confrontée au courage et à l'héroïsme de sa mère : Mahaut avait choisi de défier les Montfort père et fils, tablant sur le fait que l'or de la mine n'aurait servi qu'à donner plus de moyens à la croisade. Des moyens pour d'autres persécutions, d'autres bûchers. Pour sauver des vies, pour sauver leurs vies, elle avait tout abandonné derrière elle, quitte à vivre dans le mensonge et l'opprobre.

Tu as fait le bon choix, maman. Mais j'aurais aimé que tu le partages avec moi… Peut-être attendais-tu simplement le bon moment…

Sa mère l'avait élevée dans l'espoir qu'elle rencontre quelqu'un de bien. Quelqu'un qui la rendrait heureuse. Quelqu'un qui la sortirait de Glatigny tout en la protégeant des fureurs du passé.

Un sourire tendre étira ses lèvres.

Tu sais ce que je crois ? Je crois que, quoi qu'en pense Triboulet, si tu as reproduit la carte sur cette couverture au lieu de la vouer à l'oubli, c'était pour qu'elle constitue ma dot le moment venu…

Le visage de Louis de Poissy dansa devant ses yeux. Son cœur s'emballa dans sa poitrine.

Sera-ce suffisant ?

— Sais-tu qui est mon père ? demanda-t-elle soudain dans ce vacarme de cris, d'injures, de grincements, de craquements, de meuglements, qui, remontant du sol, nourrissait la plainte d'agonie de la cathédrale.

— Non, mentit Triboulet avec tout l'aplomb qui lui restait.

— Mais je suis de noble naissance puisque maman l'était, n'est-ce pas ?

— Oui, lui concéda Triboulet.

Elle laissa échapper un petit rire.

— Et avec tout cet or, je suis riche… donc puissante…

Il tressaillit, se tourna vers elle, inquiet.

— Oh non non non non non non non !

Elle haussa les épaules, fit la moue.

— Tu ne sais même pas à quoi je pense…

— À te pendre de nouveau au cou du jouvenceau de la taverne. Enroulée dans ta couverture !

Elle éclata de rire, lui décocha un coup de coude dans les côtes.

— Reconnais que s'il m'épousait, Amaury de Montfort ne pourrait plus m'atteindre. Ni moi ni le filon… Et maman aurait ce qu'elle avait toujours souhaité pour moi. Un beau mariage d'amour…

— Cela ne va pas plaire du tout à Altéric, ça…

Elle planta son œil mutin dans le sien, pianota de l'index sur son menton renfrogné.

— D'une, je ne suis pas amoureuse d'Altéric et il faudra bien qu'il s'y fasse. De deux, on n'est pas obligés de lui en parler pour l'instant. De trois, j'ai été baptisée, ce qui fait de moi une bonne catholique. De quatre, les seigneurs occitans ont tous rendu les armes… sauf celui de Toulouse, mais lui, on s'en fiche ! Donc, même si ma famille a fui ou a été décimée, je peux porter haut le nom de Cabaret. Et de cinq… depuis quand ferais-je autre chose que ce dont j'ai envie ?

51.

— Que comptez-vous faire ? demanda le cardinal en s'immobilisant devant la Vierge de l'oratoire.

L'espace d'un instant, Amaury de Montfort se demanda si c'était à elle qu'il s'adressait ou à lui.

La réponse lui vint aussitôt. Se détournant de la statue, le cardinal planta un regard ennuyé dans le sien.

— Si rien ne sonne creux, c'est qu'il n'y a pas d'issue secrète.

— Le roi sentait la fumée, vous l'avez remarqué comme moi. Il faut bien qu'il s'en soit imprégné quelque part. Où, sinon dehors ?

— Si je puis me permettre…, insista le chanoine qui leur avait fait dans le détail le récit de sa garde, de l'arrivée de la reine puis du discours de Louis.

— Si ce n'est pour apporter une solution concrète, non, vous ne pouvez pas, le faucha Amaury de Montfort que l'excuse de cette « transe » ne convainquait toujours pas depuis qu'il avait entendu le récit du maraud reprenant souffle dans la sacristie : « On d'va enquêter aux abords d'la cathédrale avec l'Baptis't. L'est entré, moi j'suis resté dehors. Pis j'ai r'connu l'nain qu'en r'ssortait avec un moin' qu'avait pas l'air catholiq'. J'les a filés. Z'ont détroussé un notab' pis z'ont été chez la Marguerit'. Lors m'suis dit qu'y fallait qu'vous prévien'.

Mais j'vous a pas vu. Et l'Baptist'non pu. Alors m'suis dit qu'y finirait par m'trouver et m'rel'ver si j'restais au cul des deux aut'. Sauf qu'j'a vu l'roi qui la r'joignai, pis qui la bisait un peu pu loin. Me suis dit “Dame !” j'savions pu qu'faire. M'suis gratté le calat[1] et pis l'roi a filé vers la cathédral'. Alors, vu qu'j'savions où qu'les deux autr' s'cachaient... »

Amaury de Montfort s'approcha de la dernière portion de mur qu'il lui restait à explorer. Avec le crépuscule, ne l'habillaient plus que les lueurs tremblantes des cierges.

Il toqua du revers de son index. Sans plus de succès que les fois précédentes. De fait, rien, pas même le sol que le cardinal avait frappé du pied, ne leur avait offert l'ombre d'une porte dérobée.

— Vous voyez bien ! laissa tomber le chanoine, vexé d'avoir été rabroué.

— Ne pas trouver de passage ne signifie pas qu'il n'y en ait aucun, lui rétorqua Montfort avant de se tourner vers le cardinal : C'est assez. Je pars ! Il me reste une chance de confondre ces deux coquines qui vous ont dénoncé. À condition qu'elles n'aient pas pris la fuite comme la majorité des habitants de l'île.

Il marcha d'un pas vif vers la porte, se retourna avant de franchir le seuil et toisa le cardinal, aussi pétrifié par les circonstances que la statue derrière lui.

— Restez auprès du roi. Il nous a joué par deux fois. Cela ne doit plus arriver.

Le cardinal poussa un soupir résigné et Amaury de Montfort le quitta d'un pas cadencé, l'esprit happé à la fois par la nécessité d'identifier le meurtrier et de saisir Griffonelle le premier.

---

1. Crâne.

Tuer Mahaut était peut-être une bonne idée, finalement. En mettant sa garcette en fuite, je nous ai peut-être mis à égalité, ce cancrelat et moi.

Avec désormais un avantage en sa faveur. Il avait renvoyé le maraud, le chargeant de ramasser quelques hommes agiles au couteau, de la capturer à son repaire et de tuer quiconque les empêcherait de la lui ramener.

Il emprunta le long corridor qui reliait les appartements royaux à l'*aula regis*, puis dévala l'escalier extérieur sous un ciel dément traversé de bandes de fumée âcre et de lueurs ardentes.

La cour était aussi déserte que le palais lui-même. Il leva les yeux en direction du chemin de ronde qui l'encerclait. Les silhouettes s'y massaient, visages braqués en direction de la cathédrale.

Un instant il se demanda si l'empoisonneur n'était pas aussi l'incendiaire de Notre-Dame, avant de chasser cette idée de son esprit.

Personne ne serait assez fou pour s'offrir semblable diversion. Non, personne.

Il fonça en direction des écuries, convaincu qu'il ne pourrait fendre à pied la foule dont il entendait les vociférations et les cris au travers des murs d'enceinte sans jouer des éperons et de l'épée. Comme il s'y attendait, aucun palefrenier n'était à son poste.

Tout faire soi-même ! rumina-t-il en décrochant sa selle d'un support.

Il en recouvrit son cheval, sangla, sans doute un peu trop car la croupe de l'animal frémit sous ses doigts. Il ne changea rien pourtant, s'empara de la longe et le mena dehors.

Il allait le monter lorsque le bruissement des graviers attira son attention.

— Comte ! Comte de Montfort ! Attendez ! s'écria une silhouette lancée à pleine course dans sa direction.

Il suspendit son geste, fronça les sourcils. Il fallut que le jouvenceau soit devant lui, essoufflé, pour qu'il le reconnaisse comme l'un des commis de cuisine.

— Je... vous... cherche... partout... depuis... long..., s'époumona ce dernier en plaquant ses mains sur ses genoux.

— Eh bien, vous m'avez trouvé. Donc ?

Le commis toussa, cracha pour s'éclaircir la voix, en vain.

— C'est... maître... Timier... qui... m'envoie... à... propos... de... de... Valine...

Une bouffée de plaisir l'envahit. Si cette garce avait eu l'audace de revenir au palais, il la ferait mettre directement aux fers. Outre que cela lui éviterait d'aller patauger dans la fange pour la saisir au collet, il pourrait filer directement chez Ysembart. Gagnant ainsi un temps précieux.

— Où est-elle ? En cuisine ?

Le garçon secoua la tête. Il sembla à Montfort qu'il avait repris des couleurs, mais peut-être n'était-ce que le jeu de ces lueurs fauves qui parvenaient même à troubler les ombres.

— Oh, non... elle n'y viendra plus... pour sûr, répliqua-t-il, son souffle en partie regagné.

Avant qu'Amaury de Montfort n'ait pu se demander pourquoi, il ajoutait dans un soupir :

— Elle est morte... assassinée.

52.

La berge, les pontons, les barges, tout était pris d'assaut déjà lorsque Triboulet et Griffonelle parvinrent au port. Une rixe avait même éclaté au seuil du fumoir du sieur Glatigny, formant un attroupement de badauds qui, comme souvent dans ces circonstances, pariaient sur le vainqueur.

Preuve, songea Griffonelle en baissant le front sous sa capuche, *que l'appât du gain sait rabattre les peurs les plus tenaces.*

Elle se fraya un passage, ne gardant en point de mire que les jambes torses de Triboulet qui avançaient au milieu des autres, trépignant.

Même si dans cette nuit brutalement tombée la lumière était rare, mélange hasardeux des dizaines de lanternes que les gens promenaient, du jeu de la lune au travers des nuages et de ce brasier dans leur dos, quelqu'un pouvait toujours la reconnaître, s'emparer d'elle et la ramener de force devant le balafré. Juste au moment où elle entrevoyait enfin le moyen de se sauver et de se venger de lui.

Elle ne lui pardonnerait jamais son crime, mais elle saurait se satisfaire de le voir ronger son frein sans pouvoir les atteindre, elle et la mine, si elle épousait Louis de Poissy. Il ne se passerait pas un jour sans qu'elle le défie de sa puissance, de sa richesse, de son bonheur, de tout ce dont il avait privé sa mère par sa cupidité.

Bien plus jouissif que de le piquer d'une lame, se réjouit-elle de nouveau avant de se faufiler au milieu d'un groupe qui s'impatientait.

Elle maintint plus solidement son baluchon contre elle, joua des coudes pour passer entre deux marauds.

— Holà ! ragea l'un d'eux en la retenant par l'épaule. À la queue, comme tout le monde !

Dans son exaspération, il lui avait découvert le visage et la regardait maintenant fixement.

Elle se liquéfia, craignant soudain qu'il ne l'ait reconnue et décide d'empocher sa récompense.

Elle voulut se dégager. Il resserra son emprise.

— Où tu crois aller, la belle ? se moqua-t-il, l'œil cupide.

À l'instant où elle voyait ses craintes se vérifier, il se crispa, blêmit, et elle reconnut Altéric près de lui. Il avait surgi subrepticement et elle ne douta pas un instant qu'il lui piquait les côtes avec son poignard.

— Tu devrais la laisser passer, mon gars, lui conseilla-t-il, mauvais.

Le maraud la relâcha aussitôt.

Elle se hâta de se mettre hors d'atteinte et de vue, soulagée de sentir qu'Altéric la suivait de près.

Elle finit par regagner son calme et s'immobilisa au milieu de cette foule qui grouillait.

Altéric se posta près d'elle.

— Vois-tu Triboulet ? Je l'ai perdu, lui demanda-t-elle, inquiète.

— Là.

Elle suivit la direction de son index, aperçut le nain qui, juché sur une bitte de bois, dominait d'une tête celle des autres. Il leur faisait signe de ses bras noueux.

— Mieux vaut que tu te colles à moi, intima Altéric en la prenant par la main.

Cela aurait dû achever de la rassurer. Au contraire, elle se crispa sous le souvenir, déferlant, de son contact trop proche, trop appuyé de tantôt.

Tandis qu'ils progressaient péniblement parmi la marée humaine et grondante, elle mesura soudain que son attitude, sa violence larvée, l'avaient atteinte plus qu'elle ne le pensait. Comme si son amour pour elle avait révélé une part sombre de lui, que rien, depuis leur enfance, n'avait laissé supposer. Une part dont elle devrait désormais se méfier.

Comment réagira-t-il quand il saura pour la mine, quand il découvrira que je compte sur cette richesse pour gommer ma différence de condition avec Louis et m'en faire épouser ? Quand il comprendra que je ne lui appartiendrai jamais ?

En réalité, elle l'ignorait, mais cela l'effrayait.

— J'ai trouvé un autre moyen de traverser sans risque, annonça-t-il lorsqu'ils arrivèrent enfin devant Triboulet.

— Par quel miracle ? sursauta le nain, revenu au sol, à l'écart d'un groupe dont trois des enfants hurlaient.

— Une de mes connaissances m'a loué sa barque. Il ne veut pas quitter l'île. Il est persuadé que le feu va s'éteindre.

— Et si ce n'était pas le cas, s'il changeait d'avis ? s'inquiéta Griffonelle, touchée par la détresse des mères peinant à calmer leurs bambins.

Altéric pointa du doigt les appontements. Les passeurs remplissaient jusqu'à l'entassement. Au risque, en plein courant, de chavirer.

— Il lui restera toujours cette solution-là… En ce qui me concerne, je la lui laisse volontiers, et pour un bon prix, crois-moi. Avant longtemps, c'est ici que ça va s'embraser.

Elle regarda autour d'elle. Il avait raison. On se bousculait, s'empoignait, se hurlait dessus. La peur de ces flammes qui ronflaient de plus en plus bruyamment poussait même les gens à courir après les barges détachées de la berge, à jeter par-dessus bord ceux qui s'y trouvaient pour prendre leur place. La folie gagnait.

Tant pis pour cet homme. Il a fait son choix, se décida-t-elle en baissant les yeux.

Elle ne pouvait rien pour personne.

— Où est-il ? Le canot ? demanda Triboulet dont le front s'était plissé d'une ride sceptique.

— Un peu plus en amont, presque en face de l'île Notre-Dame, indiqua Altéric en allongeant le pas dans cette direction.

Bien que cela signifiât se rapprocher de l'incendie, ils se hâtèrent de le suivre. Tout plutôt que se retrouver là quand la terreur culminerait.

— Et Gaïa, ta mère, Sibylle, les autres ? demanda-t-elle en revenant à sa hauteur.

— J'ai essayé de les convaincre de nous accompagner, mais elles ne sont pas prêtes à tout quitter. Ne t'inquiète pas. Pour l'instant, elles ne sont pas en danger. Et suffisamment près de l'eau pour embarquer si nécessaire lorsque le flux de panique se sera calmé, assura-t-il.

De fait, pour l'heure, le vent poussait toujours l'incendie à l'opposé du bors-d'eau. Aucune habitation n'était touchée.

Il a raison, tout ira bien, conclut-elle.

Altéric s'arrêta devant une cabane de bois dont le soubassement baignait dans la vase, comme un défi aux crues incessantes de la Seine. Il déverrouilla la porte à l'aide d'une grosse clef pendue à sa ceinture.

— Aidez-moi à la sortir, dit-il en s'enfonçant dans l'obscurité.

Bientôt, sous leurs efforts conjugués, la chaloupe affleura l'onde. Triboulet sauta dedans et tendit la main à Griffonelle. Elle s'installa sur le banc, au centre, la gorge nouée. Même s'ils n'étaient que trois, s'assurant ainsi d'une bonne stabilité, elle détestait traverser la Seine.

— Attrape les rames, au fond, lui lança Altéric en poussant pour les mettre à flot.

Elle plongea la main, tâtonna, tendit un des palets à Triboulet assis à sa droite, l'autre à Altéric qui, sitôt après les avoir rejoints, s'installa de l'autre côté.

L'esquif s'égara quelques secondes sur l'onde rougeoyante, se rapprochant de la cathédrale. Malgré la brûlure de l'air sur son visage et son angoisse grandissante à se retrouver sous les éclats, Griffonelle ne pouvait détacher ses yeux des flammes. Elles se tordaient, démentielles et gourmandes, autour de la charpente à nu.

Enfin, sous la pulsion des rames et des bras noueux des deux hommes, l'embarcation remonta le courant, masquant à Griffonelle l'effroyable, et pourtant majestueux, spectacle.

Ils rejoignaient le lit principal du fleuve lorsqu'un craquement sinistre, brutal, les fit sursauter, déclenchant l'affolement qu'ils craignaient.

— Qu'est-ce que je disais, lança Altéric devant le déferlement de violence qui s'ensuivit.

Griffonelle ne répondit pas. Étouffé un instant, l'incendie recrachait une fumée épaisse, irritante, qui venait de la forcer à se couvrir le visage de ses mains.

Et à y découvrir, surprise, un entêtant parfum d'anis.

53.

Malgré la faible luminosité que dégageait un cierge, Amaury de Montfort ne pouvait se tromper : le crâne qu'il tenait dans sa main gantée avait été fracassé.

Valine n'aurait pu se faire une telle blessure en tombant sous les pilotis de la masure. Or c'était là, qu'elle avait été retrouvée deux heures plus tôt par sa mère, rentrée précipitamment du travail à l'appel des cloches et décidée à mettre une barque à flot pour fuir, si la nécessité les y poussait.

La volumineuse Césarine épanchait bruyamment son chagrin sur le bras de sa fille qu'on l'avait aidée à transporter sur la table. Et Amaury de Montfort avait eu toutes les peines du monde à lui arracher ces informations. Un autre que lui se serait fait jeter dehors par les voisins.

Ils continuaient d'entourer Césarine, silencieux et recueillis, mais ne perdant rien de cette inspection qu'il menait depuis quelques minutes. Il avait d'abord vérifié les poignets et les chevilles de la défunte, avant de demander à l'une des vieilles femmes qui égrenait son chapelet d'examiner l'état de son sexe.

Sa requête avait aussitôt soulevé un regard d'indignation alentour. Regard qu'il avait aussitôt fait baisser d'un autre, comminatoire. Pour un résultat sans appel : Valine ne s'était pas défendue, n'avait été maintenue d'aucune manière, et n'avait pas été violée.

Ce qui indiquait qu'elle avait été attaquée par surprise et par-derrière. Soit par un inconnu, soit par quelqu'un dont elle ne s'était pas méfiée.

S'il tenait compte du moment où il l'avait quittée et des informations recueillies auprès des habitants de la rue, elle avait probablement été frappée avant none[1].

Il recula, fouilla ses souvenirs en même temps que l'espace autour de lui. Rien, dans cette petite bâtisse, n'avait bougé. Il reconnut même le hanap dans lequel elle lui avait servi de la cervoise, à l'envers sur le petit évier de pierre. Là où elle l'avait lavé puis mis à égoutter. De toute évidence, elle n'avait rien mangé après son départ.

Ni ne s'est reposée…

Le lit était toujours impeccable.

Et si l'agression avait eu lieu à l'intérieur, de la substance crânienne et du sang maculeraient les lattes. Or, à part des traces de boue, rien ne subsistait.

Je n'ai que trop traîné, décida-t-il.

Il marcha d'un pas vif vers la porte et sortit le nez au vent.

Bien qu'elles fussent toujours aussi glissantes, il dévala les marches, fureta quelques secondes sous les pilotis, en quête de l'arme, mais ne vit rien parmi les rejets de la Seine qui puisse provoquer une entaille semblable.

Quant aux deux canots, ils avaient disparu. Quelqu'un avait dû profiter de l'émoi de Césarine pour s'en emparer.

Plus qu'à espérer trouver quelque chose chez les Ysembart, même si, maintenant, c'est sûr, ils auront filé, soupira-t-il en remontant sur son cheval.

1. 15 heures.

Les soldats avaient dû frapper à toutes les portes avoisinantes et évacuer ceux qui voulaient rester.

Un indice, j'ai juste besoin d'un indice qui me permette de découvrir qui se cache derrière tout cela.

Il sauta en selle, tourna bride et fendit la foule, distribuant autant de coups de cravache que nécessaire.

De fait, il était le seul à aller vers Notre-Dame que tous fuyaient. Plus il s'en rapprochait, plus il percevait la puissance de l'incendie. Les trois rosaces avaient explosé sous le coup de la chaleur, les flammes s'échappaient de leurs gueules rondes, léchant la pierre tout autour. La vision était cauchemardesque. D'autant plus que les nuages venaient de se ramasser autour du brasier, étouffant désormais la clarté lunaire.

Le ciel ressemblait à un bloc de granit mouvant dans lequel le diable s'égosillait.

On trépignait aux abords du Petit Pont. Bien que la reine ait donné l'ordre aux sergents du Petit et du Grand Châtelet de laisser libre passage sur les rives opposées, quitter l'île restait long et difficile.

Ce ne fut qu'après avoir franchi le périmètre de sécurité qu'il se retrouva seul, exposé à l'effroyable chaleur. Ayant appris depuis longtemps à soutenir celle des bûchers, il obliqua sans sourciller dans la rue des Oubloyers.

Il s'immobilisa sous l'enseigne de maître Ysembart et leva les yeux. Comme il l'avait prévu, aucune lumière ne brillait entre les interstices des volets, qu'il s'agisse de ceux de la devanture ou de ceux du logis situé au premier étage.

La nervosité de son cheval n'ayant cessé de croître au fil des minutes, il l'obligea à emprunter un petit chemin qui bordait l'édifice. Au bout, le portail de fer forgé béait. Il mit pied à terre, l'écarta d'une main, puis, parvenu dans la cour, s'en fut attacher le licol à un anneau pris dans le mur.

— Tout doux, Sanso, je reviens, murmura-t-il dans l'espoir d'apaiser l'animal, affolé d'être retenu prisonnier.

Le ronflement était tout proche. Obsédant. La nuit peuplée d'étincelles que le vent continuait de pousser vers le fleuve. À cela s'ajoutait un calme inhabituel. Un calme dominé par l'odeur du chêne brûlé. Le tout créait un sentiment confus d'insécurité et de beauté absolue.

Amaury de Montfort monta les quatre marches qui le séparaient de l'entrée de service. C'était par là qu'il était ressorti après avoir taquiné l'amande de l'épouse volage. Il appuya sur le loquet, prêt à briser le verrou. Mais il céda sans effort sous sa pression, et il pénétra dans la bâtisse, précédé par un désagréable pressentiment.

Une forte odeur d'urine et d'excrément ne tarda pas à le saisir à la gorge. Or, le souvenir qu'il gardait de sa précédente visite était d'une tout autre nature, mélange d'épices et de miel.

Il avança au jugé, sentit son pied coller au sol en même temps que son front butait contre quelque chose de mouvant. D'instinct, il souleva les mains, arrêta le balancier.

Malgré sa longue expérience des combats et des salles de torture, il ne put réprimer un frisson.

Cette paire de jambes molles ne pouvait appartenir qu'à un pendu.

54.

Depuis le chemin de ronde, Jean de Nesle inspecta de nouveau la grosse tour-prison qui lui faisait face. Aucune lumière ne filtrait de ses meurtrières. Comme tous les habitants du palais, le comte des Cierges se tenait quelque part sur le rempart, entre les tourelles, observant le sinistre spectacle. Bien qu'il lui ait assuré avoir soigneusement verrouillé l'unique porte permettant d'accéder à l'édifice, l'étage de ses appartements offrait un angle idéal à un archer malveillant.

Si le danger doit venir, ce sera de là en premier, en avait-il conclu lorsque, profitant du moment où la reine se trouvait dans l'oratoire avec Louis, il avait anticipé les moyens d'assurer leur sécurité sur le mur d'enceinte.

Il scruta la base de la tour, repéra sans peine le soldat qu'il y avait placé. L'homme était sûr, il pouvait en répondre, et particulièrement vigilant. Dos à la pierre, il sonnerait du cor à la moindre alerte.

Pourtant Jean restait inquiet.

Il scruta chaque recoin d'ombre avec attention, avant de se rendre une nouvelle fois à l'évidence. La lune brillait, ajoutant sa clarté à celle du brasier, le moindre mouvement serait donc repéré, par lui, par un autre, dans la cour, en haut des tourelles qui encadraient Louis, sa mère et le cardinal.

Ses craintes étaient infondées. Si quelqu'un devait attaquer, ce serait plus sûrement demain durant le trajet jusqu'à la basilique Saint-Denis. La forêt qu'ils devraient traverser était épaisse. Un tireur isolé dissimulé dans un arbre suffirait pour abattre Louis ou sa mère. Qui le trouverait s'il y restait perché jusqu'à nuit noire ?

Il ne se passera rien ce soir, conclut-il.

Se fiant enfin aux hommes qu'il avait lui-même embusqués, il se tourna vers Blanche de Castille.

La voir si calme, si recueillie à quelques pas de lui apaisa un instant son angoisse.

Ce qu'il ressentait pour elle dépassait depuis longtemps le cadre de la bienséance, mais pour rien au monde il n'aurait voulu la désobliger ou l'embarrasser en le lui avouant. Quant à lui manquer de respect, ne serait-ce que d'un regard appuyé, il n'y songeait même pas. Seul Humbert, son ami de toujours, connaissait la profondeur de ses sentiments. Et le défunt roi. Le Lion les avait devinés, comme tout homme profondément amoureux qui sent le rival, n'en fût-il qu'une ombre discrète.

À cause de cela, pendant longtemps, il s'était méfié de lui, le maintenant à l'extérieur de son cercle rapproché. Il avait fallu qu'il prouve ses valeurs guerrières et humaines en croisade pour que le Lion consente enfin à le voir tel qu'il était : un chevalier émérite et un homme d'honneur. Dès lors, son attitude à son égard avait changé du tout au tout. Au point que c'était à lui et à Humbert qu'il avait confié la quête de la carte. Au point qu'il l'avait appelé avant de mourir, et sur son dernier souffle lui avait fait promettre de veiller sur la reine.

Et pourtant, il le savait, Blanche de Castille n'avait pas besoin de lui. Le front sur ses mains jointes, droite et digne sous l'assaut du vent qui s'était levé, elle continuait de prier face à la cathédrale. Ombre fragile sur laquelle dansait, malgré la distance, l'envoûtante et dramatique lumière du brasier. Comme toujours, elle se montrait exemplaire. Magnifique dans sa douleur, dans cette ferveur qui la vidait de ses dernières forces, comme elle l'avait été dans la joie ou la maternité.

Un instant il se dit que si la foule pouvait la voir aussi pieuse et bienveillante, elle cesserait de fuir, de s'étriper pour quitter la Cité plus vite. Malgré sa détresse et sa terreur, Paris s'agenouillerait devant elle comme devant une sainte et ajouterait son espoir au sien, sa voix à la sienne. Comme la veille, à l'instant où dans chaque paroisse on n'avait plus songé qu'à permettre à l'âme du roi défunt de s'élever.

Las, regretta-t-il. *Il n'y a que moi qui vous contemple ce soir. Que moi capable de sentir que vous pouvez sauver la Cité. Mais sera-ce suffisant, ô, ma reine ?*

Un pas dans l'escalier voisin le fit sursauter. Instinctivement il porta la main à sa lame avant de la laisser retomber lorsque Humbert de Beaujeu parut.

— Heureux de te savoir entier, l'accueillit-il avec chaleur après l'avoir rejoint au sommet de l'une des tours rondes et couvertes qui flanquaient le rempart.

— Entier, mais fourbu, mon ami, lui répondit Humbert en passant une main lasse sur son front. Mon cheval volé, j'ai dû me garder de tout et de tous dans cette cohue.

Il se tourna vers la cathédrale, fut saisi par la puissance du foyer, démesurément forci depuis qu'il avait quitté la taverne.

Il secoua sa crinière blanche.

— Dieu du ciel… d'ici, c'est encore plus bouleversant…

Jean lui pressa affectueusement l'épaule.

— As-tu au moins découvert quelque chose ?

Humbert pivota et s'adossa à un merlon.

— Parbleu, oui ! Mais il m'a fallu faire le tour des tavernes. Du moins jusqu'à ce que cet incendie me jette dehors avec une ribaude joliment tournée.

En quelques mots, il lui raconta ce qu'elle lui avait appris dans le secret de sa chambrette, passant outre les délicieux détails qui l'avaient fait s'y attarder.

— Ainsi donc, à peine nous étions-nous inclinés devant Blanche pour lui annoncer la mort du roi, que Montfort quittait le palais et filait retrouver Thibault de Champagne, résuma Jean, repris d'animosité.

Les deux hommes s'étaient liés durant la campagne occitane, ce n'était un secret pour personne. Mais de là à les penser complices…

— Cette rencontre ne pouvait être fortuite, renchérit Humbert, tout aussi amer. Nous avions donc raison sur ce point : Montfort a bien dépêché un messager pour le prévenir de son retour et lui donner rendez-vous.

Jean laissa traîner son regard en direction de Blanche et de Louis. Ils n'avaient pas relevé le nez de leurs mains jointes.

La froideur de ce complot va les bouleverser, songea-t-il tristement.

— J'imagine que tu en arrives à la même conclusion que moi, soupira Humbert.

— Je n'en vois qu'une en effet : Montfort élimine le roi à Montpensier, couvrant Thibault, et Thibault se charge de Louis ici, lui offrant la pareille.

Humbert hocha la tête.

— Outre le fait qu'il pouvait informer Montfort des termes de la prophétie, Thibault a vécu suffisamment longtemps dans le sillage de Blanche et du Lion pour que personne ne se méfie de lui. Valine moins qu'une autre, s'il a eu besoin de vérifier auprès d'elle les habitudes de Louis. Quant à entrer dans le palais ou en arrière-cuisine, quel garde ou commis s'en serait étonné ? Il le fait depuis son enfance.

— Mais qu'avons-nous pour le prouver ?

— Rien. Il va nous falloir nous emparer de Thibault et le forcer à nous donner Montfort.

— Triste soir, soupira Jean, tandis que le ciel, fulgurant, tremblait dans des vapeurs brûlantes.

S'accoudant à la pierre, Humbert en affronta le souffle, rattrapé par la fin de sa conversation avec la ribaude avant qu'ils ne se séparent aux abords de Glatigny, sur le quai bondé.

Il tourna la tête vers Jean :

— J'ai appris autre chose. Après le départ de Thibault, le rabatteur d'une des maquerelles a vendu une information à Montfort. Quelques minutes plus tard, il entrait à cheval dans la rue de Glatigny, réclamait Mahaut de Cabaret et l'assassinait froidement sous les yeux de sa fille. Cela a fait le tour de toutes les tavernes.

Jean de Nesle écarquilla les yeux, le cœur emporté par une course folle.

— Mahaut de Cabaret ? Mais alors…

Humbert de Beaujeu lui retourna un rictus dépité.

— Alors, si Montfort n'a pas déjà la carte, il en est tout près…

15 novembre 1226

55.

L'amas de nuages avait crevé d'un coup en plein milieu de la nuit. Comme une outre trop pleine dont le fond aurait lâché. Des trombes d'eau s'en étaient échappées avec une rare violence, traits aussi cinglants que des flèches qui avaient battu les carreaux de la petite auberge dans laquelle Triboulet, Griffonelle et Altéric partageaient la même couche.

Réveillée en sursaut, la jouvencelle s'était précipitée à la fenêtre et avait ouvert le battant pour s'assurer qu'elle ne rêvait pas. Giflée par la pluie, elle l'avait refermé aussitôt.

L'incendie allait s'éteindre. L'île de la Cité était sauvée, et avec elle Gaïa, la rue de Glatigny, la taverne où elle pourrait retrouver Louis de Poissy, le porche qui avait abrité leur baiser. Sauvé aussi l'hôtel particulier de son galant, même si elle ignorait s'il était sur l'île. Hôtel dont elle se voyait bientôt devenir la maîtresse.

Une joie enfantine l'avait envahie dans l'obscurité de cette chambre que de violents éclairs illuminaient par à-coups. Elle était retournée s'étendre et, bercée par le ronflement régulier des deux hommes à côté d'elle, n'avait pas tardé à se rendormir, l'esprit fleuri par la vision idyllique de ses projets, comme si, du paradis où elle reposait, sa mère les lui inspirait.

Elle s'éveilla avec un sourire aux lèvres et la certitude d'avoir rêvé d'elle.

Sous le modeste éclairage du jour, la pièce lui apparut plus délabrée encore qu'à leur arrivée. La couverture du lit sans baldaquin était aussi élimée que le tapis recouvrant des lattes disjointes ; la table, bancale, menaçait de s'écrouler sous le poids des vêtements de prix achetés la veille ; la chandelle était morte et le bouquet de camomille censé atténuer les odeurs de transpiration était aussi poussiéreux et sec que la poutre à laquelle il était suspendu. À cela s'ajoutaient des effluves de graillon qui transperçaient le plancher en même temps que le brouhaha de la salle située en dessous.

Pour Griffonelle, pourtant, ce matin marquait le commencement d'une nouvelle ère dans laquelle elle trouverait à la fois sa place et sa vengeance. Comme un défi à sa douleur. Et ce lieu, entre deux mondes, lui en sembla l'illustration parfaite.

Elle n'eût pas rêvé mieux.

Elle se redressa, renvoya ses longs cheveux en arrière et s'étira comme une jeune chatte prête à jouer, un œil encore brumeux en direction des deux hommes. Triboulet était déjà occupé à cirer ses souliers, un pied posé sur un tabouret. À trois pas de lui, nu jusqu'à la taille, Altéric se rafraîchissait le visage au-dessus d'une bassine ébréchée. Elle rabattit le drap qui lui recouvrait les hanches.

— Grand jour et belle fortune ! salua-t-elle la chance en sautant du lit pour se précipiter à la fenêtre.

La pluie battait toujours les carreaux, plus doucement néanmoins. Elle pivota. Triboulet souriait, soulagé de la retrouver fidèle à elle-même. Altéric lui adressa un clin d'œil tout en continuant à se sécher avec une serviette douteuse.

— Qui m'aide à enfiler cette splendeur ? demanda-t-elle en désignant la tenue qu'ils avaient choisie la veille.

À dire vrai, elle n'en avait jamais porté d'aussi somptueuse. Lorsqu'elle l'avait passée chez le fripier, elle avait vu des étoiles s'allumer dans les yeux d'Altéric. Elle avait aussitôt imaginé celles qui brilleraient dans ceux de Louis. Surtout lorsqu'elle lui aurait avoué ce qu'elle avait réellement à lui offrir.

— Moi… Moi, je vais t'aider, lança le jouvenceau, sa toilette achevée.

Elle s'avança vers lui sans crainte, convaincue que la présence de Triboulet le dissuaderait de la retenir dans ses bras.

Il lui tendit la cotte et le surcot aux reflets moirés, la contempla amoureusement tandis qu'elle les enfilait par-dessus le chainse qu'elle avait gardé pour dormir. Ne lui resta plus qu'à lacer le corsage. Elle lui tourna le dos, fit pigeonner ses petits seins dans l'arrondi du décolleté puis releva ses cheveux à pleines mains, laissant pendre de chaque côté les longues manches évasées.

— Serre bien, recommanda-t-elle.

— Point trop non plus, tempéra Triboulet en traversant la pièce pour se faire à ses chaussures. Tu auras besoin de souffle si malgré nos efforts on nous repérait.

— Bah, haussa-t-elle les épaules. La pluie ayant chassé la peur, les gens vont pouvoir s'abandonner à leur recueillement. Je suis sûre qu'ils seront tous plus occupés à remercier le Ciel d'avoir exaucé leur prière qu'à ce qui se passe autour d'eux.

— C'est probable, oui, mais mieux vaut ne pas prendre de risques.

Altéric serra les lacets avec mesure, mais suffisamment pour la mettre en valeur.

– Une seconde encore. Ne bouge pas d'un pouce, insista-t-il une fois sa ganse nouée.

Elle obéit, certaine qu'il allait lui passer les deux ceintures, l'une de taille puis l'autre de hanche, coupées dans un beau cuir fauve incrusté de pierres fines. Loin de là, elle sentit quelque chose lui caresser la nuque. Elle se tétanisa avant de comprendre que ce n'était qu'un collier. Il retomba dans son décolleté.

Face au froncement de sourcils de Triboulet, elle porta la main au cabochon.

– Attends, lui intima à nouveau Altéric.

La seconde suivante, il lui présentait un petit miroir, assorti d'un sourire éloquent. Elle écarquilla les yeux de surprise. Elle avait déjà vu ce bijou.

Mais où ? Sur qui ?

Troublée, elle releva les yeux, rencontra ceux d'Altéric, ardents.

– Est-ce un vrai ? demanda-t-elle.

Il éclata d'un rire clair.

– Bien sûr. Un rubis de la plus belle eau.

– Volé, j'imagine, soupira-t-elle.

– Évidemment ! Quelle valeur aurait-il sinon…

Il le saisit délicatement avant de murmurer :

– J'ai pensé qu'il t'aiderait à oublier le pendentif de ta mère.

Elle se figea, glacée. Capta le regard désolé de Triboulet par-dessus l'épaule nue d'Altéric.

– Tu ne l'aimes pas ? s'enquit le jouvenceau, percevant son trouble.

– Si… Si, bien sûr. Et je te remercie d'y avoir pensé. Mais je n'ai pas l'intention de renoncer au bijou de maman.

Les traits d'Altéric se durcirent. De nouveau un voile de jalousie assombrit son œil.

— Je vois…, maugréa-t-il.

Griffonelle se mordit la lèvre. Les gros yeux de Triboulet lui hurlaient que ce n'était pas le moment de jeter de l'huile sur le feu par des aveux prématurés. La distraction était le pire ennemi du voleur. Si l'un d'entre eux commettait une erreur et se faisait repérer, il les mettait tous en danger.

Elle prit sur elle, cueillit la joue d'Altéric dans sa paume.

— Te souviens-tu de la carte recherchée par le balafré ?

— Évidemment…

Elle hésita encore, comme si une part d'elle sentait qu'elle allait regretter son aveu.

C'est ça ou lui dire que j'en aime un autre. Au risque d'affronter sa fureur et ce qu'elle pourrait générer de violence.

Terrifiée à cette perspective, elle soupira.

— Eh bien, il se trouve que je l'ai… et que ce médaillon en est la clef.

56.

Louis pénétra délicatement dans la chambre où son cadet reposait. Sa mère s'y était rendue sitôt que la pluie drue et violente avait étouffé les flammes. L'île de la Cité sauvée, elle était retournée à ses enfants, comme toujours.

Les heures avaient filé, elle n'était pas reparue.

Un instant, la voyant agenouillée, presque tassée sur elle-même, le front reposant sur ses mains jointes, il eut l'impression qu'elle avait fini par s'assoupir.

Il marcha sur la pointe des pieds, fit craquer l'une des lattes du parquet malgré sa prudence.

— Est-ce déjà le moment, Louis ? demanda-t-elle après un discret raclement de gorge, comme si ce ne pouvait être un autre que lui.

Il ne put retenir un sourire devant son intuition, si souvent avérée.

— Le départ du convoi ne sera donné que dans deux heures. Je voulais m'assurer que Charles achevait de se remettre.

Elle ne répondit pas, replongée déjà dans sa prière. Lors, il remplaça la chandelle mourante et s'en fut la promener au-dessus du berceau.

L'enfançon dormait sur le dos, paisible.

Louis se pencha et lui toucha délicatement le front, aussitôt saisi d'une joie douce.

— La fièvre est vaincue, mère.

Blanche redressa la tête.

Dans la lumière chaude et tremblante de la chandelle, elle lui sembla plus diaphane encore que ces deux derniers jours. Le cheveu plat, la peau terne, les joues creusées sous des cernes noirs et profonds, elle n'était plus que l'ombre d'elle-même.

Un instant il craignit de la perdre. Mais un franc sourire illumina cette beauté endeuillée.

— Dieu ne nous a pas abandonnés, murmura-t-elle avant de porter son chapelet à ses lèvres.

Emporté par sa tendresse, Louis vint s'agenouiller près d'elle.

— Comment l'aurait-il pu, mère ? Vous êtes l'incarnation de la piété, assura-t-il en s'emparant de sa main soignée, fatiguée d'avoir roulé et déroulé toute la nuit les perles de bois.

Elle ferma les yeux, continua de sourire. Alors même qu'une larme glissait le long de sa joue.

Il la chassa de son index.

— Vous devriez aller vous reposer un peu. Je vais rester.

Elle hocha la tête, le fixa de nouveau.

— Pleut-il toujours ?

— Par rafales. Mais cela tend à se calmer.

— Et Notre-Dame ?

— Elle ne brûle plus. Les habitants ont commencé à regagner leurs logis. Je me suis aussi entendu avec le cardinal. Il va s'assurer que les moines de l'Hôtel-Dieu ne manquent de rien pour soigner les nombreux blessés. Outre ceux qui ont été brûlés par les projections du foyer, beaucoup ont été piétinés, renversés. Il y a de nombreux morts à déplorer, issus, hélas, de l'affolement général.

— Nous prierons pour eux, se désola Blanche.

— J'ai déjà demandé aux évêques de donner une messe à leur intention.

Elle lui pressa le bras avec tendresse.

— Nuit sans relâche pour vous aussi mon fils…

— J'ai fait ce que je devais. Rien de plus. Rien de moins.

— Alors tout est bien. Si ce n'est cette menace qui pèse toujours sur vous. Montfort a-t-il un nom ?

Il faillit lui confier ce que lui avaient rapporté Beaujeu et Nesle. Mais il craignit que cela n'emporte ses dernières forces. D'autant qu'il ne pouvait encore mettre Montfort aux fers et saisir Thibault de Champagne dans son hôtel parisien.

Si près de l'enterrement de son père et de son sacre, cela aurait envoyé à ses vassaux le message d'un roi craintif, prêt à salir la réputation de nobles chevaliers sur un simple faisceau de présomptions. Il risquait d'éveiller d'autres complots sur sa tête et celle de sa mère, ne serait-ce que de la part de ceux qui voyaient la régence de celle-ci d'un œil sceptique.

S'il voulait incriminer les deux hommes, il devait obtenir des preuves irréfutables.

— Vous ne devez pas vous inquiéter, mère, éluda-t-il. J'ai pris toutes les dispositions nécessaires. Une batterie d'archers sous bon contrôle veillera sur le cortège durant tout le trajet, et une autre, doublée d'une rangée de lanciers, aux abords de la basilique. En charge d'arrêter quiconque menacerait notre sécurité.

Elle hocha la tête, rassurée.

— Bien. Alors contentons-nous ce jour de rendre un dernier hommage à votre père. Aidez-moi, voulez-vous ?

Il se redressa, lui offrit l'appui de son bras pour qu'elle déroule son corps moulu d'être resté trop longtemps prostré.

En une fraction de seconde, d'un simple geste pour estomper les plis de son surcot, elle récupéra sa grâce et son allure.

— Vous serez magnifique. Telle qu'il l'aurait voulu, affirma-t-il.

Elle ne releva pas. Son apparence lui importait peu. Elle était convaincue que tout ce qui l'embellirait désormais serait l'amour de Dieu et de ses enfants.

Elle jeta un regard aimant vers Charles.

— Il faut renforcer sa sécurité et celle d'Isabelle.

— Je m'en suis occupé. J'ai aussi donné l'ordre aux chambriers de préparer mes frères pour la cérémonie.

Elle le couvrit d'un œil tendre.

— Vous avez pensé à tout… Merci, mon fils.

Il n'ajouta rien, se contenta de la raccompagner dans le corridor et la contempla tandis qu'elle rejoignait sa chambre, digne et superbe malgré sa fatigue.

Elle disparut derrière sa porte et il allait rentrer à son tour lorsqu'il lui sembla voir bouger une tapisserie qui drapait le mur du couloir à quelques pas de lui. Or, ce dernier était aveugle, fermé et gardé aux deux bouts. Aucun courant d'air ne filtrait.

Il crut avoir rêvé mais le lourd tissu se souleva, laissant apparaître une silhouette enveloppée dans une mante verte. Stupéfait, il lui fallut le temps qu'elle s'aperçoive de sa présence pour réagir.

— Halte là ! cria-t-il en arrachant son épée.

Un regard fauve accrocha le sien dans la timide lumière qui perçait de la chambre de Charles. Un regard aux longs cils recourbés enveloppé d'ombre.

— Bonsoir, Votre Majesté.

La voix était profonde, sensuelle, bien plus narquoise que craintive. Elle le désarçonna un instant. Suffisamment pour que l'intruse recule, un bras dans son dos, et disparaisse derrière la tapisserie qu'elle venait à peine de quitter.

Reprenant ses esprits, Louis se jeta dessus et la souleva. Le passage dérobé achevait déjà de se remettre en place. Il ne put rien pour l'empêcher.

Tous les sens en alerte, il tâtonna partout en quête du mécanisme, avant de se résigner. Il devait exister un moyen de le bloquer de l'extérieur, comme dans les deux autres qu'il connaissait.

Aussi perplexe que troublé, il sentit une sueur froide lui balayer l'échine lorsqu'il s'arrêta sur ce constat : quelqu'un d'autre que lui pouvait entrer et sortir comme il le voulait de cette aile.

Mais qui ? Qui pouvait connaître ce secret dont lui-même n'avait jamais entendu parler ? Philippe Auguste aurait-il oublié de le lui révéler ? En ce cas, à qui aurait-il pu le confier ?

Cela n'a pas de sens. Non, cela n'a pas de sens.

Pourtant il n'avait plus aucun doute. La voix et la fragrance particulière qui flottait autour de lui, celle d'un sous-bois au mois de mai, n'appartenaient à personne qu'il connaissait.

57.

Lorsque Griffonelle, Triboulet et Altéric parvinrent en vue de l'abbatiale Saint-Denis, la foule était déjà dense.

— N'oubliez pas. Toujours rester sur ce côté de la place pour nous assurer un repli facile et rapide. Les plus riches seront devant, aux premières loges. C'est eux que nous visons. Mais c'est aussi là que nous prendrons le plus de risques. Alors, on empoche gros et on ne traîne pas. On se retrouve au moulin de la croix aux premiers coups des vêpres, rappela Triboulet, qui avait pris le commandement de leur troupe.

Cela leur laissait deux bonnes heures pour s'enrichir et s'éloigner du lieu de leur forfait.

Altéric posa une main sur le bras de Griffonelle, prête déjà à s'élancer, un couple de hauts bourgeois en visée.

— Jamais loin de toi, assura-t-il.

Elle lui retourna son sourire, même si elle ne parvenait plus à lui accorder une totale confiance.

Elle s'en voulait de n'avoir pas eu d'autre solution à opposer à sa jalousie que la vérité sur sa couverture et sur le médaillon de sa mère. L'étincelle cupide qui, un instant, avait remplacé celle de l'amour dans ses yeux lui restait gravée en mémoire. Certes, cela avait permis qu'il accepte sa décision concernant Louis de Poissy, mais elle n'était pas dupe. Il suffirait qu'il les voie ensemble, fût-ce au milieu de cette multitude, et il comprendrait aussitôt les sentiments qui les emportaient. Du coup, elle ne s'était pas éloignée sereine de la cavité dans laquelle ils avaient déposé leurs baluchons pour ne pas en être gênés dans leur rapine. S'il sentait qu'elle lui échappait, qui sait s'il n'irait pas s'en emparer pour se venger ?

Se cantonnant aux quatre premières rangées de badauds, elle se mit à déambuler au milieu des religieux, des nobles et des grands bourgeois, comme si elle cherchait la meilleure vue. Dans un premier temps sans rien voler, espérant tomber sur Louis tout autant que sur les meilleures prises.

Un grand moment plus tard, déçue, elle dut se rendre à l'évidence : son galant se trouvait ailleurs.

De l'autre côté de la place, probablement.

Il y avait autant de monde. Une foule compacte collée au dos des premières habitations. Elle envahissait tout sur deux ou trois pâtés de maisons, rues, balcons, fenêtres, laissant juste un espace pour le passage du convoi derrière un cordon de lanciers.

Au moins, plus personne ne prête attention à moi, se consola-t-elle.

Ce n'était pas seulement le fait de l'attente ; tous, bavardant, partageaient la même angoisse : la mort du roi ajoutée à l'incendie de la cathédrale augurait malheur pour le royaume. Certains anticipaient de mauvaises récoltes, triste promesse de famine, d'autres des catastrophes en tout genre, du simple ouragan qui arracherait les toits à des pluies de démons armés de griffes et de dents. Et ils ne savaient que faire, sinon prier ardemment, pour l'empêcher.

Devant elle, deux bourgeois suspendirent leur conversation pour tendre le cou. Elle se hissa sur la pointe des pieds, avisa plusieurs cavaliers qui approchaient au bruit strident de leur trompette.

Des hérauts.

Ils annonçaient l'arrivée imminente du convoi funéraire. C'était le moment qu'elle attendait.

Elle frôla un homme d'âge mûr, richement vêtu et paré. Elle lui souleva prestement le rabat du mantel, cisailla l'escarcelle qu'il tenait à sa ceinture et avança en direction du portail de la basilique, là où se pressait la noblesse.

En quelques minutes, elle s'empara de bijoux et d'une dizaine de bourses rebondies sans qu'aucun de leurs propriétaires l'ait remarqué.

Ma besace sera bientôt pleine, se réjouit-elle en adressant un signe de tête à Altéric qui venait de regarder vers elle, d'un peu plus loin.

À cet instant, son œil fut attiré par un mouvement furtif sur le toit de l'une des maisons d'en face.

Un archer ? Que diable fait-il là ?

Elle l'observa tandis qu'il prenait position, examina les alentours.

Son sang se mit à pulser dans ses veines. D'autres étaient implantés sur les hourds des habitations les plus cossues, arcs déjà bandés.

Une sueur froide lui empoissa le dos.

Elle baissa le capuchon de sa pèlerine sur son front, en resserra les pans autour d'elle et se rapprocha d'Altéric qui scrutait les hauteurs à son tour.

— Qu'en penses-tu ? demanda-t-elle lorsqu'ils se furent rejoints.

— Rien de bon. Quelle que soit la raison de cette embuscade, mieux vaut s'en éloigner. De toute manière, j'ai fait le plein.

— Moi aussi… reste plus qu'à avertir Triboulet.

— Non, s'exclama Altéric en la retenant par le poignet. Si nous avons vu, lui aussi, crois-moi. Filons.

Elle lutta contre elle-même. Outre que c'étaient les ordres de Triboulet, Altéric avait raison. Son intuition lui criait qu'ils étaient en danger.

Elle se laissa entraîner vers la venelle qui conduisait le plus directement au moulin. Mais l'idée de rester seule là-bas avec lui l'effrayait.

Subitement, Altéric pila. Le convoi apparaissait, précédé par deux religieux portant une imposante croix.

À cet instant, la poussée de la foule autour d'eux devint si puissante, drainant toutes les attentes, tous les espoirs, tous les recueillements, qu'il leur fut impossible de s'en écarter.

— Pas le choix, faut rejoindre le premier rang et partir discrètement en longeant le cordon des lanciers, lui lança Altéric.

— Est-ce bien prudent ? douta Griffonelle.

— Ne t'inquiète pas, ces tenues ne nous distinguent pas des bonnes gens, lui rappela-t-il.

Elle obtempéra, se faufila en prenant soin de paraître la plus naturelle possible. Elle se retrouva près de lui, à une vingtaine de coudées des religieux, des chevaliers et du charroi mortuaire qui venait de s'immobiliser.

— Trop tard, grommela Altéric à côté d'elle.

Elle l'avait déjà compris.

Bouger maintenant que le peuple s'était figé aurait été suspect. Mieux valait attendre que le cercueil ait été déplacé dans l'abbatiale et son cortège avec.

Cela ne devrait pas tarder, devina-t-elle en voyant une dizaine de religieux menés par un cardinal s'approcher des arrivants.

— Montfort est peut-être là. Baisse le nez, lui conseilla Altéric en lui serrant davantage la main.

Griffonelle ne le pouvait plus. Son regard, incrédule, avait accroché les traits d'un jouvenceau qui descendait de cheval.

— Dieu qu'il est jeune, notre nouveau roi, entenditelle tout à côté.

— Mais quelle prestance déjà ! répondit un autre.

— Tout comme notre bonne reine Blanche... Elle n'a jamais été aussi belle. Et pourtant...

Un sanglot éclata sur sa droite.

— Tant de malheur !

Il lui sembla que ce cri avait jailli d'elle. Il n'en était rien. Elle était pétrifiée.

Digne dans sa douleur, Louis de Poissy aidait sa mère à mettre pied à terre.

Griffonelle se mit à trembler. De colère, de déception, de souffrance, d'amour. Une vibration lente qui remontait du tréfonds de son être.

Elle s'amplifia lorsque le cardinal s'inclina devant Louis.

— Votre Majesté, l'accueillit-il, tuant en elle le moindre doute.

Elle perçut un frôlement contre son oreille.

— Je confirme. Il ne t'épousera jamais, ricana Altéric.

Ce fut trop. Comme un déferlement inéluctable.

Elle pivota en rugissant.

— Toi non plus !

Ne pouvant battre Louis, c'est lui qu'elle gifla, si fort dans le silence recueilli qui venait de s'installer que Blanche de Castille tourna les yeux vers elle.

Puis Louis, saisi.

Pas plus que lui, pas plus qu'Altéric devenu blême, la jouvencelle n'eut le temps de mesurer les conséquences de son geste.

Encadré par les compagnons du roi en armure, dont Humbert de Beaujeu et Jean de Nesle qui le surveillaient de près, Amaury de Montfort avait surgi dans le cercle royal, sa cicatrice creusée sous l'effet de la surprise.

Effarée, Griffonelle le vit tendre un doigt accusateur dans leur direction. Et crier, haut et fort :

– Gardes ! Arrêtez cet homme ! C'est un assassin !

58.

L'espace d'une seconde, Griffonelle eut le sentiment que cet ordre ne les concernait pas. Puis les doigts d'Altéric se détachèrent des siens et elle prit conscience que tous les regards convergeaient vers lui.

— Fuis ! exigea-t-il.

— Mais…

Il la saisit aux épaules, la fit pivoter et la poussa dans la foule qui reculait, méfiante.

— Fuis ! Je vous rejoindrai ! ordonna-t-il encore tandis qu'elle recouvrait péniblement son équilibre dans les bras d'une vieille femme.

Elle tourna la tête vers lui. À cet instant seulement, tout fut clair : c'était pour Altéric que les archers étaient là. Pas pour elle.

Dément. C'est dément !

Ce l'était d'autant plus que Montfort aurait pu la faire saisir, elle, économisant cette fortune qu'il avait promis à qui la livrerait.

N'attendant pas qu'on le cueille, Altéric disparut sur sa gauche, attirant les hurlements des gens qu'il écartait du coude, voire d'un trait de couteau quand ils tentaient de le retenir.

Gênés dans leur progression par la foule, les lanciers n'étaient qu'un cri :

— Arrêtez-le ! Au nom du roi, arrêtez-le !

Elle sortit enfin de sa sidération. Obligeant ses jambes flageolantes à la porter, espérant tomber sur Triboulet, elle brava la foule, prête à user elle aussi de violence pour s'en arracher. Elle n'en eut pas besoin. S'étant éloignée de la ceinture humaine qui bordait la place et donc de ceux qui l'avaient vue auprès d'Altéric, son allure, ses vêtements de prix et ses larmes lui ouvrirent le passage.

Personne ne la poursuivait. Elle entendit même quelqu'un la plaindre, supposant qu'on l'avait détroussée.

Mais ce n'était pas d'or, d'argent ou de bijoux dont elle se sentait dépossédée, c'était d'un cœur. Et chaque pas qui l'éloignait de la basilique lui donnait l'impression de le piétiner un peu plus.

Elle ralentit l'allure. Tenta de se repérer dans cette masse mouvante. Ce n'était pas la première fois qu'elle venait à Saint-Denis. La foire du Lendit offrait de belles occasions aux détrousseurs. Elle finit par apercevoir une enseigne, celle des étuves, et fut soulagée. À partir de là, elle saurait se diriger, retrouver le moulin de la Croix. Elle se remit en marche au milieu des badauds, plus calmement cette fois, même si à l'intérieur d'elle ses rêves n'étaient plus que ruines. Fini l'espoir de nobles épousailles, de vengeance sournoise. Pour ajouter à sa rancœur et à sa désespérance, elle mesurait à quel point Louis lui avait menti en prétendant ne pas connaître Amaury de Montfort.

Il y a tout à parier qu'il s'est fait son complice, servi par le hasard de ma rapine. Beau, généreux et épris ! J'aurais dû me méfier, rumina-t-elle, furieuse de sa naïveté.

Pourtant elle avait été à bonne école rue de Glatigny ! Elle aurait dû se souvenir que les belles paroles étaient souvent servies par l'intérêt.

Dire que je lui ai montré le pendentif ! Dire qu'il est parti avec, sous mes yeux, profitant de la diversion de Notre-Dame ! Dire que j'ai juste cru qu'il avait oublié de me le rendre ! Sotte ! Sotte ! Sotte !

Elle s'en voulait. Plus encore de s'être laissé piéger par ses propres sentiments, interdisant toute chance à Altéric.

Et voici que maintenant Montfort s'en prend à lui pour m'atteindre, moi !

Elle cogna du pied dans une pierre, l'envoya valser contre une porte close. Tout l'était autour d'elle, des volets aux éventaires.

Elle sentit son angoisse remonter.

Altéric... Triboulet... pourvu qu'on ne les rattrape pas... Non... non... impossible... Ce n'est jamais arrivé au cœur de Paris. Cela n'arrivera pas non plus, se convainquit-elle en s'engageant dans la rue de la Fontaine, poussée par la soif.

Elle s'agenouilla devant l'onde pure, mais ses traits ravagés lui sautèrent au visage et le manque de sa mère la poignarda.

Comme je voudrais, là, pouvoir me blottir contre toi, maman !

Elle balaya l'eau d'un revers brutal, y plongea son visage pour se calmer. Une fraîcheur vivifiante l'envahit aussitôt. Lors elle attendit qu'elle la gagne tout entière et que le souffle lui manque avant de se rejeter en arrière.

Elle allait repartir lorsqu'il lui sembla qu'on l'observait. Elle tourna la tête, les sens alertés, mais ne vit qu'une silhouette verte disparaissant entre deux des bâtisses d'une venelle.

Quelqu'un qui rentre au logis... rien de plus, se rassura-t-elle.

À cet instant les cloches s'ébranlèrent, annonçant le début de la cérémonie, et les traits de Louis revinrent frapper sa mémoire, puis la timidité et enfin la fougue de leur baiser. Elle se mordit la lèvre inférieure jusqu'à ce que le goût du sang en chasse l'empreinte.

Lui aussi a perdu son père. Il aurait dû comprendre ma détresse, pas s'en servir.

La frange dégoulinante, le cœur en rage, elle se remit debout, pressée plus encore de retrouver les siens, ceux qui ne l'avaient jamais trahie.

Quelques minutes plus tard, elle sortait de la ville, rejoignait la rive gauche du Croult par un pont branlant et longeait la petite rivière, l'œil rivé sur l'enfilade des moulins qui la bordaient.

Sa vengeance avait désormais deux têtes. Mais ce n'était plus celle d'Amaury de Montfort qu'elle voulait en premier.

59.

La messe était dite. Le cercueil du Lion déposé sous une dalle de pierre au cœur de la nécropole royale, dans l'attente du tombeau ciselé d'or et d'argent que Blanche avait commandé.

Comme elle, durant la cérémonie, Louis s'était refermé sur lui-même. Mais à l'inverse de sa mère, ce n'était pas pour prier.

De fait, si l'on avait vu en lui l'ébauche d'un grand roi, capable de mettre de la distance entre les événements et sa douleur, c'était à cause de ce qui s'était déroulé devant la basilique.

Il ne s'attendait pas à se retrouver face à Griffonelle, pas à ce qu'elle découvre aussi brutalement la vérité. Il ne s'attendait pas à ce qu'Amaury de Montfort outrepasse ses droits en donnant cet ordre, puis s'en excuse :

— Vous m'avez demandé de trouver votre empoisonneur, Votre Majesté. C'est cet individu. J'en détiens la preuve. Et il se trouvait trop près pour ne pas constituer de nouveau une menace.

— Vous avez bien fait, avait consenti Blanche, avant de pivoter vers le cardinal, un instant marri, puis finalement tout aussi soulagé qu'elle.

Pris au dépourvu, Louis n'avait pas prononcé un mot. Tout comme Humbert et Jean, dont il avait remarqué les traits fermés. Que pouvait gagner le comte à faire arrêter son homme de main ? Si cet individu travaillait bien pour lui ou pour Thibault de Champagne ! N'avait-il pas plutôt reconnu Griffonelle ? Pris le prétexte de son compagnon dans l'espoir qu'elle serait arrêtée avec lui et détournée aussitôt vers l'un de ses domaines ? Misant sur le fait que, retenu dans la crypte avec sa mère, il serait incapable d'intervenir ?

Je dois trouver le moyen de l'empêcher, s'était-il imposé, anxieux mais déterminé à n'en rien montrer, tandis que Montfort retournait auprès des porteurs du cercueil sous les invectives des soldats coursant leur proie et les cris de la foule malmenée.

Très vite pourtant, alors qu'ils traversaient la somptueuse nef, que l'on installait la bière devant l'autel de marbre poli et que l'on allumait les cierges, un doute pernicieux l'avait rattrapé :

Montfort a parlé de preuve…

Or il devait bien se douter qu'il en réclamerait pour confondre cet homme. En admettant qu'il en ait fabriqué, cela sous-entendait qu'il l'ait payé grassement pour se faire mettre la main au collet. Était-ce un des marauds qu'il avait chargés de retrouver Griffonelle ? Espérait-il faire d'une pierre deux coups ? Lui demander d'amener la jouvencelle à sa portée tout en se faisant prendre lui-même ?

À moins qu'il n'ait réussi à la convaincre de me duper… Après tout, je l'ai quittée effrayée de ne pouvoir lui donner la carte en échange de sa vie.

Il s'était joint au chœur des moines, sans se soustraire à sa sombre réflexion :

… Il aurait pu lui dire que j'étais le seul commanditaire de l'assassinat de sa mère, et qu'en l'aidant à retrouver

la carte et à effacer les soupçons qui pesaient sur lui elle s'appliquerait à se venger tout en récupérant richesse ?

Pendant que le cardinal promenait son encensoir, leur emplissant les narines d'un parfum lourd, il n'avait pu s'interdire le souvenir de leurs corps enlacés, de leur émoi partagé après leur baiser. Puis de ses yeux exorbités d'incrédulité et de douleur lorsqu'ils avaient croisé les siens sur ce parvis.

Il avait fléchi, senti la petite main de Philippe Dagobert chercher la sienne et son cœur s'était remis à battre dans sa poitrine.

Non... c'est impossible. Elle n'aurait pu travestir ses émotions de semblable manière.

Et plus le temps s'écoulait sous la voix vibrante des chants et de l'homélie funèbre, plus il s'en convainquait. Il y avait forcément une autre explication à sa présence au côté de cet homme, aux accusations de Montfort le concernant, à leur fuite à tous deux.

Ma première hypothèse est forcément la bonne. Montfort se sert de lui pour la crocher, elle. Et une fois qu'il l'aura, il inventera pire que ce que j'ai imaginé pour justifier de l'avoir fait disparaître. Je ne le lui permettrai pas.

Lors, arraché à ses terribles suppositions, il en avait cherché le moyen, puis l'ayant trouvé, avait ramené ses pensées à son père. Son père pour qui la famille était tout. Au point qu'il avait équitablement partagé le royaume entre ses enfants[1], misant sur l'accroissement de leur affection et de leur entente pour le garder soudé.

1. Le testament de Louis VIII, dit le Lion, avait été établi avant son départ pour le Midi. Par lui, il donnait l'Artois à Robert, le comté d'Anjou à Jean, le comté de Poitiers et l'Auvergne à Alphonse. Charles et Philippe Dagobert, comme tout puîné, étant destinés à entrer dans les ordres.

Il avait serré plus fort la main de son petit frère pour lui donner le courage qui lui manquait et s'était efforcé de ne plus songer à Griffonelle jusqu'à la fin de la cérémonie.

Elle ne revint au cœur de ses préoccupations qu'au sortir de l'abbatiale, sous un crachin et un vent frais.

— Votre Majesté ?

Main sur sa poitrine cuirassée en gage de respect, l'un des lanciers l'attendait sur la plus haute des marches.

Louis jeta un regard en arrière, dans la nef. Sa mère était retenue par le cardinal. Amaury de Montfort par le chancelier, près d'un immense bénitier, comme il l'avait souhaité.

Parfait, songea-t-il.

Il aurait la primeur de l'information que de toute évidence le sergent était venu lui porter.

— Avez-vous saisi l'homme que vous coursiez ? lui demanda-t-il.

— Oui, Sire.

Louis se décala légèrement dans l'ombre du tympan pour ne pas être aperçu de Montfort. Il n'avait aucune envie qu'il se précipite vers eux au prétexte d'avoir été l'instigateur de cette arrestation.

— Où est-il ?

— Je l'ai fait conduire au palais de la Cité sous bonne garde.

— Et la fille qui l'accompagnait ?

L'homme verdit sous son casque.

— C'est que… nous n'avons pas reçu d'ordre à son sujet.

— Aucun d'entre vous ? insista-t-il.

— Pas que je sache. Et j'assumerai la responsabilité de sa fuite, Sire, ajouta le sergent, confus.

Louis ébaucha un sourire.

— Vous n'avez rien à vous reprocher. Ni vous ni vos hommes. Vous pouvez vaquer.

Il resta seul, soulagé de n'avoir plus à s'occuper que de confondre l'auteur des crimes. Quoi que Montfort ait manigancé.

Ensuite, je te retrouverai, Griffonelle. Je te rendrai le bijou de ta mère et je t'expliquerai tout.

Il n'était pas certain qu'elle puisse lui pardonner, mais c'était mieux comme cela. Dussent-ils tous deux en avoir le cœur brisé, il devait mettre fin à leur idylle. Il ne pouvait se permettre d'offenser Dieu davantage en s'attachant à la fille d'une cathare. L'embrasement de la cathédrale avait suffi à le lui prouver.

Il descendit dans le silence de la foule dont la ferveur religieuse subsistait, rejoignit Jean et Humbert. Comme les autres chevaliers, ils s'apprêtaient à remonter en selle à quelques pas du chariot.

— L'homme désigné par Montfort a été arrêté, leur annonça-t-il.

— Si tant est qu'il soit vraiment coupable. Je l'imagine bien plutôt comme un leurre jeté en pâture pour une belle somme, tandis qu'on s'embusque pour vous faucher sur le chemin du retour, douta Jean.

— Possible. Et je vais demander que la surveillance soit renforcée. Mais l'affaire est plus complexe qu'il n'y paraît.

— Il arrive, annonça Humbert en apercevant la silhouette de Montfort en haut des marches, près du cardinal, de la reine et du chancelier.

Louis prit une grande inspiration.

— Entourez-vous de quelques hommes et partez de l'avant pour vous assurer de la sécurité du chemin.

Lorsque ce sera fait, cravachez vos montures et interrogez le prisonnier. Je n'ai pas le temps de vous expliquer comment je le sais, mais la fille qui l'accompagnait est celle de Mahaut de Cabaret. Et il pourrait bien avoir un autre discours que celui espéré par son maître selon ce que vous lui promettrez.

— Compris ! lança Jean, le pied déjà sur l'étrier.

Humbert se contenta d'un hochement de tête avant de sauter en selle.

Et Louis n'eut plus de doute en les voyant filer au galop : quelle que soit la vérité, Montfort ne parviendrait pas à l'étouffer.

60.

Griffonelle resserra autour d'elle les pans de son manteau de cuir huilé avant d'enfouir à nouveau son nez dans le revers d'hermine. Malgré l'épaisseur et la qualité de la doublure de laine, le froid avait fini par la gagner.

Au moins suis-je au sec, se consola-t-elle.

Sitôt arrivée au moulin de la Croix, elle avait récupéré leurs baluchons puis s'était blottie sous un appentis, contre l'une des roues d'une vieille charrette.

Attentive au retour de ses compagnons.

Mais vêpres venait de sonner, une pluie drue s'était remise à tomber masquant tout mouvement alentour, et elle était toujours seule.

— S'il leur arrive malheur, Ta Majesté, je jure devant Dieu que tu n'auras pas assez de ton royaume pour échapper à ma vengeance, maugréa-t-elle de nouveau en claquant des dents.

Sa rage contre Louis n'était toujours pas retombée.

— Griff ? entendit-elle à cet instant depuis l'extérieur.

— Triboulet ! Je suis là ! cria-t-elle.

Il s'empressa de la rejoindre.

— Bougre de bougre ! Encore un peu et je filais faute de t'avoir vue.

Il secoua son chapeau puis chassa l'eau de sa pèlerine cirée du plat de sa main.

— Altéric ? demanda-t-elle.

Il secoua la tête, affligé, et sa bouffée d'espoir retomba aussitôt.

— Dès que j'ai mesuré ce qui se passait, j'ai brisé quelques tibias, estomaqué en tous sens, joué des poings et des pieds pour faire diversion, contraindre les soldats à se disperser. Rien n'y a fait. Ils sont parvenus à l'encercler...

Il se laissa tomber à côté d'elle, navré.

— Ensuite, tout est allé très vite. Il s'est emparé d'une femme, l'a maintenue contre lui, un couteau sous la gorge, espérant que les lanciers céderaient et lui permettraient de passer, mais les archers veillaient. Une flèche lui a emporté le bras, l'obligeant à lâcher son otage. Sitôt qu'elle s'est écartée, ils l'ont arrêté.

Griffonelle avait blêmi. La situation était pire que ce qu'elle avait imaginé.

— Tu sais où ils l'ont conduit ?

— Au palais de la Cité.

Ils restèrent silencieux un instant, partageant la même angoisse, puis Triboulet lui prit les mains. Elles tremblaient.

— Je suis désolé, Griff. Désolé de ne pas avoir reconnu le roi à la taverne.

Elle sourcilla.

— Le connaissais-tu ?

— Comme toi. Nous l'avons aperçu à l'enterrement de son grand-père, il y a trois ans.

Elle tenta de se remémorer l'image de Louis ce jour-là, ne retrouva que le souvenir d'un jeune garçon en larmes. Loin du jouvenceau altier qu'il était devenu.

Elle soupira profondément.

— Si tu es coupable, alors moi aussi. Et plus encore de m'être fait berner d'aussi détestable manière.

Elle se cassa en deux, vint poser sa tête sur son épaule.

— On ne peut pas abandonner Altéric. Il est innocent.

— J'aimerais le croire, lâcha-t-il tristement.

Elle se redressa, éberluée.

— Comment cela ?

Il souleva la pierre qui dormait entre ses seins.

— Elle aussi nous l'avons déjà vue, dans un autre décolleté et souvent.

Oui, elle avait eu cette impression, trop fugace pour qu'elle parvienne à la retenir.

— Dame Ysembart, l'éclaira Triboulet.

Griffonelle se rappela la pulpeuse femme de l'oubloyeur lui tendant ses galettes à l'anis.

— Oui… Oui, tu as raison. C'est à elle qu'il l'a volée.

Elle secoua la tête, furieuse.

— L'idiot. Comme si elle n'allait pas la reconnaître à ma prochaine visite !

Triboulet soupira.

— Écoute, je ne sais pas ce que vaut cette information, mais j'ai surpris une conversation en détroussant. Une femme qui se prétendait leur voisine. En rentrant chez elle à la fin de l'incendie, elle a vu la porte de leur arrière-boutique qui bâillait. Elle s'est précipitée pour la refermer, supposant que les Ysembart n'étaient pas encore revenus…

— Et ? insista-t-elle devant le temps d'arrêt qu'il marqua.

Triboulet prit une profonde inspiration :

— Elle les a trouvés tous les deux pendus.

Griffonelle étouffa un cri derrière ses mains.

— Et tu crois qu'Altéric…

Un rictus disgracieux déforma les traits résignés du nain.

— Je n'en sais rien, Griff... Mais tu portes ce collier et je doute qu'elle se soit laissé dépouiller sans réagir. Si tu ajoutes à cela cette accusation d'assassinat...

Elle ne sut que répondre. Elle était dévastée par l'idée que ce fût vrai, que ce rubis soit entaché du sang de ces braves gens. Comme si cela ne suffisait pas, lui remonta aux narines l'odeur d'anis qu'elle avait sentie sur ses doigts après avoir saisi les rames de la barque.

Celle de maître Ysembart, comprit-elle en revoyant Altéric déverrouiller la porte du réduit, affirmer que son ami n'aurait pas besoin de son bateau.

La clef... volée, elle aussi. Après le double meurtre ?

Elle défaillit, se raccrocha aux bras noueux de Triboulet. Il l'attira contre lui, ne sut quoi dire pour apaiser cette déferlante d'effroi, d'incompréhension, d'incrédulité et de désarroi qu'il partageait.

Tout aussi brusquement, elle le repoussa.

— Non... C'est un voleur, et, comme toi, comme moi, il a parfois dû jouer du couteau pour se sortir d'une méchante situation. Mais pendre les Ysembart ? Tous les deux ? Alors que nous les connaissons depuis l'enfance ? Que nous ne leur avons jamais soustrait ne serait-ce qu'une galette ?

Elle porta la main à son giron, la sentit trembler autour de la pierre, s'agaça :

— D'accord, il y a ce cabochon, offert pour m'empêcher de revoir Louis de Poissy. Mais il lui aurait suffi d'attendre notre récolte d'aujourd'hui pour m'en donner un autre.

Triboulet se prit la tête entre les mains.

— Je n'arrête pas de ressasser tout cela moi aussi. J'ai même imaginé qu'il soit arrivé après et ait profité de l'aubaine. Mais ne crois-tu pas qu'il nous l'aurait dit s'il les avait trouvés morts de cette manière ? S'il avait dû décrocher dame Ysembart pour la dépouiller ?

L'image la terrifia. Elle arracha le bijou de son col, le fixa comme si l'enfer s'y reflétait.

— Je ne l'aurais pas laissé me l'offrir si j'avais su. Alors oui, je comprends qu'il se soit tu… parce que je ne vois que cela : assez jaloux pour se comporter comme un charognard ? Oui. Meurtrier ? Non. Et j'en aurai le cœur net. Cette nuit même.

Il tiqua.

— Comment ?

— Rien n'a changé. Je dois toujours récupérer le pendentif de maman et tu sais comment pénétrer dans le palais. Ne le nie pas, tu t'en es vanté un soir que tu avais trop bu et que l'on te reconduisait à ta couche avec Altéric.

— C'est vrai. Mon père empruntait un passage secret quand il quittait en douce les appartements royaux pour rejoindre ma mère, reconnut-il, ses souvenirs ravivés.

— Mène-moi devant, cette nuit. Et je me charge du reste.

— Parce que tu crois sincèrement pouvoir obliger le roi à nous rendre aussi Altéric…

L'œil de Griffonelle s'embrasa d'une lueur fauve.

— C'est Montfort qui l'a accusé de meurtre alors même qu'il ne l'avait jamais vu auparavant. Et nous savons tous deux de quoi il est capable ! Hors de question que je le lui abandonne ! Quant à ce cher Louis…

Elle serra les poings sur sa colère.

— Je me fais fort de le convaincre, crois-moi.

61.

Le couchant dégoulinait sur l'île de la Cité quand Louis mit pied à terre devant les écuries du palais. Comme sa mère, comme tous, il était éreinté.

— Vous devriez aller vous reposer, lui conseilla-t-il, l'œil en direction de ses frères qu'un palefrenier aidait à descendre d'un petit chariot.

Blanche de Castille s'était refusée à y monter, préférant chevaucher en tête des autres cavaliers.

— Il y a encore cet homme à interroger, lui opposa-t-elle.

— Humbert et Jean s'en sont chargés. J'irai les entendre, promit-il.

En vérité, il n'avait aucune envie d'avoir à lui parler de Griffonelle tant qu'il n'y serait pas poussé par la nécessité.

Il reporta son attention sur ses frères. Ils approchaient dans le pas du cardinal, les yeux cernés sous le fin rideau de pluie, étouffant un bâillement significatif derrière le revers de leurs petites mains.

— De grâce, mère, vous êtes trempée, insista-t-il.

Elle passa une main sur son front ruisselant. Louis avait raison. Elle ne se sentait plus le courage de rien sinon de s'assurer que Charles et Isabelle allaient bien. Quant aux garçonnets, leur petite mine parlait d'elle-même.

— Soit, lâcha-t-elle.

Soulagé, Louis se tourna vers le cardinal. Lui non plus ne se mêlerait pas de ses affaires. Le connaissant, il allait se précipiter dans ses appartements pour s'y sécher avant le souper.

Reste Montfort, mais pour l'heure il est occupé, jugea-t-il en le voyant vérifier l'état de la bouche de son cheval que le mors avait entaillée.

Il accompagna sa mère et ses frères jusqu'aux premières marches du palais, puis se dirigea d'un pas vif vers Humbert et Jean qui venaient de sortir des cuisines.

— Qu'a-t-il avoué ? demanda-t-il sans préambule une fois arrivé devant eux.

— Son nom, Altéric Gauthier, et son attachement profond à la fille de Mahaut de Cabaret avec laquelle il a grandi à Glatigny. Rien d'autre, malgré notre promesse qu'il serait gracié s'il livrait son maître. Selon lui, il est innocent de tout, soupira Humbert de Beaujeu.

— Il ment, lança Montfort qui, les ayant vus se rejoindre, s'était empressé de confier sa monture au palefrenier.

Louis pivota vers lui. Sans le témoignage de ce maraud, il n'avait rien pour l'inculper et Montfort le savait. Mais il n'avait plus envie de jouer. Adviendrait ce que pourrait.

— Vous avez affirmé détenir la preuve de sa culpabilité dans ma tentative d'assassinat. Voyons si elle tient. Dans le cas contraire, vous allez devoir vous expliquer sur un certain nombre de points.

Montfort hocha la tête. Il savait que c'était devenu inévitable depuis son entretien avec le chancelier. Guérin l'avait accusé d'avoir empoisonné le Lion, puis tenté d'en faire autant avec son fils dans le but, une fois la carte récupérée, de s'inscrire en force dans le sillage étroit de Blanche de Castille dévastée. Une suspicion qui ne pouvait venir que du roi. Il en avait été définitivement convaincu lorsqu'il avait vu les deux chevaliers talonner leurs montures après lui avoir parlé devant l'abbatiale.

Et de fait, il devait le reconnaître, tout concourait à faire de lui un coupable idéal. Comme si les événements, y compris la mort de Mahaut, n'avaient servi qu'à fournir des arguments à Nesle et Beaujeu pour s'offrir sa tête.

De la même manière que l'on m'a amené à accuser le cardinal.

Visiblement, le véritable coupable manipulait chacun à sa guise. Il était temps de s'unir pour le faire tomber.

— Le collier que Griffonelle portait discrètement au cou dans l'échancrure de sa cape appartenait à l'épouse Ysembart. Hier soir, pendant l'incendie, je suis retourné à la pâtisserie, suspectant que vos galettes avaient pu être empoisonnées là-bas. J'ai trouvé les deux époux assassinés, comme peu de temps avant l'avait été votre servante, chez elle…

Louis accusa le coup. Aucun de ces trois meurtres ne lui avait été rapporté. Et avec la tragédie de Notre-Dame, son quotidien avait été trop chamboulé pour qu'il réclame après Valine et ses galettes.

— Près des corps, dans un voile de farine, j'ai découvert des empreintes de pieds nus, dont l'un était amputé de ses deux derniers doigts, continua Montfort d'un timbre d'autant plus assuré que les chevaliers semblaient déconfits. Or, c'est un détail que j'avais remarqué quand cet Altéric est venu me vendre Mahaut de Cabaret, il y a deux jours.

Cette fois, Louis sursauta si fort qu'une de ses mèches blondes, pourtant retenue par son chapeau qui dégoulinait, lui barra les yeux. Indifférent à l'effarement qui venait de l'emporter, Montfort se hâta de poursuivre.

— Fort de cet indice, je suis retourné auprès de la mère de Valine. En fouillant ses souvenirs, elle a fini par admettre que sa fille avait bien évoqué ce défaut chez l'homme qu'elle fréquentait.

— C'est troublant, en effet, admit Louis, qui ne comprenait pas comment cet Altéric pouvait à la fois se prétendre amoureux de Griffonelle et l'avoir si cruellement frappée.

Montfort ajouta, perfide :

— Je possède d'autres éléments en la défaveur de cet homme, Sire. Mais avant de continuer, peut-être serait-il souhaitable que vous partagiez votre secret avec ces messieurs.

Louis s'y était préparé depuis son départ de Saint-Denis. Mais tout ce qu'il venait d'entendre l'avait glacé.

— Je m'y apprêtais justement. Devant un vin chaud, proposa-t-il en tournant les talons, entraînant les trois hommes derrière lui.

Bientôt, attablé dans un angle de la vaste cuisine, près d'une cheminée qui flambait, il leur racontait tout, depuis sa rencontre avec Griffonelle jusqu'à son retour précipité de la cathédrale incendiée et au mensonge qu'il avait dû servir à sa mère pour couvrir ses arrières.

Dans le crépitement des flammes et le silence réservé des deux chevaliers, Montfort lui apprit en retour de quelle manière lui et le cardinal avaient découvert son échappée, avant d'ajouter :

— Mon homme de main a vu Altéric vous espionner, vous et Griffonelle, sous la porte cochère qui a abrité votre baiser. Sa jalousie à votre égard ne faisait aucun doute. Il aurait été prêt à tout pour vous séparer.

— Maigre mobile pour assassiner un roi, lui rétorqua Jean de Nesle, sortant enfin d'un mutisme bien plus lié à ses doutes qu'au comportement de Louis avec cette fille : tout monarque qu'il soit désormais, il n'en restait pas moins un jouvenceau échauffé par un premier émoi et réagissant comme tel : sottement.

Rien qui fut condamnable à ses yeux.

Partageant la même opinion, Humbert de Beaujeu reposa son hanap duquel s'échappait une vapeur épicée. Il se hâta d'enchérir.

— D'autant qu'une avenante rouquine m'a affirmé vous avoir vu discuter avec Thibault de Champagne avant cet Altéric. Et, de grâce, n'invoquez pas le hasard, vous offenseriez ma perspicacité.

Reculant son tabouret, Amaury de Montfort soutint fièrement leurs regards accusateurs.

— J'avais apprécié le compagnon de campagne, sortant son luth au soir venu, contant de la plus belle des manières. Mais l'homme me déplut quand il abandonna sans vergogne notre armée. J'ai voulu qu'il s'en explique et lui ai donné rendez-vous à cette fin. Son abattement quand je lui ai appris la mort du roi m'a convaincu de son innocence. C'était tout ce que je souhaitais.

Jean s'était levé pour jeter une bûche dans l'âtre, préférant agir que voir l'un des commis s'approcher.

— Vous ne l'avez pourtant pas défendu quand nous l'avons accusé hier matin, le reprit-il.

Montfort haussa les épaules avant de plonger dans l'œil, approbateur, du roi.

— Vos arguments, Sire, étaient meilleurs que les miens. Et puis, je l'avoue, j'étais à la fois perturbé par votre tentative d'assassinat et ma quête de la carte. Savoir qu'elle m'avait filé sous le nez en même temps que Griffonelle m'ulcérait.

— Et si je vous disais qu'elle ne l'a pas ? rebondit Louis, espérant le voir enfin se détourner d'elle.

Montfort ricana.

— Mahaut a tout quitté pour m'empêcher de remettre la main dessus, allant jusqu'à cacher sa foi cathare et à se prostituer pour rester dans la pauvreté. Mais Griffonelle n'est pas sa mère. Croyez-vous sincèrement que si elle découvrait le moyen de vivre dans la richesse et la dignité, elle ne le saisirait pas ? Et quand bien même elle éprouverait quelques scrupules et de vrais sentiments pour vous, je doute que le nain en ait. Encore moins cet Altéric !

Louis vacilla une nouvelle fois sur ses certitudes. Montfort avait raison sur ce point : il ne savait rien du besoin profond d'échapper à la misère, à la dépravation. Rien de la jalousie et du désir de possession. Il aimait Griffonelle d'un amour pur. Et même si sa chair l'appelait, jamais il ne pourrait la contraindre ou la blesser volontairement. Mais elle ? Elle dont il ignorait tout. Elle avait effectivement pu lui mentir, manipulée par ces deux hommes en lesquels elle avait toute confiance. Fût-elle mal placée.

Le sentant égaré, Humbert de Beaujeu éclata d'un rire amer.

— Vous ne pouvez pas accuser ce garçon de tous les maux, comte. Il n'était pas à Montpensier.

— Je l'admets. Il a probablement un maître, quelqu'un qui s'est chargé d'empoisonner le Lion. Mais ce n'est pas Thibault de Champagne. Ni moi.

Écartelé de doutes, Louis bondit de son tabouret.

— Allons chercher la vérité, décida-t-il, même s'il n'était plus aussi sûr de vouloir la trouver.

62.

— J'apporte sa pitance au prisonnier, annonça une voix féminine au garde qui surveillait le niveau le plus bas de la Grosse Tour.

Altéric tressaillit dans l'ombre de sa cellule.

Depuis deux bonnes heures, il attendait que, de nouveau, on l'interroge, plus durement cette fois. Luttant davantage contre la douleur que lui avait infligée Griffonelle avec son camouflet que contre celle qui pulsait à son bras.

Il était des flèches que l'on ne pouvait arracher.

Car cette fois il n'avait plus de doute. Elle ne l'aimait pas et ne l'aimerait jamais. Et malgré ce qu'il avait prétendu, il se demandait encore si le roi de France ne la ferait pas sienne une fois qu'il aurait découvert sa lignée, une fois qu'elle lui aurait offert la mine qu'il convoitait. Et cette idée lui était pire que tout. Pire que cette cellule crasseuse, à peine paillée. Pire que la sentence de mort qu'on lui réservait.

Parce que, bientôt, son rival allait surgir et le narguerait.

Or, cette voix n'était pas celle qu'il redoutait d'entendre. Au contraire. Profonde, envoûtante, il l'aurait reconnue entre mille. Elle avait suffisamment caressé son souffle. Et, cette fois encore, il en fut réchauffé. Flatté.

Folle. Elle est folle de s'être aventurée jusqu'ici.

Même s'il savait de quoi elle était capable.

Il tendit l'oreille.

— Donne ton panier, exigea le garde.

— Taratata… Et me priver de ma curiosité ? répondit-elle, rappelant à Altéric, aux aguets, qu'elle n'était pas femme à renoncer.

— Ce sont les ordres. Personne ne doit l'approcher.

— Mais je suis personne… Allez, juste une minute, que je voie de quoi il a l'air.

— Et j'aurai quoi en récompense, à part du bâton si on m'y prend ?

— Moi… quand le roi sera passé… Alors ? Affaire conclue ?

Elle n'obtint pas de réponse, néanmoins Altéric vit s'avancer la lumière d'un flambeau. Le garde le piqua au mur aveugle le plus proche, diffusant un peu de clarté au seuil de son cachot.

— T'approche pas trop. Il a trois meurtres sur les bras. Les Ysembart et Valine, la petite servante. Sans compter qu'on l'accuse aussi d'avoir tenté d'empoisonner le roi.

Elle lui posa un doigt sur les lèvres.

— Promis… Tu n'as aucune raison de t'inquiéter. La grille nous sépare et tu en gardes les clefs sur toi, non ?

L'homme tapota le trousseau qui pendait à sa ceinture.

— Toujours.

Altéric attendit qu'il retourne à son poste, à l'autre bout de la salle des prisonniers, puis il la rejoignit devant les barreaux.

— Comment avez-vous su ? murmura-t-il en embrassant la main qu'elle lui tendit.

De l'autre, elle repoussa en arrière le capuchon vert qui lui recouvrait le visage, révélant des traits fins et mûrs, hâlés par le soleil, des cheveux d'un brun puissant et des yeux fauves étirés en amande. Une beauté presque surnaturelle à laquelle il n'avait pas su résister. À laquelle il savait qu'il ne pourrait jamais résister. Même si désespérément son cœur était à Griffonelle.

— Doutais-tu que je t'aie surveillé ?

Il sourit.

— Les seigneurs de Nesle et de Beaujeu m'ont interrogé. Je n'ai rien dit. Rien qui vous compromette.

— Si j'en avais douté, je ne serais pas là. Comment va ta blessure ?

— J'y survivrai. Jusqu'à ce que l'on me pende.

Elle le couva d'un œil ardent.

— Crois-tu que je le permettrai ?

— Je ne vous suis plus guère utile.

— Mais cher tout de même.

Afin de ne pas éveiller la suspicion du garde, elle lui glissa un quartier de pain et une gourde de vin par l'orifice prévu à cet effet, sur sa droite.

L'homme ayant de nouveau détourné les yeux, elle revint à lui.

— As-tu découvert où se trouvait la carte ?

Altéric hocha la tête, baissa un peu plus la voix.

— L'originale a été détruite. Mais Mahaut en a tissé une autre, plus grande, peu après son arrivée ici. Je ne l'ai appris que tout à l'heure.

Elle tiqua.

— La couverture que promène Griffonelle ?

— Oui. Je l'avais sous le nez depuis le début. Elle ne sera pas facile à prendre, mais si vous m'arrachez de là, je vous l'apporterai, comme convenu.

Elle caressa sa joue, y déposant un parfum discret de sous-bois, comme si elle portait en elle la forêt qui l'avait fait naître, le pays qui l'avait transformée.

— Tu l'en priverais ? En dépit de ce que cela lui coûterait ?

Son cœur s'écartela, pourtant il grinça, amer :

— J'ai fait bien pire, non ?

Elle ne répondit pas, se contentant de le fixer de ce regard sauvage qui pouvait autant glacer que réchauffer. Il était conscient d'avoir été manipulé, mais il ne parvenait pas à lui en vouloir. Il ne pouvait s'en prendre qu'à lui-même. Il n'avait pas supporté que Mahaut lui interdise de déclarer sa flamme à Griffonelle, arguant qu'elle ne s'était pas sacrifiée pour que sa fille termine ses jours à Glatigny.

Sa colère avait pris le dessus. Pour ne pas y céder, il s'était saoulé dans une taverne, s'était laissé aborder par cette femme sublime. Il l'avait prise pour une putain. Avant de se réveiller près d'elle, dégrisé, au petit matin, dans une demeure cossue. Il s'était épanché dans ses bras, en quête d'un moyen pour faire changer Mahaut d'avis. À la place et contre la carte qu'elle convoitait, elle lui avait révélé la véritable identité de Mahaut, qu'Amaury de Montfort paierait cher pour sa capture et qu'il le trouverait trois jours plus tard dans la taverne du *Coq hardi.*

Lorsqu'il s'était glissé à sa table pour lui apprendre où Mahaut se cachait, il n'avait vu que son intérêt : emprisonnée, elle cessait d'être un obstacle à ses épousailles avec Griffonelle. Il pouvait à la fois récupérer la carte pour paiement du service rendu et se rapprocher de la jouvencelle que l'angoisse aurait étranglée.

Mais il avait été piégé. Autant par la mort de Mahaut que par ses mensonges. Sans parler de l'époustouflante beauté et du pouvoir de persuasion de sa maîtresse. Lors, il s'était contenté de lui obéir. Sans hésitation. Et pour une vie meilleure avec Griffonelle. Celle qu'elle méritait, celle qu'avait espérée sa mère pour elle. Celle dans laquelle il pourrait se racheter.

Du moins l'avait-il cru.

Il secoua la tête, haineux.

— Vous me l'avez assuré : Amaury de Montfort laissera Griffonelle tranquille si elle n'a plus la carte. Et peut-être que le roi aussi. J'y gagnerai.

— Reviens par là, femme. J'entends qu'on descend l'escalier, beugla brusquement le garde d'un timbre inquiet.

Altéric se décomposa.

— Le roi. Beaujeu et Nesle m'ont prévenu qu'il viendrait m'interroger sitôt son retour. Que voulez-vous que je lui dise ?

— La vérité.

Il tressaillit.

— Toute ?

Elle recula.

— À l'exception de la carte, oui. Il est temps que leur peur prenne un visage. Et ce n'est pas le tien, mon joli. Tu en as fait assez pour moi.

Elle se hâta en direction d'un réduit, proche de l'entrée, que lui désignait le soldat, affolé.

— Ne bouge pas. Sous aucun prétexte, exigea-t-il en l'y poussant.

Elle s'enfonça dans l'ombre, contre une étagère supportant chandelles, écuelles et autres objets, nécessaires au quotidien des gardes et de leurs prisonniers.

Il avait à peine refermé que la porte de la prison s'ouvrait sur le roi. Humbert de Beaujeu, Jean de Nesle et Amaury de Montfort le suivaient de près.

Et, l'espace d'un instant, le souffle court, Altéric se demanda si la guerrière exceptionnelle qu'elle était résisterait à cette occasion unique de les tuer tous et de l'abandonner là, à son sort.

Tant était fort, pour Na Loba, le prix de sa vengeance.

63.

L'esprit bouillonnant de sentiments contradictoires, Louis tordit le nez en pénétrant dans la prison sous les odeurs résiduelles de vieille paille, d'excréments et de moisissure. Même si un discret parfum, indéterminable, les atténuait.

Et encore, il n'y a qu'un seul prisonnier.

Surveillant leur approche derrière les barreaux de sa cellule, Altéric contraignait son grand corps musculeux à rester immobile.

Espérons qu'il parle cette fois ! Mais rien n'est gagné. Ces yeux de braise, ce menton carré, fier, ces paupières qui ne cillent pas… Décidé à me narguer ? s'agaça Louis, crispé.

Il lui rabattrait sa morgue, sous la torture s'il le fallait. Ensuite, réfutant ce que lui avaient promis les chevaliers, il le ferait pendre. Autant pour ses crimes contre les Ysembart et Valine que pour avoir vendu à Montfort le moyen de priver Griffonelle de sa mère.

Encadré par ses trois compagnons, il s'immobilisa devant la cellule, l'œil froid. Reçut le même en retour. Assorti néanmoins d'un hochement de tête.

— Je vous attendais, Votre Majesté… Messires, les salua Altéric, soulagé de voir, à l'autre bout de la salle des gardes, que Na Loba n'avait pas bougé.

Le ton était respectueux, à l'inverse de ce que Louis imaginait. Il y vit le signe qu'Altéric avait pris le temps de réfléchir aux détestables options qui s'offriraient à lui s'il s'entêtait.

Il ne s'adoucit pas pour autant.

— Puisque tu as déjà ôté tes souliers, présente-moi tes pieds, l'un après l'autre.

Altéric obéit, sans hésiter, dessinant bientôt un rictus cynique aux lèvres de Louis.

— Le manque de ces deux orteils t'impute les crimes des époux Ysembart. Par ailleurs, nous savons que tu fréquentais Valine, ma servante, morte également. Tu ne peux nier ton implication dans ces meurtres.

Altéric prit une profonde inspiration.

— Je n'ai pas assassiné les Ysembart, ni Valine… Mais j'ai contribué à leur perte, comme à celle de Mahaut de Cabaret, ce que le comte de Montfort a déjà dû vous révéler, ajouta-t-il en fixant ce dernier.

Il reçut une œillade glaciale, marquée par la marbrure de sa cicatrice. Pourtant, à cet instant, Altéric prit conscience que la permission de Na Loba venait de le rendre plus fort face à ces hommes qui, déjà, l'avaient condamné.

Il reporta son attention sur son rival, ce roi qui, en lui volant l'amour de Griffonelle, avait réduit à néant ses projets, puis se lança :

— Tout a commencé il y a quelques jours, quand Na Loba m'a abordé dans la taverne où j'avais coutume d'aller.

Embrasé, Montfort se tourna vers Louis et les deux chevaliers, crispés.

— Vous cherchiez son maître ? Le voici ! Na Loba ! Cette charogne est capable de tout, et en particulier du pire ! rugit-il en serrant les poings.

Altéric grimaça sous la douleur pulsatile qui le vrillait à l'endroit où s'était fichée la flèche. Chaque mouvement, même imperceptible, la ravivait, rougissant un peu plus le bandage que le garde avait appliqué après avoir arraché le trait.

Son œil glissa en direction du réduit dont Na Loba avait discrètement entrouvert la porte. Sans doute pour ne rien perdre ni des arguments qu'il servait aux quatre hommes, ni de leurs réactions.

Il la devina jubiler devant la fureur d'Amaury de Montfort, continua :

— Il a raison, Votre Majesté. Non pas un maître, mais une maîtresse. La plus ardente, mais aussi la plus sournoise qui soit. En me révélant que vous vous laissiez chaque soir détrousser par Griffonelle et que celle-ci y revenait par amour, elle a mis mon cœur en lambeaux tout en faisant naître en moi la nécessité d'agir. Selon Na Loba, vous vouliez la carte. Et vous séduisiez Griffonelle pour la récupérer…

— Je n'ai jamais triché avec elle, s'indigna le roi dans un sursaut.

Altéric s'assombrit.

— Peut-être, mais elle était à moi. À moi seul. Alors j'ai fait ce que Na Loba m'a proposé : vous écarter de mon chemin et de celui de la carte. Elle connaissait le nom de votre servante et ses habitudes. À partir de là tout a été facile. Dame Ysembart me convoitait depuis longtemps. Je n'ai eu qu'à détourner son attention tandis que Na Loba empoisonnait vos galettes, certaine, grâce aux informations que j'avais tirées de Valine, que seul le garde de votre chambre en pâtirait.

— Comment ? Comment a-t-elle découvert le nom de Valine ? s'ahurit Humbert de Beaujeu que cette machination rendait perplexe.

Altéric secoua la tête.

— Je l'ignore. Ce que je puis affirmer, c'est que, pas plus que moi, elle ne souhaitait votre mort, Votre Majesté. L'objectif de Na Loba était de me permettre de trouver la carte avant vous. Alors, en plus d'être un avertissement, cette tentative avortée lui donnait les moyens de vous distraire tout en multipliant les suspects, jusqu'au cardinal de Saint-Ange.

— Le cardinal ? s'étonna Louis, qui n'avait pas eu vent de cette hypothèse.

— Mes premières investigations m'ont mené à lui, avoua Montfort, dépité d'avoir été si sournoisement joué une fois de plus par l'ancienne maîtresse de son père.

Pire encore, par cet insignifiant jouvenceau dont le verbe était étonnamment éloquent et choisi pour un gueux. Au point qu'il se demanda un instant si Mahaut de Cabaret n'avait pas enseigné à lire et à écrire aux enfants du bouge et à Griffonelle en particulier, l'ouvrant à une condition bien éloignée de celle dans laquelle la jouvencelle avait été élevée.

Percevant son étonnement autant que sa rancœur latente, Altéric se rengorgea.

— Quand l'incendie a éclaté, sachant que Valine possédait deux barques, je suis passé chez elle pour lui demander de m'en céder une. Je l'ai trouvée morte entre les coques. Craignant d'être vu, reconnu et soupçonné, j'ai aussitôt filé chez les Ysembart en longeant la rive.

Il souleva l'outre que lui avait portée Na Loba, en vida un trait dans sa gorge sèche.

— Si tu étais si pressé de fuir l'île, pourquoi être allé chez le pâtissier ? demanda Jean de Nesle, qui voyait se dessiner le profil d'un ennemi plus sournois que tous ceux déjà rencontrés.

— Après ce que je venais de voir, j'étais inquiet pour eux. À juste titre. Ils étaient déjà pendus à mon arrivée, regretta sincèrement Altéric qui appréciait autant leur gentillesse à l'égard des manants que leurs galettes.

— Na Loba n'a pas pour réputation de s'embarrasser de témoins. C'est elle qui les a éliminés, en déduisit Montfort, plus hargneux que jamais.

Altéric soutint la désagréable vision de sa cicatrice boursouflée par l'afflux sanguin.

— J'ai couru chez elle. Elle n'a rien nié. C'était un mal nécessaire selon elle. Tôt ou tard, l'une des deux femmes vous aurait révélé n'avoir raconté que ce que je leur avais demandé.

— Que leur as-tu offert en échange de leurs mensonges, sombre coquin ? s'enquit Jean de Nesle, le front barré d'une ride sévère.

— Une promesse d'épousailles pour l'une, une belle ardeur pour l'autre. Ne les jugez pas, messires. Elles sont mortes à cause de mes duperies. Comme Mahaut. Ce n'est pas ce que je voulais, assura-t-il, sincère.

— Soit. Les tuer toutes deux s'entend, mais le pâtissier ? D'après ce que j'ai compris, il ignorait tout, objecta Louis.

Altéric baissa les yeux. De cela aussi il portait la responsabilité. Bien malgré lui.

— Concours de circonstances, m'a affirmé Na Loba. Il a surgi au moment où elle étranglait sa femme. Elle a réagi en conséquence. C'est là que j'ai compris qui elle était vraiment. Une meurtrière qui avait su utiliser mes faiblesses pour arriver à ses fins. Et pourtant, une fois de plus, je lui étais redevable d'avoir protégé mes arrières. Au lieu d'en demander crédit, elle m'a rendu ma liberté, m'offrant pour gage de sa reconnaissance le collier de dame Ysembart qu'elle lui avait ravi et la clef d'un hangar à bateaux qui me permettrait de quitter l'île avec Griffonelle et Triboulet.

— N'était-ce pas suffisant que tu es venu te jeter dans la gueule du loup ? ricana Montfort en s'adossant à la grille d'une cellule voisine.

Altéric sentit une perle de sueur dégouliner de son front. La douleur s'accentuait dans son bras, lui tordant l'estomac. Il se redressa, décidé à faire face jusqu'au bout.

— Je ne suis pas un assassin, mais je suis un voleur dans l'âme. Pour rien au monde je n'aurais laissé passer une occasion pareille. Je n'avais juste pas prévu qu'à l'instant de fuir nous serions poussés devant vous. J'avais baissé le menton. Puis-je savoir ce qui m'a trahi ? demanda-t-il à Montfort.

— Je l'ai reconnue, elle en premier. Puis le bijou qu'elle portait au cou. Les pans de son mantel se sont ouverts quand elle t'a giflé, se moqua Montfort.

Altéric serra les mâchoires. Tout était de sa faute. Ces cadavres de braves gens qu'il avait semés, celui de Mahaut qu'il aimait comme une seconde mère. Cette arrestation, juste parce qu'il n'avait pas su s'empêcher de persifler, poussé une fois de plus par sa jalousie.

Une fois de trop, songea-t-il, la bouche pâteuse. Le mal à l'estomac s'intensifiait, sa transpiration aussi. Aigre, elle lui ruisselait le long du nez.

Refusant toute pitié, Montfort aboya.

— La carte ? Où est-elle ? Je sais que ta garce la détient, quoi qu'elle ait pu prétendre.

Altéric déglutit. Sa faiblesse s'intensifiait depuis qu'il avait repris une gorgée du vin apporté par Na Loba. Et un instant il se demanda si elle n'avait pas décidé de se débarrasser de lui aussi.

Il réprima un sursaut de panique.

C'est elle qui a voulu que je la désigne. Quel intérêt prendrait-elle à précipiter ma mort ? Il lui suffit de m'abandonner au gibet. Ma blessure doit être en train de se gâter, comprit-il mais cela ne le rassura pas pour autant.

Il dut s'agripper aux barreaux pour surmonter un vertige.

— Na Loba l'a récupérée tandis que nous étions à Saint-Denis, mentit-il.

— Tu connais son adresse. Je la veux, réclama encore Louis.

La vérité… avait recommandé Na Loba.

Il la leur céda sans hésiter, pressé qu'ils s'éloignent. Pressé qu'elle revienne à lui. Pour le sauver ou pour le regarder mourir.

Mais il vit pâlir les quatre hommes et crut bon de se justifier.

— Je vous assure que c'est bien là, dans cette maison forte, que je l'ai rejointe chaque fois.

En réalité aucun d'eux n'en doutait. Ses paroles avaient trouvé un écho qui les indisposait profondément. Car ils savaient désormais qui avait renseigné la cathare à propos de Valine. Voire pour le compte de qui elle avait probablement assassiné le Lion.

Le laissant aux prises avec ses doutes, n'ayant pas même conscience qu'il luttait contre un malaise, ils tournèrent les talons, mus par la même urgence.

Celle de filer chez Thibault, comte de Champagne, où la garce logeait.

64.

— Nous y sommes, annonça Jean de Nesle en bloquant son cheval devant deux imposants battants fermés.

Mais Louis le savait déjà. Ce porche, aveuglé par l'étroitesse de la ruelle, avait abrité, hier encore, son premier baiser. Coïncidence ? Il le croyait. Griffonelle ignorait tout.

Ils mirent pied à terre sous un ciel de traîne, méfiants.

Depuis quelques années, cette vieille demeure des comtes de Champagne était moins prisée par Thibault qu'une autre avec tourelles et escalier monumental rive gauche, dans le bourg de Saint-Germain-des-Prés. Il n'en restait pas moins qu'Amaury de Montfort l'avait rejoint dans la taverne d'une des rues adjacentes et que Na Loba ne pouvait s'y être installée par hasard.

La place devait être gardée.

— Inutile d'espérer que l'on nous ouvre, lança Humbert en frappant l'intérieur de sa paume de son poing ganté.

Ils brûlaient tous d'en découdre.

— Entrons, décida-t-il en glissant son poignard entre les battants, déchaussant le pêne jusqu'à ce qu'il cède sous une forte poussée d'épaules.

L'ombre d'une bâtisse trapue flanquée, sur sa gauche, d'une grosse tour carrée se découpla en contre-jour. Si de la lumière sourdait d'une fenêtre à l'étage, le reste de l'habitation était plongé dans l'obscurité.

Tandis que Montfort et la poignée de chevaliers entraînés dans leur sillage se chargeaient de la garde extérieure, Louis, Humbert et Jean s'avancèrent prudemment le long d'une allée de gravier.

— Je passe par l'arrière, annonça Jean, une fois devant la bâtisse.

La cuirasse fleurie de bruine, Louis s'immobilisa devant une lourde porte cintrée.

— Permettez que je vous précède, Sire, insista Humbert, lame au poing.

Louis ne s'en offusqua pas. Bien qu'il ait reçu une solide formation aux passes d'armes, il n'était pas aguerri au terrain. Et il se méfiait. Aucun cri, aucun tir n'avait jailli des fourrés battus par Montfort et les autres. Ce silence était anormal, prémices peut-être d'un méchant piège. Sa crainte remonta d'un cran lorsque Humbert trouva le vantail déverrouillé. Des archers pouvaient s'être embusqués derrière.

Ils entrèrent, l'un derrière l'autre, avancèrent prudemment, parés à toute éventualité. Mais un silence épais continua d'envelopper la maison forte à une heure où les domestiques auraient dû vaquer.

Humbert alluma une lanterne qu'il emportait toujours avec lui, attachée à sa selle.

— L'escalier devrait être par là, jaugea-t-il à la disposition des lieux.

Salle après salle, ils ne virent que coupes vides, meubles recouverts de poussière, âtres balayés.

À l'instant où ils parvenaient enfin au bas des marches, l'appel de Jean leur fit lever la tête.

— Ici, Votre Majesté !

Ils grimpèrent à la volée. Le chevalier se tenait près d'une porte ouverte, dans une lumière vacillante qui en traversait l'encadrement.

À cet instant, la voix de Montfort monta jusqu'à eux depuis le rez-de-chaussée : il éparpillait leurs compères dans le reste de la maisonnée. Le laissant les rejoindre, Louis entra dans la pièce que Jean avait déjà regagnée.

C'était une chambre. Propre, élégamment décorée. Entre les piliers du baldaquin, la couche était défaite. Un parfum de sous-bois flottait dans l'air.

C'était elle, devant le passage secret. Une information qu'elle tient forcément de Thibault, se désola Louis. *Quant à savoir comment lui l'aura découvert…*

— Elle était là il y a peu encore, estima-t-il à la longueur restante de la bougie placée devant la fenêtre.

Humbert se jeta sur le lit et en fit valser tour à tour couvertures, oreillers et matelas. À l'instant où Montfort arrivait, Jean, lui, achevait de vider à pleines mains un coffre empli de cottes et de mantes, toutes d'un vert sombre.

— Rien, s'agaça-t-il à son tour.

Mais Louis sentait déjà que, comme Na Loba, la carte s'était envolée. Tout ce qu'il pouvait espérer était un indice pour les retrouver toutes deux. Il se dirigea vers une écritoire étonnamment placée dans un renfoncement. Au juron qui lui échappa, les trois hommes se précipitèrent : une lettre avait été fichée dans le bois par la lame d'un poignard marqué d'une croix occitane. Une lettre avec son nom, Louis de Poissy, inscrit sur le rabat.

Comme une invitation doublée d'une menace.

« *Navrée de vous décevoir, Votre Majesté. Mais je ne puis me permettre de vous attendre,* découvrit-il sitôt qu'il l'eut décachetée d'une main fébrile.

« *Si cette demeure m'a accueillie, c'est que j'en ai forcé l'entrée, ayant entendu Thibault de Champagne affirmer à Carcassonne qu'elle avait été désertée en vue d'importants travaux ; une indiscrétion parmi d'autres dont j'ai pu me servir à bon escient.*

« Il n'est donc coupable de rien, sinon d'aimer un peu trop le vin et de ne pas s'être inquiété de la curiosité d'une servante. De la même manière que, rue de Glatigny, le soir de la mort de Mahaut de Cabaret, vous n'avez pas prêté attention à cette femme vêtue de vert, ma couleur favorite, qui, dans l'entrebâillement d'une porte de taverne, vous conseilla de ne pas rester là. »

Il suspendit sa lecture, retrouvant dans ses souvenirs le visage à la beauté farouche de celle qu'il avait prise pour une fille de salle. Son soulagement d'apprendre que Thibault était bien innocent céda sous l'écœurement de savoir que Na Loba avait froidement observé Montfort pendant qu'il terrassait Mahaut de Cabaret. Avant de tenter de le renvoyer de la scène du crime.

Avait-elle craint qu'on le reconnaisse ? Que Montfort réagisse différemment en sa présence ? Et surtout quelle haine cachait-elle pour avoir eu besoin de ce spectacle ?

Il enchaîna, ne doutant plus de découvrir d'autres mauvaises surprises :

« J'ai, parmi d'autres talents, celui d'être capable de me fondre partout, sous différents personnages. Et d'obtenir l'aide et les informations qui me sont nécessaires.

« Voici pourquoi je vous demande de libérer cet idiot, amoureux éconduit, que vous retenez dans vos geôles : il n'a tué personne sinon mon ennui. Quant à ses rapines, vous trouverez un coffre sous le lit dont le contenu dédommagera aisément tout plaignant. »

De nouveau il s'arrêta pour permettre à Montfort et à Jean de le vérifier. Ils tirèrent à eux une petite malle.

Le couvercle soulevé, Montfort s'étrangla.

— Des pépites d'or brutes !

Louis se troubla.

— Elle connaît déjà l'emplacement de la mine...

— Et ne voulait la carte que pour empêcher un autre de s'en emparer, compléta Humbert avec amertume.

Elle les avait bel et bien joués.

Sans attendre, Louis replongea dans l'écriture raffinée.

« *Je suis seule responsable de mes actes*, assurait Na Loba. *Si j'ai assassiné votre père, c'est pour faire table rase du passé, vous laisser une chance de gouverner l'Occitanie avec justice, en concédant à notre foi le droit de s'exprimer librement. Nous n'avons jamais pris les armes. Ni pour nous battre, ni pour nous défendre. Nous n'avons fait de tort à personne, avons laissé Dieu seul juge de nos pêchés. Pourtant, la couronne de France a prêté ses vassaux au pape pour nous exterminer.*

« *Six cent trente hommes, femmes, enfants, vieillards, brûlés vifs. Quatre-vingts chevaliers parmi les plus nobles, les plus droits, égorgés à Lavaur, sa châtelaine violée, jetée dans un puits pour y être lapidée. Sans compter le honteux massacre de l'entière population de Béziers*[1].

« *Voilà quelques-uns des crimes de Simon de Montfort, de son fils et de Rome. Pour ne citer qu'eux et au nom, seul, de la cupidité.*

« *Alors, en plus de votre père, une poignée d'innocents et une cathédrale, fût-elle au regard de votre odieuse Église la plus imposante de toute la chrétienté, vous en conviendrez, Votre Majesté, c'est bien peu pour vous montrer la souffrance, la hauteur des flammes et de la fumée qui empuantissent ma terre et mon cœur depuis trop d'années.* »

Louis déglutit, frappé en plein cœur. Montfort cogna violemment le mur voisin. Mais aucun des trois hommes n'osa se fendre d'un commentaire.

---

1. En 1209, Arnaud Amalric, le légat du pape, a déclenché le massacre avec cette phrase : « Tuez-les tous, Dieu reconnaîtra les siens. »

« *Dans quelques jours*, reprit Louis, *vous serez sacré roi de France. Il vous appartiendra de veiller à ce qu'un tel massacre ne se reproduise jamais.*

« *Dans le cas contraire, croyez-moi, je saurai quand et où vous trouver.* »

C'était signé. Évidemment.

Il n'en fallut pas plus pour qu'Humbert explose, jurant de repartir sur-le-champ en Occitanie, de traquer Na Loba. Et, fort de son titre de gouverneur, de la jeter lui-même aux flammes avec tous les bougres qui lui barraient le passage.

Montfort restait silencieux mais Louis devina, à la fureur qui rougissait son teint, faisant gonfler le bourrelet disgracieux de sa cicatrice, qu'il n'en pensait pas moins. Quant à Jean, il fronçait les sourcils, cherchant à lire entre les lignes.

Louis se contenta de parcourir à nouveau le dernier paragraphe.

Une part de lui comprenait ce qui avait motivé les foudres de Na Loba, même s'il en était furieux. L'autre se demandait encore pourquoi sa haine s'était exercée sur Mahaut de Cabaret.

Il lui sembla soudain que seul Altéric pourrait réellement lui répondre, quoi qu'il ait prétendu.

À cet instant, il se souvint du regard que celui-ci portait fréquemment au-delà d'eux, en direction de l'entrée. Il se souvint de la sueur sur son front, de la tenaille de ses mains sur les barreaux vers la fin de sa confession. Le parfum qui flottait dans la pièce se mêla à celui des odeurs merdeuses de la prison.

Frappé par l'évidence, il éructa :

— Elle était dans la tour. C'est pour cela qu'il a changé d'avis. Qu'il a tout raconté. Il nous a conduit ici pour détourner notre attention et lui laisser le temps de le délivrer.

Emportés par la même conclusion, les trois hommes dévalèrent l'escalier derrière lui.

Même si, compte tenu de ce qu'ils savaient désormais et de ce que pouvait en espérer le jouvenceau, ils s'attendaient davantage à retrouver un cadavre qu'un évadé.

65.

Triboulet souffla pour chasser un filet d'eau qui, de nouveau, ruisselait du bord de son chapeau à sa bouche.

— On y est, lança-t-il par-dessus son épaule.

Griffonelle releva le nez que jusque-là elle avait gardé baissé sous son capuchon. Malgré l'obscurité ambiante, elle reconnut aussitôt la façade rincée de la chapelle qui jouxtait le mur d'enceinte du palais.

Elle descendit la première du cheval qu'ils avaient volé pour aller plus vite, craignant de trouver les portes de Paris closes. Puis, laissant Triboulet claquer le cul de l'animal, elle s'avança prestement sous le tympan. Le double vantail orné de pentures céda sous sa poussée, l'attirant dans la faible lueur de quelques cierges allumés à la droite du chœur, devant saint Nicolas.

— Brrr ! frissonna Triboulet tandis qu'il refermait.

Elle se tourna vers lui. Il avait ôté son chapeau et s'attaquait déjà au fermail de sa pèlerine. À l'inverse de la sienne, elle avait fini par absorber la pluie. Dessous, il dégoulinait.

— J'allumerais bien un feu pour te réchauffer, mais je ne crois pas que le Seigneur apprécierait que l'on fasse flamber une autre église, le taquina-t-elle.

— Tu crois toujours que c'était nous ? s'étonna-t-il en laissant tomber le lourd tissu à terre.

Elle ne voyait pas d'autre explication, mais elle avait cessé de s'en rendre coupable, estimant que seule la dépravation du moine l'était.

Elle haussa les épaules, se découvrit à son tour et s'approcha de l'autel : une simple planche de marbre soutenue par un épais pied central. Selon Triboulet, c'était lui qui masquait l'entrée du souterrain ralliant la chapelle à l'une des chambres du palais.

— Et si le mécanisme était grippé ? s'inquiéta-t-elle en se tournant de nouveau vers lui.

Il sautait d'un pied sur l'autre pour se réchauffer.

— Il n'y a qu'un moyen de le savoir.

Il lança ses mains en avant, enchaîna roues et cabrioles le long de la courte travée pour achever de faire circuler le sang dans ses veines, puis s'arrêta devant elle, pencha la tête et enfonça l'œil de l'une des créatures sculptées.

Aussitôt l'autel bougea dans son ensemble, révélant une cavité étroite et profonde dans le sol. Et le départ d'un escalier.

Griffonelle lui retourna son sourire complice.

— Tu ne veux vraiment pas que je t'accompagne ? lui redemanda-t-il.

Elle roula des yeux, agacée.

— Non. Je préfère que tu puisses m'ouvrir si je n'y parvenais pas. Je n'ai aucune envie de mourir emmurée. Même avec toi à mes côtés.

À la vérité, il se doutait qu'elle avait besoin de ce tête-à-tête avec le roi. Pour faire le deuil de son amour naissant une fois qu'elle lui aurait repris son médaillon. Mais il ne pouvait s'interdire d'être anxieux et de vouloir la protéger.

— Il t'a menti sur ses intentions, Griff. N'oublie pas qu'il l'a pu aussi sur ses sentiments pour toi, soupira-t-il.

— Je sais. Je ne me laisserai plus abuser, crois-moi.

Elle avait eu suffisamment de temps pour en être convaincue.

Elle se pencha sur sa joue, y déposa un baiser.

— Je reviendrai indemne. Avec le médaillon et Altéric.

— Et si ton charme ravageur ne suffit pas ?

Elle tapota le manche de corne du couteau qui pendait à sa ceinture.

— Ceci devrait achever de le convaincre…

Tandis qu'elle s'enfonçait dans l'ouverture, il trottina jusqu'au piquoir et revint avec l'un des cierges. Il lui tendit la flamme vacillante.

— Sois prudente.

Déjà le mécanisme se remettait en branle au contact de l'une des marches.

— Promis, assura-t-elle.

Il s'écarta sur une grimace. Le temps qu'elle la lui retourne, il avait disparu.

Elle descendit prudemment jusqu'à trouver devant elle le départ d'un boyau sombre. Là, brusquement, la peur d'être saisie à l'autre bout, jetée au cachot avec Altéric et exécutée sous l'œil impassible de Louis la foudroya.

Elle hésita quelques secondes, le cœur battant à tout rompre, avant de se reprendre et de regarder droit devant elle.

Elle ne pouvait plus reculer.

Ce n'était plus seulement à cause du pendentif ou pour sauver Altéric d'un complot ourdi par Montfort, ce n'était plus juste pour tenir Louis sous la menace de sa lame et voir la crainte naître en ses yeux.

C'était devenu une question d'honneur. Ils avaient été trop nombreux à bafouer le sien et celui de sa mère. Trop nombreux à croire qu'une ribaude ou sa fille ne valaient pas mieux que mensonge et trahison.

Il était temps que parle le sang qui coulait dans ses veines.

Celui des Cabaret.

66.

Louis allait s'étendre quand un claquement discret traversa le silence de sa chambre.

Le mécanisme d'ouverture du souterrain...

Il réagit d'instinct, jeta le traversin sous les couvertures et courut se dissimuler derrière une tenture proche.

Une silhouette féminine émergea du passage, furtivement.

Na Loba !

Elle s'approcha du lit, féline, une lame à la main, lui ôtant tout doute sur ses intentions.

Elle n'a pas été longue à revenir sur le contenu de sa lettre, songea-t-il, haineux, regrettant déjà d'avoir déposé son épée près de la porte.

Il s'efforça au calme. Il possédait un avantage sur elle. L'âtre rougeoyait, suffisamment pour diffuser une lumière chaude dans la pièce, mais pas assez pour qu'elle soupçonne la couche vide.

Je peux la maîtriser.

La maîtriser et obtenir ensuite les réponses aux questions qu'elle avait laissées en suspens. Il attendit qu'elle se penche sur l'oreiller pour se jeter sur elle.

Elle s'aplatit de tout son long, bloquée par une pression qui lui arracha son arme en même temps qu'un cri de surprise.

Cette intonation...

Il se troubla, couina :

— Griffonelle ?

— Qui voulez-vous que ce soit ? grogna-t-elle, le nez dans les draps.

Il la lâcha aussitôt, se redressa, confus.

Contrariée d'avoir été surprise, Griffonelle n'en garda pas moins le sens de ses priorités. Elle récupéra son fer avant de s'asseoir sur le lit et de lui faire face.

Louis avait reculé de quelques pas, mettant une distance respectable entre eux. Un instant déstabilisé, il n'avait pas été long à sentir une coulée d'amertume se propager en lui : Griffonelle surgissant, armée, de l'une des entrées secrètes du palais que sa condition lui interdisait de connaître...

Manipulée par Na Loba, comme Altéric, en avait-il déduit.

— Est-ce réellement ma mort que tu veux ?

Elle se réjouit de déceler de la tristesse derrière le dépit, mais n'en posa pas moins le couteau sur ses genoux, aussi visible que le faible éclairage du foyer pouvait le permettre. Si elle voulait repartir avec Altéric, elle allait devoir doser ses émotions. Toutes ses émotions.

— Juste vous chatouiller. Je n'étais pas certaine que vous acceptiez de me rendre mon pendentif. Mais si ce poignard vous effraie, vous n'avez qu'à le prendre, le défia-t-elle.

Il n'osa pas. Il lisait dans son regard la blessure profonde qu'il lui avait infligée par son mensonge. Devina qu'il suffirait de peu de chose pour que sa rancœur ne devienne de la haine.

Si elle est autant touchée, c'est qu'elle ne trichait pas quand elle était dans mes bras. Il n'est peut-être pas trop tard pour la soustraire à l'influence de Na Loba.

Il lui sourit tendrement.

— Hier, tu me tutoyais..., essaya-t-il.

— Hier, pour moi, vous n'étiez pas le roi de France ! le faucha-t-elle, tuant son initiative d'un ton sans équivoque et réveillant le doute en son cœur.

Comment pourrait-elle avoir servi la Louve sans avoir su cela ?

Troublé, il récupéra le bijou qui dormait sur son sein depuis son retour de la cathédrale et le déposa sur une desserte de chevet. Elle s'en empara puis le glissa dans son giron avec la rapacité d'un oiseau de proie.

— Comment connais-tu ce passage ? s'enquit-il, espérant de toutes ses forces que Montfort se soit trompé sur elle. Que seul l'amour et l'espoir d'une explication franche aient guidé ses pas.

— Triboulet. Son père était le fou de votre grand-père. Il a pensé que cette chambre vous avait été attribuée à sa mort. Mais nous n'étions sûrs de rien.

D'où ce poignard dans sa main...

Le cœur explosant de joie, il baissa sa garde, vint s'agenouiller à ses pieds et captura son regard dans lequel dansaient des flammes. Il se demanda un instant si c'étaient celles de l'enfer auquel elle le vouait ou juste le reflet de la cheminée.

Les deux sans doute.

— Je n'avais pas l'intention de te blesser, Griffonelle. Ni même de garder ce bijou. Je serais revenu à la taverne, et, si tu ne t'y étais montrée, je t'aurais cherchée pour te le rendre.

Elle le foudroya des yeux, le renvoyant à sa première hypothèse : c'était bien en enfer qu'elle voulait le voir danser.

Pour preuve, elle grinça :

— Vous seriez venu, je n'en doute pas. Mais avec ou sans le comte de Montfort ?

— Sans.

— Pourquoi devrais-je vous croire ? rumina-t-elle, se raccrochant au contact de la corne et de l'acier sous sa peau pour combattre ses sentiments contradictoires.

Malgré ses résolutions, elle devait lutter contre elle-même, profondément.

— Tout ce que je t'ai dit est vrai, Griffonelle, et je reste cet inconnu préférant perdre sa bourse plutôt que ton rire et l'éclat de tes yeux dans les siens. Je t'ai aimée dès le premier instant et sans espoir, bien avant de savoir qui tu étais et ce que cherchait Montfort. Je n'ai jamais voulu te mentir, ce sont les circonstances qui m'y ont poussé.

— Les circonstances ? La belle affaire ! Y englobez-vous aussi l'assassinat de ma mère ? s'indigna-t-elle.

Il s'en voulut de sa maladresse.

— Non. Bien sûr que non ! Ta mère a lacéré le visage de Montfort, le défigurant à jamais. Je n'excuse pas son appétit de vengeance, mais je le comprends et tu le devrais aussi.

Elle sursauta, ahurie.

— Moi ? Moi je devrais le comprendre ?

— Oui, toi. Toi qui tiens ce fer sous nos mains jointes et qui ne songe qu'à m'en percer le cœur comme j'ai percé le tien.

Il disait vrai. Une part d'elle devait se contenir pour ne pas le frapper.

Est-ce donc si facile de devenir un meurtrier ?

Elle vacilla sur ses certitudes, songea à Altéric, aux époux Ysembart.

Mais Louis poursuivait :

— Je sais que tu es de noble naissance. Alors, rien ne justifie que tu restes dans la rue avec Triboulet. Et même si, contre mon cœur, on me mariera à une autre que je n'aimerai jamais, je peux changer ton destin. T'apporter ce que, j'en suis persuadé, ta mère aurait espéré pour toi.

— En échange de la carte, évidemment, grinça-t-elle, de nouveau offensée qu'il puisse la croire capable de renier tout ce qui, jusque-là, l'avait fait vivre, respirer.

Tous ceux qu'elle aimait.

Il secoua la tête, sourit.

— Ce n'est pas du chantage. Je sais que tu possédais cette carte mais que tu ne l'as plus.

Elle fronça les sourcils.

Altéric… C'est certainement ce qu'Altéric a voulu lui faire croire… Mais cela n'a pas de sens.

À cet instant, il lui sembla que Louis lui dissimulait quelque chose. Quelque chose d'essentiel.

— Et qui me l'aurait reprise, puisque ce n'est pas Montfort ? demanda-t-elle avec un air de défi.

Il sortit la lettre de Na Loba de sa poche et la lui tendit, navré.

67.

Un silence de plomb recouvrait à présent la chambre. Toujours agenouillé aux pieds de Griffonelle, acceptant l'inconfort de sa posture, Louis attendait qu'elle réagisse à la lecture de la lettre.

Mais elle ne parvenait pas encore à faire le tri dans ses émotions. Pas plus qu'elle n'arrivait à intégrer ces informations et leurs conséquences.

Son œil restait rivé à cette signature élégante, dans laquelle se devinait une volonté farouche.

Na Loba.

Triboulet lui avait parlé d'elle, la présentant comme une amie de sa mère qui, en son nom, avait joué de rouerie pour dérober la carte à Carcassonne puis la lui avait remise de son plein gré.

Une foule de questions se heurtaient dans sa tête, achevant de la perdre.

La Louve avait-elle changé d'avis ? Décidé d'exploiter cette mine d'or perdue à son profit, maintenant que les seigneurs occitans avaient prêté allégeance à la Couronne ? Et, face au refus de Mahaut de lui céder la couverture, choisi de l'écarter en se servant de la jalousie d'Altéric ?

Elle releva enfin la tête, les sourcils toujours froncés, hagarde.

— Je me moque de ce qu'elle dit. Elle ment à propos d'Altéric. Il ne s'en serait jamais pris à ma mère ou à moi.

— Il ne pensait pas qu'Amaury de Montfort la tuerait. Il m'en a fait l'aveu lui-même, Griffonelle.

— Non, répéta-t-elle, refusant d'y croire, de la même manière qu'elle avait refusé de voir en lui un assassin.

Lors, s'armant de courage, il lui répéta tout. Tout ce qu'Altéric leur avait révélé. Au fil des minutes, face à des détails que Louis ne pouvait connaître, comme leur échappée par le fleuve, elle vacilla sur ses certitudes.

— C'est assez, décida-t-elle en lui présentant ses paumes pour faire barrière à d'autres explications. Je veux le voir. Je veux voir Altéric. Je veux qu'il me dise tout cela en face.

Louis se doutait qu'il faudrait y venir, tôt ou tard.

— Je crains que ce ne soit impossible.

Elle grimaça, narquoise.

— Impossible ? Quel roi êtes-vous pour que descendre en vos prisons soit impossible ?

Il ne s'en offusqua pas. Son cynisme n'était que le fruit de son incompréhension et de sa douleur. Pour autant, cela ne lui rendit pas l'aveu plus facile.

— Altéric ne s'y trouve plus.

Elle blêmit.

— Je ne comprends pas.

Louis se leva cette fois. Le froid et la pénombre étaient retombés dans la pièce et il voulait qu'elle puisse voir dans ses yeux qu'il ne mentait pas.

Il se dirigea d'un pas nerveux vers l'âtre, rajouta quelques bûchettes et relança les flammes en agaçant les braises. Lorsqu'il se retourna, elle était devant lui, ses jolis traits marqués par son tourment intérieur.

Il vint lui prendre les mains, les trouva glacées dans les siennes. Il l'attira près du feu pour qu'elle s'y réchauffe quand il ne voulait, en cet instant, que la serrer dans ses bras.

Après… Après…

— Nous nous sommes précipités à la prison en quittant la cache de Na Loba, convaincus, je te l'avoue, qu'elle s'y était rendue pour faire définitivement taire Altéric…

Elle blêmit mais soutint son regard navré.

— … Nous avons trouvé le garde égorgé et la porte de la cellule ouverte. Mais pas ton ami.

Tout se mit à tourbillonner autour d'elle.

Parti… avec elle… pourtant il connaissait l'existence du souterrain. Il devait bien se douter que j'allais l'emprunter pour récupérer le médaillon… il savait que je ne l'aurais pas abandonné, que j'aurais forcé Louis à le libérer.

Ce fut cela qui emporta ses derniers doutes. Le fait qu'il ait préféré fuir plutôt que d'affronter sa colère et son désarroi.

Coupable. Il est coupable… Oh mon Dieu, tout est vrai.

Elle chancela, se retint au bras de Louis.

Il l'attira à lui, plongea ses lèvres dans ses cheveux humides qui sentaient le vent et la pluie.

— Je suis désolé, Griffonelle. Tu peux encore te venger d'Amaury de Montfort, mais les véritables responsables de la mort de ta mère sont déjà hors des murs de Paris, je le crains. Et à présent que Na Loba a la carte…

— Elle ne l'a pas, le coupa-t-elle en le repoussant.

Il sursauta.

— Mais…

— Altéric a menti. Elle était toujours dans mon baluchon, près de Triboulet, quand je me suis élancée dans ce tunnel.

Louis la saisit aux épaules, saisi d'un méchant doute.

— Altéric savait ?

— Quoi ?

— Que tu viendrais à moi ce soir.

Elle déglutit, rattrapée par l'angoisse qui emportait ses yeux.

— Oui. Oui, bien sûr, nous l'avons décidé avant de partir à Saint-De...

Elle ne termina pas, étouffa un cri derrière ses paumes. Elle venait de comprendre pourquoi Na Loba avait libéré Altéric et ce que tous deux escomptaient faire : s'emparer de la carte.

— Triboulet ! Je dois rejoindre Triboulet ! s'épouvanta-t-elle en se précipitant vers la porte dérobée.

— Je t'accompagne, décida Louis, reniant son serment fait au cardinal de ne plus quitter le palais par là.

Dieu comprendrait.

Sans plus attendre, il actionna le mécanisme.

Vite ! Vite ! Vite ! s'affola Griffonelle.

Elle attendit à peine que la porte s'ouvre complètement et s'élança dans l'obscurité, ses pieds nus battant le sol, grignotant les secondes qui la séparaient de la chapelle Saint-Nicolas.

Refusant de croire qu'Altéric pût brutaliser le nain qu'il aimait comme un père.

Lui non, mais elle ?

Elle qui selon Louis était là tandis que Montfort assassinait sa mère, sa propre amie ? Elle qui visiblement avait décidé de tout lui prendre ?

Elle grimpa les marches quatre à quatre, s'immobilisa quand le haut de son crâne buta contre la trappe fermée.

— Ouvrir, ouvrir, s'affola-t-elle en tâtonnant partout.

Louis la repoussa délicatement contre l'une des parois.

— Laisse-moi faire.

La seconde suivante, l'autel s'écartait au-dessus d'eux et la lumière des cierges pénétrait dans la cavité.

Elle gravit la dernière volée au bord du vertige, passa la tête.

Triboulet gisait sur les dalles, au milieu de la travée. Dans une mare de sang frais.

Et malgré la main de Louis sur son épaule, elle sentit tout son être se déchirer.

À suivre…

Chers amis lecteurs,

Au terme de ce premier volet de La Louve cathare, *je tenais, une fois de plus, à vous remercier chaleureusement pour votre attachement et votre fidélité. Cette fois encore, nombre de faits et de personnages sont réels et je m'y attarderai davantage à la fin de cette série.*

Toutefois, il me semblait important de préciser certains d'entre eux, propres à cet opus, comme l'incendie de Notre-Dame.

Selon Viollet-le-Duc, qui en a retrouvé les traces au moment de ses travaux de rénovation, il se serait produit entre 1225 et 1230. Il aurait détruit la charpente supérieure ainsi que les combles. Il m'est apparu approprié de le placer en 1226 et pour les raisons que j'évoque dans ce livre.

Quoi qu'il en soit, afin de rendre le bois imputrescible et ignifuge avant sa pose, Saint Louis le fit longuement immerger dans de l'eau de mer. Et force est de constater que jusqu'au 15 avril 2019, date de sa destruction, la « forêt » de Notre-Dame résista vaillamment à l'érosion du temps ainsi qu'aux nombreux incendies qui jalonnèrent l'histoire de l'île de la Cité. C'est aussi ce grand roi qui fit remplacer les combles des tribunes du chœur par les terrasses actuelles, puis compléter la façade des rois de Judée par les deux tours.

Il me semblait évident aussi de vous parler de la mine d'or du Cabardes, fief des seigneurs de Lastours. Ou plus exactement des mines d'or du Cabardes.

Loin d'un trésor hypothétique laissé par les cathares, elles représentèrent un enjeu crucial de la conquête de l'Occitanie. Si elles ne furent pas les seules, la Montagne Noire regorgeant de minéraux dont le fer, l'argent et le cuivre, des sources fiables indiquent qu'elles étaient déjà exploitées par les Romains.

Quand furent-elles bouchées ? Perdues ? Nul ne le sait réellement.

Mais il est admis que les seigneurs de Lastours furent cathares à l'époque de la croisade contre les albigeois. Et qu'en embrassant cette religion hautement pacifique ils adhérèrent aussi à l'idée de pauvreté matérielle. Interdire à quiconque l'accès à ces richesses incommensurables coulait donc de soi.

Quoi qu'il en soit, ces mines ne furent rouvertes qu'en 1892, et le filon de la principale, objet de ce livre, considéré comme l'un des plus importants d'Europe.

Imaginer la convoitise qu'elle et ses voisines pouvaient générer ne m'a pas été difficile.

Je vous invite d'ailleurs à lire ce passionnant article que vous pouvez trouver sur Internet : « L'exploitation des mines d'or dans les départements de l'Aude » de H. Fonvieille, paru en 1934 dans La Revue géographique des Pyrénées et du Sud-Ouest, *pages 120-123.*

Un petit clin d'œil à nos « illustres » à présent.

Je ne pouvais pas évoquer Blanche de Castille sans rendre hommage à Aliénor d'Aquitaine qui, comme à moi, lui était si chère. Surtout, vingt ans tout juste après la sortie du Lit d'Aliénor.

Difficile aussi de faire l'impasse sur cette prophétie, prêtée à Merlin, concernant la mort du roi Louis VIII dit le Lion. Comme d'autres auteurs, Régine Pernoud y fait référence dans sa biographie de Blanche de Castille. N'en trouvant, pour ma part, aucune trace dans la Vita Merlini *(et pour cause, nous parlons ici d'un roi de France et non d'un roi d'Angleterre), j'ai considéré qu'il serait plus juste de l'attribuer à Eloïn Rudel, ce, dans la logique de mes précédents ouvrages. Et par là même de saluer la jolie carrière de trobairitz de sa fille, Anne Rudel, dont vous me demandez si souvent des nouvelles.*

À propos de la saga du Lit d'Aliénor, *sachez que mon fils Anaël Train en a écrit un préquel, intitulé* Les Fils de Roland. *Il raconte comment Jaufré Rudel est devenu troubadour, ainsi que le combat mené par Aude et Guenièvre de Grimwald face à l'homme sanguinaire qui cherche à éradiquer leur lignée. Outre Loanna et Aliénor dans leur enfance, vous trouverez dans ces lignes, chargées d'émotion et d'intrigues, tout ce que j'aurais aimé vous raconter.*

Sachez aussi que 2021 verra la sortie en librairie de l'adaptation en bande dessinée du Lit d'Aliénor. *Elle sera mise en dessin par l'exceptionnel talent de Pierre Legein (auquel vous devez le croquis de Paris en 1226), afin que ce vingtième anniversaire soit aussi magique que le fut ce roman pour vous et pour moi.*

Mais revenons à cet opus et à un dernier point de détail. Tous les historiens s'accordent à reconnaître l'immense piété de Blanche de Castille et son amour profond pour son époux. En foi de quoi, je ne peux imaginer une seule seconde qu'elle ait pu lui être infidèle. Or, c'est ce que suggèrent certains sites en affirmant que son dernier fils, Charles, serait né en mars 1227. D'autres historiens soutiennent la thèse, plus probable, de sa naissance en 1226, sachant que Louis VIII est parti en Occitanie en début d'année, n'a pas revu son épouse avant sa mort et que Charles figurait dans son testament. Dans tous les cas, cet enfant n'aurait pu être posthume.

Dans le même esprit, on prêta également à Blanche une liaison avec Thibault IV de Champagne, se fondant sur le fait qu'il aurait fait empoisonner Louis VIII pour se débarrasser d'un rival. J'imagine mal cette grande et majestueuse reine folâtrer avec l'assassin de l'homme qu'elle aimait ! Et elle le soupçonna suffisamment dans un premier temps pour lui interdire d'assister au couronnement du jeune Louis.

Vous l'aurez deviné, tous les personnages qui gravitent autour de lui et de sa mère sont réels, à leur fonction respective. Vous en retrouverez certains très prochainement. Mais c'est à Lastours et sur les chemins du comté de Toulouse qu'ils joueront leur prochaine partition.

Lors, tout comme Griffonelle, vous découvrirez le sulfureux secret de la louve cathare.

Na Loba…

Elle aussi fut de chair, de sang, d'héroïsme.

Et de vengeance…

Prenez soin de vous,

Chronologie sommaire de la croisade contre les albigeois

Année	Date	Événements
1198	*8 janvier*	– Le nouveau pape Innocent III lance son premier appel à la guerre sainte en Occitanie.
1207		– Excommunication de Raymond VI, comte de Toulouse, qui soutient les cathares.
1208	*14 janvier* *10 mars* *Avril*	– Assassinat du légat Pierre de Castelnau près de Toulouse, alors qu'il revenait d'une mission diplomatique. – Proclamation de la croisade. Arnaud Amalric, le nouveau légat, est nommé à la tête de l'armée pontificale. – Comme Raymond-Roger de Trencavel, comte de Carcassonne, Raymond VI de Toulouse refuse de se croiser.
1209	*Mars* *18 juin* *12 juillet*	– Le roi de France Philippe Auguste permet à ses vassaux de se croiser. Les seigneurs du Nord et d'Île-de-France, dont Simon de Montfort, arrivent en Occitanie, appâtés par ses richesses. – Raymond VI de Toulouse se soumet à l'Église et s'humilie en public. – Raymond VI de Toulouse prend la croix et rejoint l'armée pontificale à Valence. – Reddition de Montélimar puis de Montpellier.

	22 juillet	– Massacre de Béziers (25 000 habitants). Amalric jette cette phrase : « Tuez-les tous, Dieu reconnaîtra les siens. »
	Fin juillet	– Siège de Carcassonne. Amalric prive la cité d'eau.
	15 août	– Raymond-Roger de Trencavel, comte de Carcassonne, tombe dans un piège. Il est capturé et doit livrer la cité. Simon de Montfort est fait vicomte de Carcassonne et de Béziers par le légat du pape.
	10 novembre	– Trencavel meurt dans sa cellule.
	Mi-novembre	– Pierre-Roger de Cabaret, seigneur de Lastours, capture Bouchard de Marly, seigneur de Saissac et proche de Simon de Montfort.
1210	*Avril*	– Prise de Bram, mutilation de la population.
	22 juillet	– Prise et bûcher de Minerve (environ 140 brûlés).
	Septembre	– 2e excommunication de Raymond VI, qui a quitté l'ost devant les atrocités commises.
	23 novembre	– Reddition du château de Termes après quatre mois de siège. Son seigneur est capturé et écroué.
	Décembre	– Puivert tombe après Arques, Rennes et Coustaussa, qui sont démantelées. Partout, la population est massacrée.
1211	*3 mai*	– Prise et massacre de Lavaur : 400 brûlés, 80 chevaliers égorgés. Guiraude de Laurac, la châtelaine, est livrée aux soudards puis lapidée vivante dans un puits.
	Fin mai	– Simon de Montfort prend les Cassès et fait brûler 90 cathares sur les terres toulousaines.
	17-29 juin	– Siège de Toulouse. Simon de Montfort doit se retirer après de lourdes pertes. Il se réfugie avec son armée dans Castelnaudary, poursuivit par les faydits du comte Raymond VI.

	Septembre *Octobre*	— Siège et bataille de Castelnaudary. Simon de Montfort parvient à s'enfuir. — Pierre-Roger de Cabaret, seigneur de Lastours, libère Bouchard de Marly et capitule. Il remet ses trois châteaux à Simon de Montfort en échange de terres près de Béziers, dissimule l'accès aux gisements de la Montagne Noire puis disparaît avec femme et enfants.
1212	*Fin d'année*	— Montfort se retire à Pamiers pour y passer l'hiver. Il y convoque une assemblée représentative de ses nouveaux états : bourgeois, nobles, haut clergé. Il les charge d'élaborer une charte organisant la colonisation du Midi par les lois et coutumes de la France du Nord. Le texte prévoit notamment le remplacement progressif de la noblesse méridionale par des seigneurs français, les « francimans », à l'occasion de mariages. Toute jeune héritière ou veuve de ce pays d'Oc ne pourra épouser qu'un Français, de manière à ce que Simon de Montfort devienne le suzerain de tous les barons languedociens et puisse s'emparer de leurs richesses. — Pourtant catholique, le roi d'Aragon, Pierre II, refuse l'hégémonie de Simon de Montfort sur les territoires d'Albi, de Béziers, du Razès et de Carcassonne, dont il est le suzerain.
1213	*27 janvier* *10-12 septembre*	— Le comté de Toulouse est ravagé. Raymond VI obtient l'aide du roi d'Aragon et parvient à repousser l'armée des croisés. — Le comte de Toulouse et le roi d'Aragon attaquent le château de Muret pour tuer Simon de Montfort qui s'y est retranché. Simon sort, charge et désorganise les assaillants. Le roi d'Aragon est tué et Raymond VI se replie à Toulouse.

1214	*Mars* *25 avril*	– Le comte de Toulouse remet ses biens à son fils Raymond VII malgré le fait que la cité soit sous l'administration de l'Église. Rapidement, pourtant, tous deux sont contraints de fuir et de se réfugier en Angleterre. – Naissance de Louis, petit-fils de Philippe Auguste (futur Saint Louis).
1215	*Octobre*	– Simon de Montfort entre dans Toulouse, désertée par le comte.
1216	*10 avril* *Mi-mai* *16 juillet* *Mai-août*	– Simon de Montfort est fait comte de Toulouse. – Raymond VI et son fils reviennent d'Angleterre et préparent la révolte depuis Marseille. – Mort du pape Innocent III. Son successeur, Honorius III, consacrera l'ordre des Dominicains. – Reconquête des terres cathares par les seigneurs occitans. Siège de Beaucaire et première défaite pour Simon de Montfort.
1217	*13 septembre, à l'aube*	– Raymond VI profite de l'absence de Montfort pour entrer dans Toulouse. Revenu, ce dernier relance le siège sous les murailles.
1218	*25 juin* *25 juillet*	– Simon de Montfort est tué par un tir de catapulte en tentant toujours de reprendre la cité. – Abandonné par les seigneurs français, Amaury de Montfort, le fils de Simon, abandonne Toulouse. Il hérite du Languedoc en pleine révolte et peine à s'imposer.
1219		– Pierre-Roger de Cabaret reprend ses châteaux de Lastours et s'y réinstalle. – Siège et massacre de Marmande. – Échec du siège de Toulouse par l'armée du roi de France.
1222	*2 août*	Mort de Raymond VI.

1223	*14 juillet*	Mort de Philippe Auguste. Son fils Louis VIII lui succède.
1224	*Février*	Amaury de Montfort quitte le Languedoc et cède ses fiefs au roi de France.
1226	 *8 novembre*	— Excommunication de Raymond VII. — Début de la croisade de Louis VIII. — Le sénéchal Philippe Goloin est en charge du pouvoir royal et s'installe à Carcassonne. — Après trois mois de siège, Avignon est prise puis Castres, Carcassonne et Albi. Raymond VII doit fuir avec ses faydits et s'enferme dans Toulouse de nouveau inaccessible. — Mort de Louis VIII à Montpensier, après avoir nommé Humbert de Beaujeu gouverneur de l'Occitanie.

Pour suivre l'actualité de Mireille Calmel
et en savoir plus sur ses ouvrages :

mireillecalmel.com

facebook.com/mireillecalmelofficiel

Du même auteur chez le même éditeur

Suites romanesques

– Aliénor

Le Lit d'Aliénor, 2002

Aliénor, 2011-2012

Tome 1 : *Le Règne des Lions*
Tome 2 : *L'Alliance brisée*

Richard Cœur de Lion, 2013-2014

Tome 1 : *L'Ombre de Saladin*
Tome 2 : *Les Chevaliers du Graal*

Aliénor, un dernier baiser avant le silence, 2015

La Rivière des âmes, 2007

– Le Bal des louves, 2003

Tome 1 : *La Chambre maudite*
Tome 2 : *La Vengeance d'Isabeau*

– Lady Pirate, 2005

Tome 1 : *Les Valets du roi*
Tome 2 : *La Parade des ombres*

– Le Chant des Sorcières

Le Chant des sorcières, tomes 1 à 3, 2008-2009

La Reine de lumière, 2009-2010

Tome 1 : *Elora*
Tome 2 : *Terra incognita*

– Les Lionnes de Venise, tomes 1 et 2, 2017

– La Fille des Templiers, tomes 1 et 2, 2018

Romans

La Marquise de Sade, 2014

La Prisonnière du diable, 2019

Du même auteur

Les Tréteaux de l'enfance, 2004, Elytis

Composition et mise en pages
Nord Compo à Villeneuve-d'Ascq

Achevé d'imprimer sur Roto-Page
par l'Imprimerie Floch à Mayenne
en septembre 2020

N° d'édition : 4188/01 – N° d'impression : 96902
Dépôt légal : octobre 2020

Imprimé en France